Domenica Luciani

Die Notfall AG

Marlene Schmid

27.2.06

Domenica Luciani

ist Übersetzerin und Autorin vieler erfolgreicher Kinder- und Jugendbücher. Ihre Bücher haben in Italien wichtige Auszeichnungen bekommen, u. a. den »Premio Bancarellino«, den »Premio Cento« und den »Premio Pippi«.

Domenica Luciani

DIE NOTFALL AG

Aus dem Italienischen von Katharina Schmidt

Mit Illustrationen von Antje Damm

Arena

Für Bea, Eli, Elvi, Francesca, Haider, Manu, Paola, Titti und meine anderen unzähligen lieben Freundinnen, die ich noch nie belogen habe – glaube ich jedenfalls.

Die Originalausgabe erschien 2003 unter dem Titel »Balle Grosse S.p.A.« bei Giunti Editore S.p.A., Florenz/Mailand.

In neuer Rechtschreibung

1. Auflage 2005

Aus dem Italienischen von Katharina Schmidt
Innenillustration: Antje Damm
Einbandgestaltung: Frauke Schneider unter Verwendung von Illustrationen von Antje Damm
Gesamtherstellung: Westermann Druck Zwickau GmbH
ISBN 3-401-05747-2

www.arena-verlag.de

INHALT

1. BEACHTLICHE LÜGEN

Wenn ich die Wahrheit sagen soll – und das wird in dieser Geschichte nur selten passieren –, bin ich am Anfang auf die ganze Sache hereingefallen wie ein Idiot. Und das beweist, Lügen haben weder kurze Beine noch eine lange Nase wie Pinocchio!

Ganz im Gegenteil: Der Junge mit dem Affen auf der Schulter hatte lange Beine, die so dünn waren wie Strohhalme, und seine Nase war so winzig klein, dass höchstens die Hälfte eines normalen Popels Platz gehabt hätte. Das fiel mir sofort auf, als der Junge sich dem Spielplatz näherte. Dorthin hatte ich Nick an diesem Sonntagnachmittag zum Grasfressen geführt. Vorsichtshalber hatte ich ihn angeleint gelassen und die Leine an einer Parkbank befestigt.

Also, hätte Nick einen Maulkorb getragen, wäre es bestimmt nicht zu dem gekommen, was kurz darauf passiert ist, und ich wäre immer noch der brave, ehrliche Junge von früher. Es stimmt tatsächlich, ein zertretener Grashalm kann den Lauf der Geschichte verändern.

Tatsache ist, als der Junge nur noch einen Schritt von mir entfernt war, hat er sich hinuntergebeugt, um sich die Schnürsenkel zuzubinden. Ganz plötzlich ist der kleine Affe auf die Rückenlehne der Bank gesprungen und Nick hat mit einem gewaltigen Biss gerade noch die Spitze seines langen Schwanzes erwischt. Der kleine Affe hat einen

Mordsschrei ausgestoßen und sich mit einem Satz auf die Schulter seines Herrn geflüchtet.

»Mist, sein Schwanz blutet«, hat der Junge wütend gebrüllt. »Was ist das für ein Untier . . . das . . . das . . .«

»Ja, er ist mehr Tier als Mensch. Lass dich von meinen Eltern entschädigen«, habe ich mit einer geradezu olympiareifen Ruhe gesagt.

»Ist das da etwa dein kleiner Bruder?«, hat der Junge neugierig gefragt.

»Ja. Er ist drei Jahre alt, heißt Nick und damit er nichts Schlimmes anstellt, müssen wir ihn immer am Halsband spazieren führen.«

Ich schäme mich immer so, dass es schon ekelhaft ist, wenn ich das mit meinem Bruder erklären muss. Es ist auch schwierig, zu erklären, dass er sich wie ein Hund benimmt. Mama sagt, Papa sei zu der Zeit, in der Nick gezeugt worden ist, von

einem wilden Spürhund gebissen worden. Deshalb habe Nick in seiner DNA auch einige Hundegene. Über die Rasse sind wir nicht ganz sicher, denn Nick zeigt keine Verhaltensweisen eines Spürhunds. Wenn überhaupt, dann ist er aggressiv wie ein Pitbull und liebt es, im Wasser herumzuplantschen wie ein Neufundländer. Vielleicht ist er ja eine Kreuzung.

Der Junge hat ein wenig gelächelt, dann ist er zum Brunnen neben dem Sandkasten gegangen und hat den Schwanz des Affen unter das kalte Wasser gehalten. Ich habe mir das Dreiecktuch vom Arm abgemacht und damit einen Verband improvisiert. Nick hat drohend gejault und ich habe ihn in den Hintern getreten.

»Wie heißt dein Affe?«, habe ich den Jungen gefragt und das Tier liebevoll an seinem flaumigen Köpfchen gekratzt.

»Sie heißt Schirina wie eine Prinzessin aus Tausendundeiner Nacht.«

»Was, du bist ein Bewunderer von Prinzessinnen?«, habe ich gesagt und gelacht.

Beim Wort »Bewunderer« hat er mich ein wenig erstaunt angesehen und ich habe schnell noch hinzugefügt: »Das ist doch Mädchenkram. Ich würde meinen Affen vielleicht Lisa Simpson oder Lara Croft nennen.«

Durch die grünen Augen des Jungen ging ein plötzliches Aufflackern. Dann hat er sich das T-Shirt über der Brust glatt gestrichen, sich etwas krumm gemacht und die Hände in den Taschen vergraben.

»Weißt du, der Name Lisa klingt mir etwas zu belanglos. Also ich heiße eigentlich Bartolomeo, daraus wird abgekürzt Bart.«

»Stark!«, habe ich ausgerufen. Dann habe ich ihm schwungvoll die Hand gegeben und dabei gesagt: »Also ich heiße Ernie.«
Bart hat mich misstrauisch angeschaut und seine Hände in den Taschen vergraben.
»Nick . . . Ernie – du bist wirklich kein guter Lügner«, hat er dann noch mit einem Anflug von Herausforderung hinzugefügt. »Du hättest schon glaubhaftere Namen erfinden können.«
Was meinte der denn mit glaubhaftere Namen? Ich war so erstaunt, ich habe noch nicht einmal gemerkt, dass Nick sein Bein in gefährlicher Nähe meiner Nike Air hob. Nur gut, dass er eine absolut dichte Windel trug! In der Zwischenzeit hatte mir Bart den Rücken zugewandt und ging mit seinem Affen auf der Schulter davon, ohne mir auch nur Auf Wiedersehen zu sagen!
Ich bin ihm nachgerannt, habe ihn am Ellenbogen festgehalten und geschrien: »Ich habe dir keine Lügen erzählt! Wir heißen wirklich Ernie und Nick oder zumindest werden unsere Namen so abgekürzt.«
Da Bart mich aber weiter so ungläubig anschaute, habe ich ihm gleich von Mama und Papa erzählt. Sie sind beide waschechte Londoner, die es nach Italien verschlagen hat. Ihren beiden in Florenz geborenen Söhnen wollten sie zwei sehr englische Namen geben, eben Ernest und Nicholas.
»Warte nur ab, wenn du mir nicht glaubst«, habe ich noch gesagt.
Dann habe ich mich meinem Bruder zugewandt, der gerade

eifrig damit beschäftigt war, einen halb aufgelutschten Chupa-Chups im Sandkasten zu vergraben.
Mit erhobenem Finger habe ich »Nick, Platz!« gerufen. Nick hat sofort den Lutscher losgelassen und sich schnell vor der Bank hingelegt. Ich habe ihn dann belohnt und ihm einen Keks zugeworfen, den er natürlich in der Luft geschnappt hat.
Bart hat die ganze Angelegenheit wortlos verfolgt, aber Schirina hat begeistert in die Hände geklatscht.
Dann habe ich noch hinzugefügt: »Nick hört nur auf diesen Namen. Du kannst ja versuchen ihn anders zu nennen, aber du wirst nichts damit erreichen!«
Dann kam mein Freund Jacobini angeschossen, hat sein Mountainbike praktisch vor meiner Nase zum Stehen gebracht und gebrüllt: »Hallo, Ernie! Was geht ab?« Er ist davongesprintet, ohne eine Antwort abzuwarten.
Bart hat mit zusammengepressten Lippen langsam genickt und gemeint: »Na gut, dann bist du eben kein Lügner.«
»Ganz bestimmt nicht! Ich heiße nicht umsonst Ernest, das heißt nämlich ernsthaft auf Englisch!«
Ich glaube, ich hatte gar nichts Komisches gesagt, aber Bart hat sich trotzdem vor Lachen nicht mehr eingekriegt. Schirina hat es ihm sofort nachgemacht und dabei ihre spitzen Zähne entblößt, die gelb wie Pinienkerne waren. Nick kann Gekreisch nicht leiden und hat deshalb angefangen zu bellen. Ich habe ihm noch einen Tritt versetzt.
»Entschuldige, aber ich glaube einfach nicht an diese Geschichte, dass ein Name den Charakter des Menschen widerspiegelt, der ihn trägt. Denk mal, meine Tante heißt Mo-

destia, die Bescheidene, und sie macht immer sehr viel Wind um sich«, sagte Bart.
Gar nicht zu reden von seinem Onkel Severo, das bedeutet der Strenge, der den ganzen Tag wie ein Bekloppter kicherte, oder Kusine Constanza, die nun wirklich nicht beständig war und bei jedem Windhauch ihre Meinung änderte, oder Großmutter Letizia, die nicht fröhlich war und mit einem schmollenden Gesicht herumlief, das ihr bis zu den Füßen hing.
»Du hast eine ziemlich komische Familie«, habe ich ganz unschuldig gemeint. Ich möchte aber betonen, dass ich bis zu diesem Tag als guter Junge, der ich war, nicht die leiseste Vorstellung davon hatte, welche aberwitzigen Lügen das Hirn mancher Leute verstopfen können.
Bart hat nur zufrieden genickt und sich mit übergeschlagenen Beinen auf die Bank gesetzt. Schirina hat sich in seinen Armen eingekuschelt und Nick ein wenig ängstlich aus dem Augenwinkel beobachtet. Aber der hat wieder seinen Lutscher in Sand vergraben.
»Ja, du hast Recht, wir sind eine einzigartige Familie, mit historischer Bedeutung«, hat Bart gesagt und dabei geseufzt.
»Was zum Teufel meinst du damit?«, habe ich ihn gefragt.
»Auf unseren Schultern ruht das Schicksal der gesamten Menschheit.«
Bart hat nachdenklich den Blick gesenkt. Schirina fraß einen Floh, den sie gerade hinter ihrem Ohr gefunden hatte. Ich musste aussehen wie ein armer Tauber, den man vor den Fernseher gesetzt hatte und der jetzt verzweifelt ver-

suchte sich bis Seite 777 des Videotextes durchzuzappen. Kurz und gut, ich verstand nicht die Bohne!
Aber dann hat Bart wieder angefangen zu erzählen: »Ich erkläre es dir: Erinnerst du dich an den Krieg in Afghanistan?«
»Mmm . . .«
»Also, bevor Bush den Krieg erklärt hat, hat er meinen Vater um eine Menge Tipps gebeten . . .«, hat Bart erläutert.
»Im Ernst?«, habe ich ganz beeindruckt gefragt.
Bart hat heftig mit den Augenlidern geklappert.
»Was für eine Verantwortung: Papa hat drei Monate lang Durchfall davon gehabt!«
Dann hat er sich geräuspert und weitererzählt: »Und erst der Zweite Weltkrieg! Wäre da nicht mein Großvater gewesen, würden wir heute alle unter der Naziherrschaft leben!«
»Dein Großvater war General bei den Alliierten?«, habe ich gefragt.
»Nein, er war ein Fan des Boogie-Woogie. Weil er diesen Tanz unbedingt lernen wollte, hat er die Amerikaner dazu gebracht, nach Europa zu kommen und ihm den beizubringen.«
Ich habe nur verblüfft geschluckt und in Gedanken Barts tanzendem Großvater gedankt. Weil ich zeigen wollte, dass ich auch ein wenig in Geschichte Bescheid weiß, habe ich gesagt: »In der Schule beschäftigen wir uns gerade mit dem Vietnamkrieg . . .«
»Ach ja, der . . .«, hat mich Bart unterbrochen, »dieses Elend. Das Ganze ist nur so verlaufen, weil die Amerikaner

die Ratschläge meines Großvaters väterlicherseits befolgten und ihre Feinde die meines Großvaters mütterlicherseits.«

Anscheinend hatten die beiden Großväter einander bis auf den Tod gehasst, weil der eine den anderen beschuldigte ihm nachts den Nachttopf zu klauen, sodass er gezwungen war in eine Blumenvase zu pinkeln. So viele Tote nur wegen eines dummen Streits zwischen zwei alten Pissern!

Bart erzählte jetzt immer mehr von seiner Familie. Schirina suchte inzwischen Flöhe. Nick lag auf dem Boden und schnarchte. Ich hörte mit offenem Mund die Heldentaten aller seiner hervorragenden Vorfahren: Sein Großonkel, ein Säufer, hatte Garibaldi dazu geraten, ein rotes Hemd zu tragen, weil man darauf Weinflecke nicht so sah. Seine schlaue Ururgroßmutter hatte Napoleon geraten von Elba zu fliehen, weil sie seine Villa mit Sonnendach und Privatstrand abstauben wollte.

Ich habe keine Ahnung, wie lange ich ihm noch wie in Trance zugehört hätte, hätte Bart nicht plötzlich einen Blick auf seine Uhr geworfen. Daraufhin sprang er auf und rief: »So ein Mist, ich muss gehen!«

Es war noch nicht einmal halb sieben und ich konnte ihm gerade noch zurufen: »Warte, es ist noch nicht so spät!«

Aber Bart rannte weg und zog das Äffchen mit dem Namen aus Tausendundeiner Nacht mit sich. Dabei wirbelte er viel Staub auf dem Weg auf, und während er hinter der Rutsche verschwand, hat er gerufen: »Tut mir Leid, heute Abend kommt der Papst zum Essen!«

In den nächsten Tagen musste ich oft an Bart denken und langsam kamen mir zumindest Zweifel, ob all das, was er mir über seine denkwürdige Familie erzählt hatte, nicht völlig frei erfunden war. Besonders weil ich in meinem Geschichtsbuch keine Spur von seinen komischen Verwandten gefunden hatte. Aber der endgültige Beweis war, dass die Fernsehnachrichten nicht ein Wort über einen Besuch des Papstes in Florenz brachten, und man weiß doch, dass dieser arme Mann sich noch nicht einmal im Hof des Vatikans die Beine vertreten kann, ohne dass die halbe Welt davon erfährt. Also ich wette zehn zu eins, dass mich Bart ganz geschickt verarscht hatte. Und obwohl ich einerseits unheimlich sauer auf ihn war, empfand ich doch eine eigenartige Bewunderung für diesen merkwürdigen Jungen. Ich wäre niemals fähig gewesen so faustdicke Lügen aufzutischen, ohne mit der Wimper zu zucken oder mich bei den schönsten Stellen vor Lachen zu biegen. Das dachte ich jedenfalls zu diesem Zeitpunkt.

Am folgenden Sonntag hatte Nick einen merkwürdigen Husten und Mama hatte mir deshalb verboten mit ihm in den Park zu gehen. Der Arzt hatte erstaunt festgestellt, dass Nick alle Symptome einer Hundestaupe hatte. Deshalb hatte er Nick ein Antibiotikum für Hunde gespritzt, nachdem er einen Tierarzt konsultiert hatte. Ein voller Erfolg: Nach sieben Tagen hustete mein Bruder nicht mehr und spielte wieder mit seinem Gummiknochen. Nach dem Essen war er mir als freudige Begrüßung an den Hals gesprungen und hatte dabei seine Leine zwischen den Zähnen gehalten.

Während ich mit Nick, der fröhlich neben mir hertrabte,

zum Park lief, dachte ich, es wäre doch ein schöner Zufall, wenn ich dort wieder auf Bart und Schirina stoßen würde. Mit Ausnahme dieses schicksalhaften Sonntags hatte ich die beiden noch nie hier gesehen. Wenn Bart mir wirklich einen Haufen Lügen erzählt hatte, hatte er natürlich jeden Grund, sich nicht wieder bei mir blicken zu lassen.
Ich hatte mich geirrt! Ich sah ihn schon von weitem: Er saß auf derselben Bank wie beim letzten Mal und glättete eine Punksträhne. In der Bewegung, mit der er sich durch die Haare strich, lag etwas Seltsames, genauso wie in der Art, in der er aufrecht saß. Aber ich hatte keine Zeit, darüber nachzudenken. Als Bart mich sah, verschränkte er sofort die Hände vor der Brust und beugte sich nach vorn.
»Wo ist Schirina?«, fragte ich ihn als eine Art Begrüßung.
»Sie ist mit Papa in geheimer Mission unterwegs«, war die Antwort.
»In geheimer Mission?«, habe ich automatisch wiederholt und Nicks Leine an der Bank festgemacht. Nick hatte sich auf den Boden gekauert und schnüffelte an einem Bonbonpapier.
Bart warf mir einen verärgerten Blick zu, dann stieß er einen seiner typischen Seufzer aus und erklärte mir: »Papa ist ganz dringend zum Präsidenten von Burundi gerufen worden. Es geht um innere Angelegenheiten. Deshalb hat er daran gedacht, Schirina mitzunehmen, damit sie etwas heimatliche Luft schnuppern kann.«
Richtig, Burundi musste also in Afrika liegen. War das auch eine Lüge? Mein Verstand sagte mir Ja, aber . . . Während Bart sprach, klang er so genervt und unbeirrbar, dass

man ihm unmöglich nicht glauben konnte. Na gut, ich konnte ihn immer noch nach ein paar Einzelheiten fragen. Vielleicht würde er sich dann verraten.

Aber er hat dann meine Gedankenkette unterbrochen und gesagt: »Jedenfalls bin ich hierher gekommen, um dir das zurückzugeben«, sagte er, zog mein Dreiecktuch aus der Tasche und klatschte es mir in die Hand.

Dann wollte Bart plötzlich aufstehen, aber ich war schneller als er und habe ihn am Saum seines T-Shirts gepackt. Dabei hob ich ihn so hoch, dass er mit dem Hintern auf die eiserne Rückenlehne der Bank klatschte. Verdammt, ich hätte nicht gedacht, dass er so leicht wäre.

»Warte mal, ich möchte doch noch wissen, wie das Essen mit dem Papst war!«

Bart hat seine Hand nach Nicks Kopf ausgestreckt und gefragt: »Kann ich ihn streicheln, ohne dass ich befürchten muss ein paar Finger dabei zu verlieren?«

Ich habe genickt. Während Bart mit dem Zeigefinger durch die dunklen Locken meines kleinen Bruders fuhr, bin ich wieder zum Angriff übergegangen: »Ich habe dich eben was gefragt. Also, was erzählst du mir über den Papst?«

»Ein heiliger Mann«, hat Bart geantwortet und dabei gelächelt. »Er isst wie ein Vögelchen und meine Eltern hatten doch ein Essen mit acht Gängen aufgetischt!«

»Ach ja, und was gab es als Nachtisch?«, habe ich schnell erwidert und bin plötzlich richtig wütend geworden.

»Eine Saint-Honoré-Torte getränkt mit einem besonderen Jahrgangswein«, hat Bart wie aus der Pistole geschossen geantwortet.

Ganz offensichtlich hatte er mich überrascht, deshalb bin ich jetzt ohne Umschweife zur Sache gekommen: »Weißt du, ich glaube dir kein Wort!«, habe ich zwischen den Zähnen hervorgestoßen. »Warum hat denn das Fernsehen kein Wort über die Reise des Papstes nach Florenz gebracht?«

Bart hat die Arme ausgebreitet und erklärt: »Das sind die Geheimhaltungsvorschriften des Vatikans. Nicht alle Reisen des Heiligen Vaters werden an die Öffentlichkeit gebracht. Glaubst du nicht, dass auch er ein Recht auf Privatsphäre hat?«

Natürlich glaubte ich das. Aber ihm glaubte ich nicht.

»Ich sage dir das ganz im Vertrauen . . .«, fuhr Bart fort und sprach leiser, »wenn der Papst als Privatmann reist, nimmt er nicht das Papstmobil. Meist benutzt er dann eine Vespa.«

Was für ein verdammter, kleiner Bengel! Musste er es immer schaffen, mich zu verwirren? Deshalb wechselte ich schnell das Thema und fragte ihn: »Und was soll all dieser Mist, den du mir über deine bedeutende Verwandtschaft erzählt hast? Wieso finde ich darüber nichts in meinem Geschichtsbuch?«

Bart hat angefangen zu lachen und gemeint: »Ach, die Geschichtsbücher! Die erzählen ja einen Haufen Unsinn!«

Weil ich ihn immer noch finster angeguckt habe, hat er noch hinzugefügt: »Also hör mal, hat jemand von uns Menschen aus dem Jahr 2000 Napoleon je gesehen? Oder hat man ihn jemals filmen können?«

Ich habe traurig den Kopf geschüttelt. Bart hat gelangweilt seinen Schluss daraus gezogen: »Na, dann ist doch ganz klar: Alles, was über ihn erzählt wird, stammt aus den Aufzeichnungen unbekannter Leute, die seit vielen Jahren tot und begraben sind. Aber wenn du schon diesen Gespenstern glaubst, warum willst du dann mir nicht glauben, ich sitze schließlich leibhaftig vor dir.«

Für einen Moment war mir etwas schwindelig, dann habe ich den Faden wieder gefunden und gemeint: »Ja, aber über den Zweiten Weltkrieg gibt es schon Filmmaterial, das . . .«

Bart hat nur aufgestöhnt und die Augen verdreht. Dann sagte er: »Ja, aber wie es der Zufall will, war mein tanzender Urgroßvater, der Boogie-Woogie lernen wollte, kein Fan von Videos. Also er war umwerfend hässlich und deshalb ist er nie in Dokumentarfilmen aufgetaucht. Es ist doch immer so, wenn du nicht telegen ist, schert sich keiner um dich.«

Ich wollte gerade etwas antworten, da machte sich Nick mit einem plötzlichen Ruck von der Leine los und rannte im Galopp weg. Vergebens holte ich einen Keks aus meinem Rucksack und schrie: »Nick, komm her! Platz!«

Ohne Leine war mein Bruder wie ein Tiger außerhalb seines Käfigs: Er hörte auf nichts und niemand mehr.

Also stürzte ich mich kopfüber in die Verfolgung. Für einen Moment packte mich die Panik, denn Nick schien sich in Luft aufgelöst zu haben. Ich bin aufs Geratewohl über den Spielplatz gerannt und in einem Augenblick der Verzweiflung habe ich eine Frau angehalten, die ein kleines Mädchen auf der Schaukel anschubste.

»Entschuldigen Sie, haben Sie vielleicht ein Kind mit einem Halsband gesehen, das mit hängender Zunge davongerannt ist?«

Die Frau hat mich verblüfft angesehen und gefragt: »Ich habe dich nicht verstanden. Suchst du ein Kind oder einen Hund?«

Wenn ich das nur gewusst hätte! Aber ich hatte keine Zeit zum Erklären. Deshalb fing ich wieder an zu rennen, bis ich eine schwarz-weiße Katze wie eine Rakete auf den Stamm einer Steineiche flitzen sah. Ich habe eine tierisch scharfe Vollbremsung hingelegt und kam schlagartig zum Stehen. Ja, genau, wie ich gedacht hatte: Nick war unter dem Baum, er hüpfte um ihn herum und winselte, dabei lief ihm die Spucke aus dem Mund. Also habe ich mich unbemerkt von hinten angeschlichen und ihn wie ein Dompteur eingefangen.

»Wie oft muss ich dir noch sagen, dass du die Katzen in Ruhe lassen sollst!«, habe ich ihn angeschrien und mit aller Kraft weggezerrt.

Als ich wieder zu der Bank kam, war Bart gegangen. Ich habe wütend die Fäuste geballt. Wenn ich ihn jetzt vor mir gehabt hätte, hätte ich ohne weiteres meinen Bruder auf ihn losgelassen!

2. IN WAHRHEIT WAR BART VERA

Wir hatten schon Ende Oktober. Jeden Sonntag war ich pünktlich mit meinem »Hund« an der Leine, einem Proviant an Keksen im Rucksack und der heimlichen Hoffnung, Bart auf der üblichen Bank wieder zu sehen, in den Park gegangen. Diesmal wäre er nicht so einfach davongekommen, ich hätte ihn ins Kreuzverhör genommen und zum Geständnis gezwungen, dass er mir einen Haufen Lügen erzählt hatte. Bart war aber nicht wieder aufgetaucht.

Ich hatte auch ein paar bescheidene Ermittlungen angestellt, hatte im Park, in der Schule und in der Sportschule herumgefragt, ob irgendjemand einen schmächtigen, kleinen Jungen mit grünen Augen und einer Punkfrisur gesehen hatte, der einen Affen auf der Schulter trug. Aber niemand hatte mir etwas sagen können bis auf die Schwester eines Mitschülers, die mir aber keine Hilfe war. Sie meinte, ein Mädchen, das vor kurzem in unser Viertel gezogen war, hätte einen kleinen Affen. Na, vielleicht war das ein Zufall oder sie hatte sich geirrt. Wer weiß, vielleicht war das kein kleiner Affe, sondern eine kleine Schwester mit ein paar Affengenen, die einem Affen nur ähnlich sah und das war's.

Schließlich, als ich eines Abends mit umgehängter Tasche die Sportschule betrat, habe ich sein Gesicht mitten unter einer Schar von Mädchen gesehen, die gerade den Umkleideraum für das Kunstturnen betraten. Zur Erklärung: In der Sportschule, in der ich Karate lerne, gibt es auch Mädchenklassen für Kunstturnen. Ihre Stunden hören eine halbe Stunde vor dem Beginn der Kampfsportkurse auf. Ich wollte ihn gerade rufen und ihm auf die Schulter klopfen, da bin ich atemlos stehen geblieben wie ein Idiot. Ihr werdet es nicht glauben, aber Bart trug einen silberfarbenen Body, weiße Strumpfhosen und rosa Schuhe!

Na, dieser Aufzug stand ihm nicht mal übel. Im Gegenteil, ich habe festgestellt, dass er lange gerade Beine hat wie eine Gazelle und ein gut aussehendes Hinterteil. Aber irgendwas stimmte nicht. Ich wäre nicht einmal so erstaunt gewesen, wenn ich einen Bankangestellten in Badehose am Schalter gesehen hätte oder Nick im Karneval als Kätzchen verkleidet.

Als ich wieder reden konnte, war Bart in Begleitung seiner Freundinnen schon hinter der Tür zum Umkleideraum der Mädchen verschwunden. So eine Unverschämtheit! Ein verkleideter Hahn kam ungestört in den Hof der arglosen Hühner. Ich fühlte mich verpflichtet etwas zu unternehmen. Zuerst habe ich leicht an die Tür geklopft. Weil mir niemand aufgemacht hat, habe ich plötzlich die Türklinke heruntergedrückt. Als ich die Tür weit aufgemacht habe, wurde ich von einem allgemeinen Geschrei überfahren:

»Hau ab, du Spanner!«

»Du hast die Umkleide verwechselt, los ab!«

Für einen Moment war ich hilflos, dann habe ich schüchtern versucht etwas zu sagen: »Ich suchte Bart . . .«

»Du hast dich in der Tür geirrt, hier ist nicht das Haus der

Simpsons«, hat ein Mädchen mit einer Zahnspange geschrien und mich dabei angespuckt. Danach hat sie mich auf üble Weise rausgeschmissen.

Also stand ich dann im Vorraum der Sportschule und zehn Augenpaare starrten mich an. Die wütenden Mütter dieser Hühner müssen mich für einen Perversen gehalten haben. Ich habe sie nicht einmal berührt und bin mit entschiedenen Schritten in Richtung Turnhalle gegangen.

Ich musste der Frage auf den Grund gehen und war sicher, dass ich mich nicht geirrt hatte. Ich hatte Bart als Tänzerin verkleidet gesehen, so wahr ich Ernie heiße!

»Entschuldigen Sie, gibt es in der Klasse, die gerade den Unterricht beendet hat, vielleicht einen Jungen?«, habe ich die Lehrerin für Kunstturnen gefragt.

Sie hat mich angesehen, als wäre ich ein dreibeiniger Marsmensch und mir geantwortet: »Natürlich nicht! Das ist ein Sport für Mädchen.«

»Aber Sie könnten nicht beschwören, dass eine Ihrer Schülerinnen nicht vielleicht ein, hm, verborgenes Talent unter dem Body hat . . .«, ich konnte nicht weiterreden. Verdammt, es war nicht einfach, das zu sagen.

»Was willst du damit unterstellen?«, hat die Lehrerin gefragt.

Im gleichen Moment spürte ich, wie mir jemand mit einem unverwechselbaren Hieb auf die Schulter schlug. Ugo, mein Karatelehrer! Immerhin hat er mich nicht zu Boden geworfen. Er hat einfach nur gesagt, ich sollte mich schnell umziehen, weil der Unterricht anfinge. Ein paar Momente habe ich in der Vorhalle noch Zeit gewonnen. Ich habe so getan, als würde ich etwas in meiner Tasche suchen. Aber eigentlich hoffte ich insgeheim, dass sich früher oder später die Tür zum Umkleideraum der Mädchen öffnen und Bart auftauchen würde. Aber Ugo hat mir einen mörderischen Hieb auf den Kopf versetzt, einen der verbotenen Griffe.

»Also Ernie, los, in die Umkleide!«, hat er gebrüllt.

Das habe ich mir nicht zweimal sagen lassen. Wenn ich etwas seit der ersten Karatestunde gelernt hatte, dann war es das: Verärgere niemals einen Kampfsportlehrer!

Ein paar Tage später hat mich meine Mutter mit Nick in den Supermarkt geschickt. Ich sollte dort einen Karton Eier und Reis für Nicks Futter kaufen. Meine Mutter gibt Nick kein widerliches Hundefutter aus der Dose, sondern bereitet für ihn ein leckeres Fressen aus Reis mit Fleisch und Gemüse.

Als ich das Schild »Wir müssen leider draußen bleiben« gelesen habe, habe ich Nicks Leine an der Stange festgemacht, wo die Einkaufswagen angekettet sind. Eine Frau hatte gerade ihren Cockerspaniel dort angebunden und die beiden fingen an einander nach Hundeart zu beschnüffeln, wie es eben ihrer Natur entsprach.

»Schön brav, dann kriegst du nachher einen Keks!«, habe ich meinem Bruder befohlen.

Er hat mir einen Blick zugeworfen, der nichts Gutes verhieß. Deswegen habe ich mir vorgenommen, einen Blitzeinkauf zu machen und ihn möglichst schnell wieder abzuholen.

Ich stand schon in der Schlange an der Kasse mit meinem Karton Eier in der einen Hand und dem Reis in der anderen, als ich Bart gesehen habe, der mit einem halb leeren Einkaufswagen in Richtung Tiefkühlabteilung wanderte. Deshalb habe ich die Warteschlange verlassen und bin ihm mit Volldampf hinterher. Diesmal trug er kein Tänzerinnenkostüm und diesmal würde er mir nicht entkommen, verdammt noch mal!

Bart sah in die entgegengesetzte Richtung und ich habe seinen Wagen mit meinem Fuß gestoppt. Seine Einkäufe sind in die andere Ecke des Wagens gerollt, es waren alles Markenartikel. Eine Dose weiße Bohnen Marke Coop, ein Paket Mürbteigplätzchen Marke Coop, ein Glas Mixedpickles Marke Coop und eine Tafel bittere Schokolade, natürlich auch die Supermarkt-Eigenmarke Coop.

»Sieh mal an, wer ist denn da!«, habe ich gerufen.

Bart schien überhaupt nicht erstaunt zu sein. Im Gegenteil, er hat sogar versucht zu lächeln, als würde er sich freuen mich zu sehen. Tatsächlich war ich mir aber sicher, dass er mich am liebsten umgebracht hätte, indem er mir einen tief gefrorenen Kabeljau auf den Kopf gehauen und dann meine Leiche unter einem Berg aus Fischstäbchen versteckt hätte. Wegen der berühmten Bekannten seiner Verwandtschaft wäre er sicher auch noch ungestraft davongekommen.

»Na, und wie geht es mit deinen Barrenübungen vorwärts?«, habe ich ihn in die Enge getrieben.

»Was für ein Barren?«, hat Bart gefragt und ist dabei aus allen Wolken gefallen.

»Spiel hier nicht den Blöden, gestern, in der Sportschule . . .«

»Ich weiß nicht, wovon du sprichst!«, hat er mich abrupt unterbrochen. »Ich weiß nur, dass ich jetzt dringend nach Hause muss. In ein paar Minuten erwarten wir Queen Elizabeth zum Tee!«

Ich weiß nicht, was mich davon abgehalten hat, ihm eine Ohrfeige mitten ins Gesicht zu verpassen. Vielleicht war es die Dame mit den hohen Absätzen, die vorbeiging und halb laut gesagt hat: »Hallo, Vera, grüß deinen Vater von mir!«

Vera? Mit wem hat sie denn geredet? Im Umkreis von 20 Metern waren hier nur Bart und ich. Moment mal . . . aber dann . . .

Plötzlich ist es mir wie Schuppen von den Augen gefallen! Tatsächlich! Bildlich gesprochen, sind mir die Eier aus der Hand gefallen und als schönes Omelett auf dem Boden gelandet.

»Los, lass uns abhauen, bevor einer der Angestellten kommt!«, hat Bart gerufen.

Zu spät: Da kam schon ein kräftiger, junger Mann mit einem grünen Kittel angerannt und sah uns drohend an.

»Was habt ihr denn hier angestellt, Jungs!«, brüllte er mit strengem Gesicht.

»Also . . .«, habe ich angefangen.

»Wir haben gar nichts angestellt, aber ihr seid alles Faulpelze. Wenn ihr hier nicht schnell putzt, könnte jemand ganz schön hinfallen. Ich wäre fast ausgerutscht«, hat Bart zurückgebrüllt.

Plötzlich wurde der junge Mann rot. Dann hat er ganz be-

sorgt geflüstert: »Ich bringe das sofort in Ordnung, aber bitte beschwert euch nicht beim Geschäftsführer.«
Darauf hat Bart zurückgeflüstert: »Na gut, diesmal drücken wir noch ein Auge zu.«
Danach ist Bart schnell zu den Kassen gegangen. Bis zur Kasse drei war ich ihm dicht auf den Fersen. Sie war geschlossen, so ein Mist. Bart hat gerade noch seine »Markenartikel« bezahlen können, aber ich musste mich für ein erbärmliches Paket Reis noch einmal an einer anderen Kasse anstellen, obwohl ich direkt hinter ihm war.
Als ich endlich zum Ausgang kam, war Bart natürlich verschwunden. Ich bin also schnell zu Nick gerannt, der sich inzwischen mit dem Cockerspaniel verbrüdert hatte. Die beiden haben einander die Ohren geleckt. Nachdem ich ihn eilig abgemacht hatte, bin ich alle Straßen in der Umgebung abgelaufen, in der Hoffnung, das Objekt meiner Begierde zu treffen. Ich war so besessen davon, dass ich wie ein Verrückter an jeder Straßenecke »Bart! Bart!« gebrüllt habe. Weil mir niemand geantwortet hat, habe ich plötzlich angefangen »Vera! Vera! Vera!« zu rufen und habe erst damit aufgehört, als mein Bruder wie verrückt gebellt hat.
Ich war jetzt mehr als überzeugt, dass Bart ein Mädchen war, das eigentlich Vera hieß. Während ich die Treppe unseres Wohnhauses hinaufging, habe ich alle Teile des Puzzles zusammengefügt: Barts weibliche Handbewegung, mit der er sich die Punksträhne glättete, seine aufrechte Haltung auf der Bank, als er mich kommen sah, das Vorbeugen, um den Ansatz von Busen zu verstecken, die Nachricht über ein neues Mädchen im Viertel, dem ein Af-

fe gehörte, und natürlich sein Auftritt im Tanzdress. Alles passte haargenau zusammen!

Kaum war ich in der Küche, hat mich meine Mutter aus meinen Gedanken geholt und gefragt: »Wo sind die Eier?«

Ich habe keinen Augenblick nachgedacht und einfach gesagt: »Im Coop hatten sie keine mehr.«

Sofort danach habe ich mich gefragt, warum ich nicht die Wahrheit gesagt hatte. Schließlich kann es doch jedem passieren, dass ihm ein paar Eier kaputtgehen, und meine Mutter war ganz bestimmt niemand, der sich über so etwas aufregte. An kleine Unfälle hatte sie sich gewöhnt, bei allem, was mein Bruder jeden Tag so anstellte. Aber am meisten hat mich erstaunt, was ich dann noch gesagt habe: »Sie haben eine Durchsage gemacht: Der Wagen, der die Eier liefert, ist von der Straße abgekommen und in eine Schlucht gestürzt.«

»Wirklich?«, hat meine Mutter erstaunt gefragt.

»Ja, der Fahrer war sofort tot und es war nicht möglich, die Schlucht von einer Tonne zerbrochener Eier zu säubern. Der Platz ist jetzt in ›Das große Omelett‹ umbenannt worden.«

Meine Mutter hat mich verblüfft angeschaut, aber ich glaube nicht, dass sie an meinen Worten gezweifelt hat. Das war die erste sinnlose Lüge, die ich erzählte, seit ich mit drei Jahren im Kindergarten abgestritten habe, dass ich mich voll gepinkelt hatte. Ich fühlte mich unglaublich gut. Nein noch besser: Ich fühlte mich wagemutig, wie jemand der zum ersten Mal Bungeejumping macht. Deshalb habe ich dann ganz ohne Skrupel die Position des »Großen

Omeletts« beschrieben, das bestimmt sehr bald eine Touristenattraktion werden würde. Ich weiß nicht, was ich dafür gegeben hätte, das zu sehen!

»Man plant gerade eine Panorama-Seilbahn, welche die Schlucht von einem Ende zum anderen durchqueren soll«, habe ich ganz übermütig hinzugefügt.

»Eine Seilbahn?«, hat meine Mutter wiederholt.

»Nein, um genau zu sein, eine Eibahn«, habe ich verbessert.

Das Wort Ei hat meine Mutter aus ihrer Verblüffung herausgerissen und sie hat gerufen: »Apropos, tut mir Leid, aber du musst wirklich noch mal kurz raus, um Eier zu kaufen. Vielleicht im Käsegeschäft.«

»Na gut, aber Nick bleibt zu Hause!«

Bevor sie protestieren konnte, habe ich mir meine Jacke geschnappt und bin schnell aus dem Haus gelaufen. Mein Bruder hat wie ein Verrückter hinter der Tür gescharrt, aber ich habe so getan, als ob ich das nicht gehört hätte. Er war schließlich gerade zum Pinkeln draußen gewesen. Und gestern war er fünf(!) Stunden lang mit meinem Vater unterwegs, der ihm beibrachte nach Trüffeln zu suchen. Wenn er darin gut wurde, hatte er eine gesicherte Zukunft.

Auf dem Weg habe ich über einen Racheplan nachgedacht. Wenn ich Bart (oder Vera oder wie zum Teufel er/sie hieß) noch einmal erwischte, würde ich mich ganz anders verhalten. Ich würde ihn nicht mehr verfolgen, wie ich es bis jetzt getan hatte. Damit hatte ich nur erreicht, dass er mir entkommen war. Nein, ich würde ihn mit gleichen Waffen schlagen. Schließlich hatte ich doch gerade festgestellt,

dass ich auch ein ganz guter Lügner war, oder? Ich würde so tun, als ob ich mitspielte, und dann würde ich ihn in eine Falle locken! Ich würde ihn ein paar Kilo Staub fressen lassen und dann würde er schon die Wahrheit ausspucken.
Bei diesen Gedanken habe ich wütend die Lippen zusammengepresst und die Stirn gerunzelt. Mein Gesicht muss so grimmig gewirkt haben, dass zwei Kinder, die an mir vorübergingen, ängstlich zur Seite ausgewichen sind. Irgendwann habe ich sogar ein paar Meter über mir schrille Schreie gehört. Sah ich wirklich so zum Fürchten aus? Ich habe die Nase gehoben, nach oben geschaut und war plötzlich wie erstarrt: Auf dem Geländer eines Minibalkons an einem heruntergekommenen, kleinen Haus sah ich Schirina sitzen. Sie stopfte eine Banane in sich hinein. Ein Stück hinter ihr stand ein Bild in fahlen Farben auf einer Staffelei. Es zeigte ein Küchenbrett, einen toten Fisch und zwei gerupfte Hühner auf einem Tisch. Sie waren wohl an Melancholie gestorben. Daneben, auf einem durchgebrochenen Stuhl, lag verlassen eine Palette mit Farben. Von einer Seite des Balkons zur anderen war eine Leine gespannt, auf der verschiedene tropfnasse Socken hingen. Fünf von acht Socken waren an der Ferse kaputt.
Das war also die Diplomatenvilla, in der der Papst zum Abendessen eingeladen gewesen war? Gut, zu wissen! Ich konnte mir gut vorstellen, wie wohl sich Queen Elizabeth in dieser Hütte gefühlt hätte. Den Tee auf einer Terrasse mit Blick auf einen verlausten Affen, das Geschmiere eines Unbekannten und zerlöcherte Socken zu trinken – das gab es doch nicht alle Tage! Ich meine, für den Buckingham-

palast musste das eine Seltenheit sein. Aber jetzt hatte ich keine Zeit zu verlieren . . .

»Schirina! He, Schirina!«, rief ich und ging dabei auf die Zehenspitzen.

Als einzige Antwort hat dieser idiotische Affe die Bananenschale nach mir geworfen und mich mitten auf die Rübe getroffen. Die Schale klebte an meinen Haaren fest. Ich war durch den glücklichen Zufall so aufgeregt, dass ich noch nicht einmal daran gedacht habe, diese dämliche Kopfbedeckung abzunehmen.

Ganz im Gegenteil, ich war in diesem Augenblick so von meiner Freude gefangen, dass ich mich dem Äffchen zuwandte und rief: »Schirina, wo ist deine Herrin?«

Schirina sperrte ihr Maul weit auf und zeigte ihre bläuliche Zunge. Ich Idiot! Wie konnte ich hoffen irgendeine Information von einem Tier zu bekommen, nur weil es entfernt einem Menschen ähnlich sah? Es war ja schließlich nicht mein Bruder, der unter dem Abbild eines Hundes wenigstens den IQ eines kleinen Kindes verbarg – das hofften wir alle jedenfalls.

Auf jeden Fall hatte ich jetzt schon mal herausgefunden, wo sie wohnten. Ich konnte ganz entspannt klingeln und dann . . . Das war aber nicht nötig. Schirina schrie jetzt nämlich wie ein verrückt gewordener Wecker oder wie eine Klingel, die man mit durchgekautem Kaugummi verklebt hat. Kurz darauf kam Bart langsam raus.

»Hast du deine Banane gefressen?«, hat er den Affen gefragt und ihm ein Tütchen Erdnüsse in die Pfote gedrückt. Schirina hat sich sofort beruhigt.

»Hallo, Bart!«, habe ich gerufen und dabei breit gegrinst. Der angebliche Bart hat sich verblüfft umgesehen, dann hat er mich auf dem Bürgersteig entdeckt und ist an das Balkongeländer gekommen. Er hat gleich angefangen zu lachen.
»Was ist das, eine neue Mode?«, fragte er kichernd und deutete auf die Bananenschale, die ich noch auf dem Kopf trug.
Ich habe mit ihm gelacht, um ihn in gute Stimmung zu versetzen und das Terrain vorzubereiten. Danach habe ich die Bananenschale im Rinnstein entsorgt.
»Hör mal, hast du heute Abend schon was vor?«, habe ich ihn schließlich gefragt. Dann habe ich mir heuchlerisch gegen die Stirn geschlagen und ganz ernst gesagt: »Ach, was bin ich für ein Idiot! Ich habe den Tee mit Queen Elizabeth vergessen. Hoffentlich habe ich euch nicht unterbrochen?«
Bart hat sich geräuspert und erklärt: »Hm, nein. Leider musste mein Vater die Verabredung absagen. Er musste das nächste Flugzeug nach Kuwait nehmen. Der Scheich hat eine Krise, weil eine seiner Ölquellen versiegt ist, und braucht ganz dringend seine Hilfe.«
»Ich verstehe.«
Natürlich habe ich dazu keine sarkastischen Bemerkungen gemacht. Nein, ich habe so getan, als glaubte ich Bart alles, und ihn gefragt, ob er dann heute Abend mit mir rausgehen könnte. Ich habe gemeint, ich hätte noch nie in meinem Leben einen so interessanten Jungen wie ihn mit einer so aufregenden Familie kennen gelernt. Deshalb wollte ich ihn besser kennen lernen.

Bart hat herablassend geguckt und zugestimmt: »OK, und was machen wir?«
»Was meinst du, wollen wir in das Wäldchen im Park gehen. Ich möchte mich mit dir messen!«
»In was für einer Wettkampfart? Laufen wir oder fahren wir Fahrrad?«, hat Bart gefragt.
Ich habe den Kopf geschüttelt und nur gemeint: »Nein – was viel Härteres, eben was für Männer. Aber wenn du keinen Mut hast . . .«, habe ich achselzuckend gesagt.
Bart fühlte sich sofort an seiner empfindlichsten Stelle getroffen. Ha, ha, das Wort »Männer« war mein Köder für ihn gewesen.
»Was soll das heißen!? Ich bin schließlich auch ein Mann!«, hat er wütend gebrüllt.
Ja, natürlich. Ein halber Junge, der im Tutu und rosa Schühchen leicht in einer Pirouette dahinschwebt. Ich würde es ihm schon zeigen.
Also schneller als der Schall haben wir ausgemacht, dass wir uns um sieben Uhr am Haupteingang zum Park treffen würden. Die notwendige Vorbedingung für den Wettkampf: eine Stunde vorher wenigstens einen halben Liter Cola, Fruchtsaft oder einfaches Wasser trinken. Auch Tee? Natürlich auch Tee. Dann hat Bart keine Fragen mehr gestellt und hat mir versichert, er würde jetzt die Kanne mit dem Tee für Queen Elisabeth austrinken. Das wäre ein besonders feiner Tee, eine sehr teure Mischung »Earl Grey«, die einzige, die die Queen mögen würde. Komisch! Ich hätte gewettet, dass sie ihr einen Teebeutel der Nobelmarke Coop verabreicht hätten.

3. GESTÄNDNISSE IM GARTEN DER SCHEISSE

Am Drehgitter zum Park hatte ich schon meine zweite Flasche Cola geleert. Neunzehn Uhr zehn: Bart/Vera hatte Verspätung. Hatte er/sie es sich vielleicht überlegt? Ich bin hineingegangen und habe Steine geworfen, um die Zeit totzuschlagen. Dabei habe ich versucht das winzige Beet am Eingang zu treffen.

»Hi, Ernie, übst du schon mal?«, sagte Bart leise in gelangweiltem Ton. Er beobachtete mich unter dem Schirm seiner Baseballkappe hervor. Wie üblich hatte er die Hände in den Taschen vergraben und stand da wie der Glöckner von Notre-Dame. Eine perfekte Tarnung.

»Nein, wir schmeißen keine Steine um die Wette, wenn es das ist, was du wissen willst«, habe ich gleichmütig geantwortet und dabei den letzten kleinen Stein geworfen.

»Schade, denn ich treffe sehr gut und hätte sicher gewonnen«, meinte Bart.

Ich habe ihm einen teuflischen Blick zugeworfen und erklärt: »Also, bei unserem Wettkampf ist die Treffsicherheit nicht so wichtig wie die Schussweite. Aber es gibt kein Entkommen für dich, ich werde gewinnen.«

Bart hat mir einen herausfordernden Blick zugeworfen und nur gesagt: »Das werden wir schon sehen!«

Nach diesem Austausch von Höflichkeiten sind wir zu dem nahe gelegenen Stück des Parks gegangen, das unbestreitbar den Hunden gehört. Auf jedem Quadratmeter mindestens ein Stück Scheiße. Es ist also kein Zufall, dass wir Jungs diesen Platz Garten der Scheiße genannt haben. Die Verschiedenartigkeit der Hundescheiße war wirklich verblüffend! Kümmerliche Würstchen so klein wie Trillerpfeifen, dicke, mächtige Stangen, die wie Torpedos aussahen, und prachtvolle Haufen, die an Windbeutel erinnerten. Es stimmt, nicht alle Hundehalter sind so gewissenhaft wie ich. Wenn ich mit Nick rausgehe, nehme ich immer eine Plastiktüte und eine Schaufel mit. Ich brauche nicht zu sagen, dass mein Bruder die schlechte Angewohnheit hat, sich ständig die Windel abzumachen, während er sein großes Geschäft verrichtet.

Einige Zeit lang sind wir wortlos durch diesen voll gekackten Dschungel gelaufen. Wir waren viel zu sehr damit beschäftigt, durch den Mund zu atmen und unsere Nasen fest zuzuhalten. Bis wir über eine Spirale aus gelblicher Kacke stiegen, die wie eine zusammengerollte Boa constrictor mit nach oben gerichtetem Kopf aussah, und ich Bart ein Zeichen gab, mir zu folgen. Kaum waren wir in einen engen Pfad eingebogen, an dem zu beiden Seiten Brombeerbüsche standen, gab es immer weniger Scheiße. Ich habe das genutzt, um meine Nase wieder aufzumachen und meine Zunge in Bewegung zu setzen.

»Hast du getrunken, wie ich dir gesagt habe?«, habe ich meinen Herausforderer gefragt.

Bart hat geantwortet: »Ich habe eine ganze Kanne Tee ausgetrunken. Übrigens: Ich hoffe, das Ganze dauert nicht lange, denn ich muss unbedingt um halb neun zu Hause sein. Nach dem Essen kommt der deutsche Bundeskanzler auf eine Partie Schach zu uns.«

Da ist mir – wie man so schön sagt – der Kragen geplatzt, ich habe meine unerschütterliche Geduld verloren. Ja, ich hatte mir wieder vorgenommen keine Einwände gegen seine Lügengeschichten zu machen, aber was zu viel war, war zu viel.

»Ich dachte, dein Vater ist in Kuwait«, habe ich leicht angesäuert gesagt.

Bart ist sofort stehen geblieben und hat die Arme vor der Brust verschränkt. Einen Augenblick lang habe ich befürchtet, er würde mir den Rücken zudrehen und mich wieder stehen lasen wie die anderen Male.

»Habe ich vielleicht von meinem Vater gesprochen? Meine Mutter spielt Schach mit dem Bundeskanzler. Vielleicht finden sie zwischen zwei Zügen auch eine Lösung für die deutsche Wirtschaftskrise.«

Jetzt war er wieder in Fahrt gekommen und hat in seiner üblichen, unverschämten Art, wie ich sie ja schon kannte, wieder auf Teufel komm raus seine megagalaktischen Lügen aufgetischt. Laut Bart war seine Familie eine Art Universalversion der Gelben Seiten. Die Lösung für alle Probleme dieser Welt. Ich habe nichts mehr dazu gesagt. Ich fühlte, dass ich meine Revanche schon in der Tasche hatte, und wollte nicht mehr riskieren alles platzen zu lassen. Mittlerweile waren wir auf einer kleinen Lichtung angekommen, die von Brennnesselbüschen abgeschirmt wurde:

Der abgeschiedenste Ort im Garten der Scheiße. Der Boden war hier so sandig wie in einem Pinienwald. Ich habe einen Zweig aufgehoben und mit ihm eine Linie auf der Erde markiert. Währenddessen hat Bart von seiner Tante gequasselt, die ganz eng mit dem spanischen Königshaus war. Zu Weihnachten hatten sie ihr sogar einen Kampfstier geschenkt. Seine Tante hatte ihn in die Garage gestellt. Sie sei sehr zufrieden gewesen sozusagen ihr Sternzeichen als lebendes Tier geschenkt bekommen zu haben. Eine Geschichte, die, selbst wenn man daran glauben wollte, an allen Ecken undicht war. Ich meine, was hat das mit dem Sternzeichen zu tun? Ein Stier ist doch immer noch ein wildes Tier, oder? Hätte mir jemand einen Skorpion geschenkt (ich habe nämlich am 7. November Geburtstag), dann hätte ich den sofort mit dem Fuß zerquetscht.

An dieser Stelle habe ich seinen Wortschwall unterbrochen und geflüstert: »Wir sind da.«

Bart hat sich auf einen Felsblock gesetzt, der aus der Erde emporragte, und dabei das Kinn auf die Handfläche gestützt.

»Na, dann lass mal hören, welche Art von Wettkampf das ist«, hat er seufzend mit einem halben Gähnen gesagt.

»Ach, nichts Schwieriges, nur ein ganz normaler Pinkelwettbewerb«, habe ich grinsend gemeint.

Bart ist so abrupt aufgesprungen, als hätte ihn eine Schlange gebissen. Aber ich habe ja schon erklärt, dass die Schlangen hier auf dem Boden bloß stanken. Na, sieh mal an: Auf einmal hatte unser halber Junge seine unverschämte Art verloren. Und wenn das spärliche Licht der Dämme-

rung mich nicht täuschte, hatte er plötzlich knallrote Wangen.
»Ich habe das nicht verstanden«, hat Bart geflüstert und dabei mit den Fingerknöcheln der rechten Hand geknackt.
»Also ich erkläre es dir: Wir machen die Hosen auf, holen ihn raus und probieren, wer weiter pinkeln kann.«
Bart hat etwas Spucke heruntergeschluckt und sich die Kappe auf den Kopf gedrückt. Dann hat er gestottert: »Aber . . . aber . . . ich wusste nicht . . . also . . .«
»Ich habe dir doch gesagt, das sind Männersachen«, habe ich kichernd gemeint.
Er hat genickt und sich auf die Lippe gebissen, dann hat er den Trumpf »technische Probleme« ausgespielt.
»Ich muss jetzt leider nicht«, hat er leise gesagt.
»Aber du hast doch gesagt, du hättest was getrunken!«, habe ich ungeduldig gebrüllt. »Hast du mir zufällig eine Lüge erzählt?«
Das Wort »Lüge« habe ich besonders betont und mir dabei auf der Zunge zergehen lassen.
»Aber nein, selbstverständlich nicht!«, hat Bart mit Pokerface geantwortet. »Es kann vielleicht etwas dauern, bis ich pinkeln muss.«
Ich habe einen Gesichtsausdruck Marke »Kein Problem« aufgesetzt und ihn beruhigt: »Ich habe es nicht eilig. Vielleicht fange ich einfach an und du zeichnest mit dem Zweig an, bis wohin mein Strahl kommt.«
Mit diesen Worten habe ich angefangen mir den Schlitz meiner Jeans aufzuknöpfen. Ich hatte noch nicht einmal den ersten Knopf geöffnet, da hat sich Bart plötzlich umge-

dreht, auf seine Füße gestarrt und die Hände hinter dem Rücken verschränkt.

»He, dreh dich um! Du musst messen und nachprüfen, dass ich nicht betrüge!«, habe ich geschrien.

Bart, vielmehr das armselige, kleine Mädchen, hatte völlig den Kopf verloren und mir zitternd zugerufen: »Ich vertraue dir!«

Da bin ich wie eine voll gefüllte, lecke Gasbombe explodiert und habe wie ein Verrückter geschrien: »Ich traue dir aber nicht!«, und habe mich auf sie gestürzt. Natürlich habe ich sofort die Oberhand gewonnen und habe sie mit einem einfachen Beinstellen zu Boden geworfen. Nicht umsonst habe ich den blauen Gürtel in Karate.

Dann habe ich ihre Handgelenke über dem Kopf festgehalten und habe mich rittlings auf sie gesetzt. Als meine Nase ihrer immer näher kam, hat sie den Kopf ganz nach links gedreht, die Augen fest zugemacht und die Lippen aufeinander gepresst. Ich kam plötzlich mit einem winzigen Ohrstecker in Kontakt, an dem ein Silberring herunterhing.

»Und nun spuck mal aus, Fräulein Vera! Du hast mich einmal zu viel verarscht!«, habe ich ihr ins Ohr geflüstert.

»Lass mich gehen, du bist ja pervers!«, hat sie geschrien.

»Wenn hier jemand pervers ist, dann du, du bist nämlich eine chronische Mythomanin, jawohl!«, habe ich gebrüllt.

Leute, die ohne Grund Lügen auftischen, heißen doch Mythomanen, oder? Ich war mir nicht ganz sicher und hätte es auch nicht in einen Schulaufsatz eingebaut. Aber ich hatte hier schließlich kein Lexikon zur Hand. Nein, ich hatte zwei Handgelenke in der Hand, die sich wie Aale wanden,

weswegen ich meinen Griff noch verstärkte. Vera hatte angefangen zu schluchzen, aber ich fühlte kein Mitleid. Ich wusste, das Geständnis war jetzt nahe.
»Ich bin keine Mythomanin«, brüllte sie, »sondern eine Künstlerin, eine Lügenkünstlerin!«
Beim Wort »Lügen« habe ich sofort losgelassen und bin aufgesprungen. Das war ja eigentlich schon ein Geständnis, und das genügte mir. Außerdem hatte ich Schiss, dass uns jemand in dieser Lage überraschen könnte. Ich meine: Ein einsamer Ort, unsere Position, das schreiende Mädchen und meine aufgeknöpften Hosen hätten mich in ernsthafte Schwierigkeiten bringen können. Ganz zu schweigen von meinem Bruder, der im Alter von knapp drei Jahren schon straffällig geworden war, weil er dreimal den Postboten gebissen hat.
Vera hat die Nase hochgezogen, Sweatshirt und Hosen ausgeklopft und ist aufgestanden. Dann hat sie plötzlich angefangen zu husten und ein paar Sandklumpen auf den Boden gespuckt. Verdammt, ich hatte mir ja vorgenommen sie ein paar Kilos Staub fressen zu lassen, damit sie die Wahrheit ausspuckt.
Wie dem auch sei, ich hatte eigentlich erwartet, dass sie sofort abhaut, aber Vera hat sich wieder auf den Felsblock gesetzt.
»Na gut, ich bin ein Mädchen und heiße Vera«, hat sie unvermittelt gesagt, »aber das Ganze ist deine Schuld. Du hast mich für einen Jungen gehalten, als wir uns kennen lernten. Du hast mich gefragt, ob ich ein Bewunderer von Prinzessinnen sei, wenn du dich recht erinnerst . . .«

Was für ein blödes Argument! Ich meine, Nick ist zum Beispiel nicht im Kindergarten aufgenommen worden, weil man ihn für einen Hund gehalten hat. Aber haben wir vielleicht überall rumerzählt, er sei einer? Obwohl das sowieso schon alle denken.

»Ich kann nichts dagegen tun. Das Leben, so wie es wirklich ist, ist mir zu langweilig. Für mich ist es wie ein Buch zum Ausmalen mit einer Reihe von Bildern in Schwarz-Weiß, die alle ekelhaft gleich aussehen. Deshalb fülle ich sie mit heiteren, leuchtenden Farben. Nur dass ich statt der Farben ein paar phantasievolle Lügen benutze«, sagte Vera und starrte dabei auf den Boden. Sie hatte den Zweig zum Messen des Pinkelstrahls noch in der Hand und zeichnete Schnörkel in den Sand.
»Hast du deswegen gesagt, du seist eine Lügenkünstlerin?«, habe ich sie gespannt gefragt. Ich hatte mich noch nie über so ernste Dinge mit einem Mädchen unterhalten. Die meisten fand ich einfach nur doof.
»Ja. Um manche Dinge zu erfinden, braucht man einen Haufen Phantasie. Nein, man braucht sogar Begabung dazu.«
»Und du hast wirklich mehr als genug davon«, habe ich gekichert.
Zum ersten Mal, seit wir uns kennen gelernt hatten, hat mich Vera breit angegrinst. Dann hat sie laut gesagt: »Bei aller Bescheidenheit, ich habe die Begabung von meinem Vater geerbt. Er ist Maler.«
»Natürlich, ich wette mal, er ist der Ururenkel von Leonar-

do da Vinci, und als er klein war, hat ihn Picasso im Kinderwagen spazieren gefahren«, habe ich unterstellt.

Mit einer zornigen Handbewegung hat Vera den Zweig auf den Boden geschmissen und ein paar Herbstblätter aufgewirbelt. Dann hat sie gebrüllt: »Nein, das stimmt wirklich. Er ist ein angesehener Maler und hat sich auf Stillleben spezialisiert!«

Dann hatte ich wirklich einen Geistesblitz. Vor meinen Augen erschien das Bild, das ich an jenem Nachmittag auf dem Balkon gesehen hatte, das mit dem Fisch und den Hühnern. Ehrlich gesagt, hatte es auf mich wie ein grandioses Geschmiere gewirkt, wobei ich von Kunst keinen blassen Schimmer habe. Deshalb wollte ich auch nicht beurteilen, ob ihr Vater ein angesehener Maler war oder nicht. Dass er Spezialist für Stillleben war, konnte man jedenfalls sofort sehen, denn die Tiere, die er gemalt hatte, wirkten mehr als tot.

»Entschuldige«, habe ich dann gesagt, »aber bei allem, was du mir über die Freundschaften deines Vaters erzählt hast: der Papst, Queen Elizabeth, der Scheich von Kuwait. Na, ich muss zugeben, dass ich ein paar Probleme habe, dir zu glauben!«

Vera hat mit den Achseln gezuckt, obwohl ihr sicher nicht alle Lügen, die sie mir untergejubelt hat, einfach so entschlüpft sein werden wie Nieser. Dann hat sie den Zweig wieder aufgenommen und verschnörkelte Muster gezeichnet. Plötzlich hat sie ein ganz neunmalkluges Gesicht gemacht.

»Ganz im Vertrauen, Leute, die einfach Lügen auftischen,

gibt es viele, aber professionelle Lügenerzähler nur ganz wenige«, hat sie verkündet.

Ich habe die Augen aufgerissen und sie gefragt: »Warum, was für einen Unterschied gibt es zwischen einem gemeinen und einem professionellen Lügner?«

Vera hat nur geseufzt, den Zweig hingelegt und die Arme ausgebreitet.

»Der normale Lügner von der Straße widerspricht sich und kann dem Kreuzfeuer von Fragen der Leute, die die Wahrheit herausbekommen wollen, nicht standhalten«, hat sie erklärt. »Der Profilügner ist originell, aber immer konsequent. Und gibt den Leuten, die ihn in die Enge treiben wollen, jedes Mal eine überzeugende Antwort, bis er den Gegner völlig verwirrt hat.«

Als ich daran dachte, wie sie meine Fragen immer aufgenommen und mir aus allen Lagen geantwortet hatte, musste ich daraus schließen, dass Vera wohl den Master im internationalen Studienfach Lügologie gemacht hatte. Aber ein paar Wahrheiten habe ich ihr doch entrissen: Erstens, sie war erst vor kurzem in unser Viertel gezogen. Zweitens, sie besuchte immer noch ihre alte Realschule am anderen Ende der Stadt. Deswegen hatte ich sie also nie in meiner Schule gesehen!

Es war dunkel geworden und nicht sehr ratsam, jetzt noch länger im Wäldchen zu bleiben. Man lief Gefahr, auf dem Rückweg, der auch noch kaum beleuchtet war, in unangenehme Situationen zu geraten. Zum Beispiel über frische Hundekacke zu stolpern, die vielleicht schön weich war und hinter einem Busch bedrohlich auf einen lauerte.

Wir haben beim Laufen ganz aufmerksam den Boden abgesucht, wie die heiligen Männer bei den Indianern, die aufpassen, dass sie auf keine Ameise treten. Sie fürchten nämlich, dass sie dann in die Hölle kommen.
Als ich auf die Uhr schaute, habe ich festgestellt, dass es schon nach zwanzig Uhr fünfzehn war. Deshalb habe ich Vera angestoßen und lachend gesagt: »Ich weiß ja nicht, ob du es noch nach Hause schaffst, bevor der Bundeskanzler der Krauts kommt.«
»Ha, ha, wie komisch«, hat sie erbost geantwortet. Dann hat sie mich neugierig angeschaut und gefragt: »Sag mal, ist es dir noch nie passiert, dass du gelogen hast?«
Ich habe ihr sofort einen praktischen Beweis meines neu erworbenen Lügentalents gegeben und blitzartig geantwortet: »Doch, vielleicht als kleiner Junge. Aber jetzt bin ich groß und finde, Lügen ist was für Babys.«
Dabei ist mir die Geschichte vom Großen Omelett eingefallen, die erst ein paar Stunden her war.
»Umso besser für dich«, hat Vera gemeint. Dann hat sie wie in Gedanken hinzugefügt: »Ja, manchmal habe ich Angst, dass ich Schaden anrichte. Ein professioneller Lügner kann andere stark beeinflussen, genau wie ein großer Maler, der eine Stilrichtung begründet, die dann alle kopieren.«
So wie Picasso und der Kubismus also. Na ja . . . Vera und der Lügismus, habe ich erheitert gedacht. Kopierte ich sie vielleicht? Bei diesem Gedanken habe ich ein merkwürdiges Kribbeln empfunden wie bei den seltenen Gelegenheiten, wenn ich in der Schule jemanden hinters Licht geführt

hatte. Dann bin ich in einer Mischung aus Angst und Erregung wie aufgeputscht durch die Stadt gelaufen. Ich war nur einen Augenblick geistig abwesend, aber das hatte schon gereicht: Ich landete mit meinem linken Fuß in einem großen, duftenden Hundehaufen.

4. NUMMER DREI

Ein paar Tage später ließ ich in der Schule mal wieder diese todlangweilige Englischstunde über mich ergehen. Ich bin von Kindheit an zweisprachig aufgewachsen, denn meine Eltern haben Englisch mit mir gesprochen, seit ich im Laufstall herumkrabbelte. Obwohl der Englischunterricht für mich nur verlorene Zeit ist, hat meine Mutter es nicht geschafft, dass ich davon befreit wurde oder in den Französischkurs gehen durfte. Der war schon voll belegt. Die Französischkurse sind so voll, weil die Englischlehrerin einen grauenhaften Ruf hat. Sie ist eine alte Hexe, trägt eine Perücke und spricht ein Englisch, wie ich es noch nie gehört habe. Sie sagt, sie habe in ihrer Jugend an einem College in Oxford studiert, und das mag schon sein. Vielleicht hat man, als sie jung war, also vor einigen Jahrhunderten, ein Englisch gesprochen, das sich ziemlich von unserer heutigen Sprache unterscheidet.

Tatsache ist, sie hasst mich, weil ich ein paarmal ihre Aussprache korrigiert habe und meine Mutter sie auf einem Elternabend auf Englisch angesprochen hat. Sie hat nämlich nicht die Bohne verstanden und dagestanden wie eine Idiotin. Das ging so weit, dass sie beim letzten Sprechtag den strategischen Rückzug angetreten hat, als sie meine Mutter kommen sah. Sie hat gesagt, ihr sei plötzlich eingefallen, sie hätte noch einen Friseurtermin. Warum nicht – wenn der Friseur auch Perücken frisiert.

Also die Stunde hatte kaum begonnen, da hat uns die Lehrerin gesagt, statt der üblichen verdammten Unit würden wir heute ein Stück aus »Alice im Wunderland« lesen, natürlich in der Originalsprache.

»Pay attention, boys and girls!« – hat sie mit ihrer himmelschreienden Aussprache gekrächzt – »Bevor wir anfangen zu lesen, möchte ich euch noch ein paar Worte über den Autor von ›Alice im Wunderland‹, Lewis Carroll, sagen.«

Mich hat sofort der übliche Anfall von Tiefschlaf gepackt. Das liegt nicht daran, dass ich »Alice im Wunderland« nicht mag, nein, als ich klein war, habe ich das Buch sogar heiß geliebt. Als guter Englischlehrer hat mein Vater mir das Buch auf jede erdenkliche Weise immer wieder angebracht, er hat es mir sogar in Teilen als Gutenachtgeschichten untergejubelt. Ich hatte nun

endlich genug davon, so wie vielleicht jeder normale Italiener als Kind Pinocchio nicht mehr sehen kann. Natürlich weiß ich genau über Lewis Carroll und seinen Fimmel für kleine Mädchen, denen er Tonnen von Briefen schrieb, Bescheid.

Während die Lehrerin ihre flammende Rede über Carroll begann, habe ich deshalb meinen Schülerkalender geöffnet und die Zeichnungen von den Simpsons mit einem gelben Marker ausgemalt. Ein Bild von Bart hat mich an Vera erinnert. Der leuchtende Stift ließ mich an ihren Vergleich denken, mit ihren phantasievollen Lügen würde sie ein schwarz-weißes Bild mit Farben beleben.

»Ernest Brown«, hat die Lehrerin plötzlich mit donnernder Stimme gesagt, »kannst du wiederholen, was ich gerade gesagt habe?«

Aha, der übliche Lehrertrick. Früher oder später sollte ihnen mal jemand sagen, dass es Zeit ist, endlich die alte Platte zu wechseln.

Ich habe den Marker hingelegt und die Hände unter der Bank verschränkt. Dann habe ich angefangen: »Ja, sicher, Sie haben von Reverend Charles Dodgson, auch bekannt unter seinem Pseudonym Lewis Carroll, gesprochen, der überall berühmt ist als Autor von . . .«

». . . das genügt«, hat mich die Hexe wütend unterbrochen.

»Nein, das genügt nicht«, habe ich sie verbessert. »Das ist nur das, was allgemein über Carroll bekannt ist. Aber ich weiß eine Menge Interessantes über ihn, was nicht bekannt ist.«

Die Lehrerin hat »Alice im Wunderland« auf den Tisch gelegt und eine ihrer strohigen Haarlocken befummelt. Das macht sie alle zwei Minuten, um sich davon zu überzeugen, dass ihre Perücke noch auf dem Kopf sitzt. Dann hat sie mir einen überheblichen Blick zugeworfen.
»Meinst du seine, äh, Zuneigung zu kleinen Mädchen?«, hat sie mich gefragt.
»Natürlich nicht, das weiß doch wirklich jeder.«
Dann habe ich so getan, als ob ich gelangweilt wäre, und vor meinem geistigen Auge erschien Veras Pokerface. Der Lügenlehrling gab gerade eine erste öffentliche Probe. Dreiundzwanzig Augenpaare starrten mich an. Ich musste beweisen, dass ich ein Profi war.
»Meine englische Großtante stammt mütterlicherseits von Alice Liddells Familie ab, dem Mädchen, das Carroll zu dem Buch inspirierte . . .«, erklärte ich.
»Deswegen sind unserer Familie eine Menge Tatsachen aus Carrolls Privatleben bekannt, die man nicht in Büchern findet, sondern die von Generation zu Generation überliefert wurden«, erzählte ich weiter.
»Wenn das so ist, warum habt ihr dann nicht die Carroll-Forscher informiert? Sie hätten dann die bereits geschriebenen Biografien ergänzen können«, entgegnete die Lehrerin.
Ich hatte sofort eine Antwort darauf: »Der alte Lewis war uns allen sympathisch und wir wollten seine Privatsphäre schützen.«
Die Lehrerin hat nun nichts mehr gesagt und wieder an ihrer Perücke herumgefummelt. Man merkte genau, dass sie

genauso fasziniert war wie meine Mitschüler. Ich habe noch etwas Zeit gewonnen, um die Spannung zu erhöhen. Dann habe ich losgelegt: »Er stank aus dem Mund.«

Die alte Gewitterhexe hat nur die Brauen gehoben, als wollte sie sagen: »Lappalien.«

Ich habe mich geräuspert und erklärt: »Er roch so schlecht, dass die arme, kleine Alice sich die Geschichten nur aus einigen Metern Entfernung anhören konnte. Und er stank so, weil er . . .«, ich machte eine wirkungsvolle Pause, alle dreiundzwanzig Augenpaare waren weit aufgerissen, dann sagte ich ganz laut, »Gras rauchte!«

Die Hexe war so verwirrt, dass ihre Perücke auf dem Kopf hochhüpfte. Ganz bestimmt, ich weiß nicht, wie es passiert ist, aber ich schwöre, das ist keine Lüge! Ich denke mal, das war eine plötzliche Schockreaktion des Gehirns auf das Wort Gras, die sich auf die Schädeldecke übertragen hat. In der Klasse brach ein Riesengelächter aus.

»Silence please!«, hat die Lehrerin geschrien und sich plötzlich daran erinnert, dass sie nicht nur ein weiblicher Zerberus, sondern auch die Englischlehrerin ist. Dann hat sie sich an mich gewandt und gesagt: »Ich habe noch nie etwas so Lächerliches gehört! Carroll soll Joints geraucht haben!«

»Sicher keine üblichen Joints«, habe ich mich eingemischt, »aber wir wissen ganz sicher, dass er im Garten des Colleges, in dem er lebte, jeden Tag Blätter einer bestimmten kleinen Pflanze mit seltsamer Wirkung sammelte. Die Blätter rollte er zwischen Tabakblätter. So gab ein Joint den anderen und die sind auch die Erklärung für die Verrücktheiten in seinem Buch: Kinder, die sich in Schweine verwandeln, verrückte Hutmacher, die an einen Teetisch gefesselt sind, grausame Königinnen, die den Leuten den Kopf abschlagen. Das waren alles Visionen während seiner Trips, die sich nur ein völlig durchgeknallter Typ vorstellen konnte.«

»Ja . . . sicher . . . eine interessante Theorie«, hat die Lehrerin leise gesagt und ihre Perücke mit beiden Händen festgehalten. Vielleicht fürchtete sie sich vor einem zweiten Hirnbeben. Dann hat sie nach der Grammatik gegriffen und gesagt: »So, jetzt schlagt ihr aber Unit drei auf!«

Und »Alice im Wunderland«? Kaum zu glauben, aber wahr: Die Hexe hatte ihre Meinung geändert. Was für ein toller Einfall – Carroll, der Joints rauchte! Vielleicht war ich schon als Profilügner auf die Welt gekommen, ohne es zu wissen!

Das Kribbeln hatte wieder angefangen: Ich fühlte es wie von einer Art Zentrale im Magen aufsteigen und dann in Arme und Beine ausstrahlen, bis meine Fingerspitzen leicht zitterten. Deshalb konnte ich mich nicht auf meine Hausaufgaben konzentrieren – es handelte sich um einen todlangweiligen Geometrielehrsatz – und rutschte unruhig auf dem Stuhl hin und her. Damit brachte ich den armen Nick zum Jaulen. Mein Bruder witterte immer, wenn mich etwas aufregte. Wie alle guten Hunde nahm er den Zustand seines Herrn wahr. Unter anderem spürte er in der Luft Gewitter und Stürme auf dem Meer, besser als jedes Barometer. Einmal hatte er den ganzen Tag gewinselt: Da hatte es

ein leichtes Erdbeben der Stärke zwei auf der Richterskala gegeben. Bei diesen Gelegenheiten freute ich mich einen hundeartigen Bruder zu haben.
Ich bin aufgestanden und habe mir einen Keks aus der Speisekammer geholt. Den habe ich Nick gegeben und ihm den behaarten Kopf zerzaust. Vor lauter Zufriedenheit hat er sich auf dem Boden gewälzt und mir den Bauch zugedreht.
»Na gut«, habe ich leise gesagt.
Dann habe ich mich hingekniet und habe ihn für ein Weilchen geschubbert. Gut, Nick hatte sich dann beruhigt. Ich spürte aber immer noch dieses Zittern. Am Morgen hatte ich in der Klasse eine Riesenlüge erzählt. Ernest, der Ernsthafte, hatte seine Englischlehrerin im großen Stil verarscht. Und wenn die alte Megäre meine Eltern um Rat fragte? Aber nein! Auf keinen Fall, bei der Angst, die sie jedes Mal hatte, wenn sie mit meiner Mutter ein Gespräch in richtigem Englisch führen musste. Dieser merkwürdige Rauschzustand, den ich empfand, war nicht die Angst, verraten zu werden, es war mehr die Freude, endlich die eingefahrenen Gleise verlassen zu haben und eine richtige Übertretung begangen zu haben.
Ich musste es jemandem erzählen, natürlich keinem meiner Mitschüler. Nicht einmal Jakko (eigentlich heißt er Marco Jacobini), meinem alten Kumpel und Banknachbarn, der mich ganz cool fand und sicher war, dass sich alles so verhalten hatte, wie ich es erzählt hatte. Jakko hatte schon immer den Verdacht gehabt, die Raupe mit der Wasserpfeife, die Alice während ihres Abenteuers trifft, sei eine Art Drogenabhängige.

»Ich glaube, sie raucht Majoran«, hatte er triumphierend gesagt.
»Du meinst Marihuana«, hatte ich ihn verbessert.
»Ja, oder so«, hatte er gemeint. Er enttäuschte mich nie.
Das reichte. Ich musste es Vera erzählen, ich musste sofort zu ihr gehen! Deswegen habe ich das Buch gegen die Wand geschmissen. Alle Lehrsätze sind auf einen Schlag – von der Schwerkraft überwältigt – auf den Boden geplumpst. Bevor ich meine Jacke gegriffen habe, habe ich kurz prüfend aus dem Fenster geschaut. Am Himmel über den Dächern hingen schwarze, regenschwere Wolken. Klasse, da hatte ich ja einen Grund, Nick zu Hause zu lassen. Wenn der in Regenwasser badete, stank die ganze Wohnung eine Woche lang nach nassem Hund.
»Mama, ich gehe kurz raus«, rief ich.
»Wo gehst du hin?«, hat sie gefragt und schlagartig den Staubsauger abgestellt.
»Ich gehe zu Jakko«, habe ich geantwortet. Dann, weil diese Lüge nicht gerade originell war, habe ich hinzugefügt: »Ich bringe ihm die Hausaufgaben. Er liegt mit einer Lebensmittelvergiftung im Bett.«
Mama kam in den Flur, sie wirkte beunruhigt. Sie hat nämlich den Fimmel, sich auch noch um die Kinder anderer Leute zu sorgen. Mich haben die Mütter anderer Kinder dagegen noch nie die Bohne interessiert.
»Wie ist das denn passiert?«, hat sie mich gefragt.
»Er hat schlechte Gummibärchen gegessen«, habe ich erklärt und bin dabei schon auf den Treppenabsatz gerannt.
»Sie waren aus den Mänteln alter Fahrradreifen hergestellt.

Seine Eltern haben schon Klage gegen die Firma eingereicht!«

Jetzt bin ich schon bei Nummer drei, habe ich gedacht, während ich die Treppen hinunterrannte. Ja, wenn ich die Lügengeschichte mit den Eiern mitrechnete, war das die dritte grundlose Lüge, die ich innerhalb weniger Tage erzählt hatte.

Kurz darauf hatte ich schon den Bürgersteig erreicht und war froh anderen Fragen entflohen zu sein. Tatsächlich schaute meine Mutter noch aus dem Fenster und schrie mir nach: »Was meinst du mit alten Fahrradreifen?«

Aber ich bin schnell um die Ecke geschossen und habe so getan, als hätte ich sie nicht gehört.

Ich bin die ganze Strecke bis zu dem Loch mit dem kleinen Balkon gerannt, als ob mir alle meine Lügen auf den Fersen wären. Als ich dort ankam, fielen gerade die ersten Regentropfen. Diesmal war die kleine Terrasse leer und die Glastür geschlossen. Also habe ich einen Blick auf das Klingelschild geworfen und den Knopf gedrückt, über dem ein handgeschriebener Zettel schief mit Tesafilm befestigt war. Auf dem stand »Aldo Risaliti, Maler«. Das musste ganz bestimmt der angesehene Maler von Tieren sein, die alle viere von sich gestreckt hatten.

Kurze Zeit später hat jemand den Türöffner bedient und ich fand mich in einem dunklen, heruntergekommenen Flur wieder, in dem es schrecklich nach verfaultem Kohl roch. Am komischsten war aber der rosa Läufer, der über den schmutzigen, schmalen Stufen lag und mit Flecken so groß wie Medaillen übersät war.

Vielleicht haben sie den für den Papstbesuch hingelegt, habe ich gedacht und in mich hineingekichert.
»Bist du das, Vera?«, hörte ich eine Männerstimme von einer Tür im ersten Stock aus rufen. Durch den Türspalt roch es ganz entsetzlich nach Fisch.
»Nein, ich bin Ernie, ein Freund von ihr«, habe ich zurückgerufen.
Auf der Türschwelle erschien ein kleiner, untersetzter Typ, der in einen undefinierbaren braunen Morgenmantel gehüllt war. Unter dem Morgenmantel schauten zwei Restbeine in einer gestreiften Schlafanzughose und roten Hausschuhen hervor. Der Typ trug eine Brille mit halbmondförmigen Gläsern und hatte graue Haare, die ihm bis zu den Schultern reichten. Ich habe noch bemerkt, dass er einen toten Tintenfisch in der Hand hielt. Also habe ich die Gelegenheit genutzt und ihn unvermittelt gefragt: »Malen Sie gerade?«
»Nein ich koche einen ›Cacciucco alla livornese‹. Das ist eine sehr gute Fischsuppe«, hat er mir geantwortet und dabei leicht gekeucht.
Mmm – ein Maler von Stillleben, der gleichzeitig Hobbykoch ist. Alles passte zusammen: Zuerst malte er die toten Tiere und dann kamen sie in den Kochtopf. Aber warum trug er mitten am Nachmittag noch einen Morgenmantel?
Dann hat er abwesend die Saugnäpfe des Tintenfisches betrachtet und gesagt: »Vera ist nicht da. Sie ist beim Kunstturnen.«
Danach hat er mich von oben bis unten mit seiner Nickelbrille angesehen. Dabei stand sein Mund weit offen wie der

eines nach Luft schnappenden Fisches. Ahmte er vielleicht seine Modelle nach? Ich wollte mich schon verabschieden und auf dem Absatz kehrtmachen, da fragte er mich plötzlich: »Vera hat dir erzählt, dass ich Maler bin?«
»Ja, sie hat mir erzählt, Sie seien sehr angesehen«, habe ich ein wenig peinlich berührt geantwortet.
»Das war ich einmal«, sagte er mit dem Anflug eines Lächelns. »Möchtest du meine Bilder sehen?«
Natürlich hatte ich dazu überhaupt keine Lust. Ich konnte es kaum abwarten, aus dieser stinkenden Hütte wegzukommen und auf die Straße zu laufen, um ein wenig frische Regenluft zu atmen. Inzwischen war ich aber ein abgefeimter Lügner geworden, und weil ich es für unhöflich hielt, Nein zu sagen, bin ich ihm schweren Herzens in ein dunkles Loch gefolgt, das entfernt an eine Küche erinnerte. Auf dem Tisch war ein Fischmassaker zu sehen, überall flogen glatte Schuppen herum. Auf dem Linoleumboden lagen Schalen von Kürbiskernen und Erdnüssen. Außerdem war der Boden voller bunter Ölfarbenflecke.
Der Maler und Koch hatte eine Schiebetür geöffnet und einen Verschlag betreten. Der musste wohl sein Atelier sein. In jedem Winkel waren dort Leinwände gestapelt und unzählige Malerpaletten, Farbtuben und Pinsel. Auf einem Hocker saß eine alte Bekannte: Schirina kämmte sich mit einem gelb verfärbten Kamm den Kopf. Sie hatte sich schon ein paar elegante Strähnchen gemacht.
»Hau ab!«, schrie sie der wütende Maler an.
Weil das Äffchen aber keine Anstalten machte, den Hocker zu verlassen, kam er mit schlurfenden Schritten näher, da-

bei schnaufte er wie eine Dampflokomotive. Er hob Schirina langsam hoch und setzte sie auf dem Boden ab, als ob ihn sogar das Heben eines solchen Federgewichts unglaublich viel Kraft kostete.

Danach ging es zu Besuch in die Gemäldegalerie. Der Künstler im Schlafanzug erklärte mir selbst seine Meisterwerke. Die Bilder aus seiner frühen Schaffensperiode (Küchenbrett mit geschlachtetem Lamm), die Bilder aus der zweiten Periode (Küchenbrett mit ausgenommenen Hasen) und die aus der dritten Periode (Küchenbrett mit mausetotem Fisch und toten Hühnern). Die Bilder aus seiner ersten Schaffensperiode wurden am meisten geschätzt. Anscheinend waren für die Lämmer gesalzene Preise gezahlt worden. Wahrscheinlich um Ostern herum. Die Bilder aus der zweiten und dritten Periode verkauften sich dagegen nicht so gut.

»Warum malen Sie nicht wieder Lämmer?«, habe ich ihm vorgeschlagen.

Traurig lächelnd, hat er den Kopf geschüttelt und gemeint: »Das ist nicht so einfach.«

Ich habe keine Ahnung, ob er das wegen der Tierschützer gesagt hat, die sich überall einmischen. Die würden natürlich die Sache mit den Lämmern nicht so einfach runterschlucken. Und ich habe ja schon gesagt, dass ich von Kunst nicht die Bohne verstehe.

5. JAKKOS SOS

In der Pause hat Jakko den Schokoriegel abgelehnt, den ich ihm angeboten hatte, ist auf der Bank zusammengesunken und hat seinen Kopf zwischen den Händen vergraben. Das war schon sehr merkwürdig für einen wandelnden Vielfraß wie ihn, der immer und überall Snacks schnorrte. Mir ist eingefallen, dass er den ganzen Morgen lang nicht ein Wort herausgebracht hatte und sein Gesicht so weiß war wie die Kreide für die Tafel. Waren das eventuell doch die Nachwirkungen seiner Überdosis Fahrradreifen? Wer weiß, vielleicht hatte ich eine wahrheitsgemäße Lüge erzählt.
»Was hast du denn?«, habe ich ihn gefragt und ihm einen mörderischen Schlag auf die Schulter versetzt.
Mehr als ein klägliches »Aua!« habe ich nicht zur Antwort bekommen.
Also, da es im Guten nicht funktioniert hatte, habe ich mich entschlossen, es im Bösen zu versuchen. Gab es einen besseren Augenblick dafür, als wenn alle draußen im Hof waren? Also habe ich ihn mit einem Griff um den Oberkörper in die Zange genommen, hinterrücks von hinten umklammert und sein Zwerchfell blockiert, bis ich ihm den Atem nahm. Jakko hat sich augenblicklich ergeben.
»Würg, ächz, lass mich los, dann erzähle ich dir alles!«, hat er gebrüllt.
Bei aller Bescheidenheit, meine Wenigkeit hat schon mehr

als eine Situation mit seinen Fähigkeiten als Karatekämpfer und einer guten Portion roher Gewalt bereinigt. Gewaltlosigkeit ist entschieden nichts für mich!

»Los, spuck's aus!«, habe ich ihn aufgefordert und auf die Uhr geschaut. Noch fünf Minuten, dann war die Pause vorbei.

Jakko hat zwei Finger in den Ausschnitt seines Sweatshirts gesteckt, als bekäme er nicht genug Luft. Der Oberkörpergriff hatte funktioniert und – nur ganz nebenbei – er hatte ihm auch etwas Farbe auf den Wangen beschert.

»Ich bin in wahnsinnigen Schwierigkeiten!«, hat er geflüstert. »Und ich habe keine Ahnung, wie ich da wieder rauskommen soll.«

Mit leiser Stimme, als wären wir in einem Beichtstuhl und ich wäre der Priester, der ihm die Absolution erteilen sollte, erzählte er mir eine ganz chaotische Geschichte. Ich wüsste doch, dass er seit einem Jahr in einer Musikschule eingeschrieben sei? Ja, er lernte Geige spielen, wenn ich mich nicht irrte.

»Gut, äh, also – tatsächlich habe ich nur ein paar Monate Unterricht genommen. Als die zweite Kursgebühr bezahlt werden musste, habe ich das Geld heimlich für mich behalten und mir davon Batman, Dragon Ball und Harry Potter für die Playstation 2 gekauft«, stammelte er.

Ich hatte schon so einen Verdacht, denn die Violine lag immer in einem staubbedeckten Kasten verschlossen in seinem Zimmer. Dafür war die Playstation immer hektisch in Betrieb.

»Und deine Eltern?«, habe ich gefragt.

»Die haben nichts bemerkt, denn ich habe weiterhin so getan, als würde ich zweimal in der Woche zum Unterricht gehen«, hat er gestanden. »Stattdessen bin ich im Park herumgebummelt, und wenn es regnete, bin ich immer in die Spielhalle im Bahnhof gegangen.«

Seine Eltern haben darauf bestanden, dass er sich nach den Sommerferien für das zweite Unterrichtsjahr einschrieb. Und dieser Blödmann ist rückfällig geworden: Anstatt abzulehnen, hat er sich von dem Geld der ersten Kursgebühr die neueste Version von Tomb Raider und Final Fantasy gekauft. Jetzt wurde Jakko wieder ganz blass.

»Und nun sitze ich in der Tinte«, hat er ganz leise erzählt, »denn meine Eltern geben am Sonnabend ein Fest und wollen, dass ich etwas für die Gäste spiele. Sie meinen, ich sollte etwas Tanzbares spielen, einen Wiener Waller!«

»Du meinst, einen Wiener Walzer«, habe ich ihn verbessert.

»Ja, oder so. Ich weiß ja nicht mal mehr, ob man die Geige rechts oder links hält!«

»Das kommt darauf an, ob du Linkshänder bist oder nicht«, habe ich bemerkt. »Du könntest doch den Gästen eine Runde Tomb Raider vorspielen.«

Das war ein toller Witz, aber Jakko hat nicht das kleinste bisschen darüber gelacht. Es war klar, dass er in diesem Moment seine Seele an den Teufel verkauft hätte, wenn er dafür auf der Violine das einfachste Anfängerstück kratzen könnte.

»Was erzähle ich nur meinen Eltern?«, hat er plötzlich ganz weinerlich gefragt. »Ich bin einfach nicht gut darin,

Lügen zu erfinden, mir fehlt einfach die Vorstellungskraft.«

Das stimmte. Jakko war ein Crack in Algebra und im Technischen Zeichnen, nicht nur mit der Playstation. Aber wenn es darum ging, einen freien Aufsatz zu schreiben, dann brachte er immer die gleichen paar abgestandenen Sätze zusammen, wie sie kaum banaler und abgedroschener sein konnten. Wenn man zum Beispiel eine Weihnachtserzählung schreiben sollte, dann wählte er ganz bestimmt den Weihnachtsmann als Hauptfigur und als Nebenfiguren die Rentiere und die Zwerge. Und Leute wie Vera spuckten Lügen aus, als wären sie Kaugummis.

Plötzlich hatte ich eine Eingebung und sagte zu meinem Freund, der ganz niedergeschlagen war: »Vielleicht kann ich dir helfen, aber erst muss ich mit einer Freundin sprechen.«

»Wirklich?«, brüllte Jakko aufgeregt. »Wenn du mir den Hals rettest, dann schenke ich dir die Kursgebühr für einen Monat!«

Nicht dass mir das gerade unangenehm war, aber mich lockte etwas anderes. Vielleicht die Herausforderung an sich oder dieses unbestimmte Kribbeln, das ich seit einigen Tagen nicht mehr gespürt hatte. Ich fühlte mich genau wie ein Künstler, der zwar nicht auf Geld spuckt, aber hauptsächlich aus Leidenschaft schöpferisch tätig ist.

»Hallo?«, antwortete mir eine Frauenstimme am anderen Ende der Leitung.

»Hallo, ich möchte bitte mit Vera sprechen«, habe ich etwas zögernd gefragt.
Veras Nummer hatte ich aus dem Telefonbuch und ich war sicher, dass es die richtige war. Es gab nämlich nur einen Aldo Risaliti in der Via Boccaccio 18. Wenn überhaupt, dann war ich unsicher, ob es Veras Stimme war. Sie klang etwas erwachsener und es konnte auch die Stimme ihrer Mutter sein.
»Ja, ich bin es. Wer ist dran?«, hat Vera lachend geträllert.
Jetzt erkannte ich sie auch.
»Vera, ich bin es, Ernie. Ich hätte dich fast für deine Mutter gehalten . . .«
»Schön wär's. Wenn meine Mutter nur hier wäre. Weißt du, sie ist Archäologin und leitet Ausgrabungen auf Kreta, wo die Sonne fast noch sommerlich warm ist. Denk dir nur, sie badet jeden Tag im Meer!«
Und nun erzählte Vera mir, ihre Mutter hätte ihr versprochen zwei Flugtickets für sie und ihren Vater zu schicken, sobald sie eine wichtige Entdeckung gemacht hätte. Dann würde auch Vera auf diese traumhaft schöne Insel fliegen.
Also, ehrlich gesagt, hatte ich so meine Zweifel. Natürlich nicht, dass es in Griechenland im Oktober noch warm war, sondern vielmehr, dass ihre Mutter Archäologin war. Andererseits, als ich vor ein paar Tagen meinen Auftritt in ihrem Haus hatte, hatte ich immerhin den Maler dabei ertappt, wie er allein in der Küche herumhantierte. Er hatte tatsächlich wie ein Ehemann gewirkt, der zeitweise ohne seine Ehefrau und mit seinem Küchenlatein am Ende ist.
Ich hatte jetzt aber keine Lust, darüber zu diskutieren, mich

interessierte hauptsächlich eines: Ich wollte Vera so schnell wie möglich treffen!

»Um fünf Uhr an der kleinen Brücke? Ich werde da sein!«, rief sie fröhlich ins Telefon.

Die kleine Brücke über den Mugnone – das ist der Fluss, der durch unsere Stadt fließt – war ein optimaler Treffpunkt. Es gab dort drei Bänke, ein paar verkümmerte Bäume und einen kleinen Schotterplatz, auf dem Nick so herumlaufen konnte, wie er wollte. Und vor allem musste man dort keine neugierigen Ohren fürchten. Wegen der Ratten gab es hier nämlich kaum Mütter und Kinder. Was die alten Leute anbetraf, so waren zwar welche da, aber die meisten hörten nicht mehr gut.

Vera erwartete mich schon an dem Brückengeländer. Sie hielt Schirina im Arm. Kaum hatte das Äffchen Nick gesehen, da kletterte es schon auf Veras Kopf und rollte den Schwanz um seinen Körper. Dann duckte es sich behutsam hinter die Punksträhne seiner Herrin.

»Mein Vater hat mir erzählt, du hast mich gestern besuchen wollen«, meinte Vera.

»Ja, ich wollte dir etwas erzählen«, habe ich geantwortet.

»Apropos dein Vater: Er wirkte ziemlich müde und keuchte, als hätte er gerade den Großen Preis von Hockenheim zu Fuß hinter sich.«

Vera machte ein finsteres Gesicht und schmiss einen Stein in den Fluss. Dann sagte sie verärgert: »Er hält sich eben in Form: Trimmrad, Kniebeugen und Kammergymnastik.«

»Kammergymnastik. Ach, deswegen hatte er Schlafanzug und Morgenmantel an!«, rief ich lachend.

Vera hat nur kurz geschnaubt und sich über das Brückengeländer gelehnt. Schirina ist mit einem Schrei auf ihren Arm gerutscht.
Natürlich fing Nick an zu bellen und hat an der Leine gezogen.
»Los, lass uns auf den kleinen Platz gehen, sonst kann ich ihn nicht mehr halten«, habe ich vorgeschlagen.
Wir haben uns dann auf eine Bank gesetzt und ich habe Vera in allen Einzelheiten meine megagalaktische Lügengeschichte über den armen Lewis Carroll erzählt. Vera ist fast geplatzt vor Lachen und auf einmal war auch ihre schlechte Laune vorüber, die ich ohne Absicht mit nur zwei Witzen über ihren Vater hervorgerufen hatte.
»Weißt du, ich habe auch immer gedacht, ›Alice im Wunderland‹ ist ein etwas verrücktes Buch!«, rief sie aus.
Und wie vorauszusehen war, hat sie noch gemeint, ich sei auch ein ausgemachter Lügner, obwohl mein Name ernsthaft bedeutete.
»Ja, aber ich habe noch nicht deine Klasse erreicht«, habe ich ganz bescheiden bemerkt. »Ich möchte dich sogar bitten mir ein paar Anregungen für ein Problem zu geben, das einen Freund von mir betrifft.«
Vera hat sich stocksteif hingesetzt und mich interessiert angesehen. Da habe ich dann bemerkt, dass sie auf Höhe der Brust zwei winzig kleine Schwellungen hatte, Marke BH-Größe unter null. Als sich Vera für Bart ausgegeben hatte, hatte sie alles getan, um sie zu verbergen. Diese Vorsichtsmaßnahmen waren umsonst: Ich hätte die Schwellungen nicht einmal mit einem Zoomobjektiv gesehen.

Während ich Vera Jakkos gesamte Geschichte anvertraute, nickte sie nur nachdenklich. Aber kaum hatte ich meine Erzählung beendet, da löcherte sie mich schon mit Fragen über meinen Freund und seine Familie. Wie alt er sei, ob er Geschwister hätte und ob seine Eltern reich seien.
»Dreizehn Jahre, Einzelkind, stinkreich«, habe ich erzählt und sie gefragt: »Warum interessiert dich das?«
»Wenn du möchtest, dass ich eine Lügengeschichte nach Maß erfinde für einen Typ, den ich nicht kenne, musst du mir wenigstens ein paar Anhaltspunkte geben«, meinte sie. »Weißt du zum Beispiel, was seine Eltern von Beruf sind?«
»Sein Vater leitet eine Textilfabrik und seiner Mutter gehört eine Parfümeriekette«, habe ich geantwortet.
»Bist du sicher, dass sie keine Ärzte sind?«, fragte Vera nach.
Ärzte? Was hatte die Medizin denn mit Geigenstunden zu tun? Dieses Mädchen hörte nicht auf mich zu überraschen.

Zu Hause redete Papa mit meiner Mutter leise Englisch. Das war ein schlechtes Zeichen: Nach zwanzig Jahren, die sie jetzt in Italien waren, taten sie das nur noch, wenn sie heftig miteinander stritten. Das war auch die einzige Möglichkeit, um zu begreifen, dass sie sich zankten. Wie alle Engländer hatten sie reichlich Selbstbeherrschung. Deshalb erhoben meine Eltern nie ihre Stimmen und machten einander keine offenen Vorwürfe, wie das Jakkos Eltern machten, die ganz klar und deutlich sagten, was ihnen stank, nur dass sie für »stank« ein anderes Wort benutzten. Auch Nick hatte die dicke Luft gewittert. Deshalb nahm er

Papas Hausschuhe zwischen die Zähne und brachte sie ihm ganz feierlich. Das ist eine seiner Methoden, um die Wogen zu glätten, jedenfalls bei Papa. Der war aber so in den Streit vertieft, dass er Nick nicht einmal eine halbe Streicheleinheit zukommen ließ. Nick trottete deshalb enttäuscht in die Küche, flüchtete sich unter den Tisch und vergrub seinen Kopf zwischen den Pfoten.

Das arglose, kleine Hirn meines Bruders konnte nicht begreifen, dass er ja der Grund für den Streit war. Während ich zerstreut die Augen auf eine Seite in meinem Geometriebuch heftete, verfolgten meine Ohren den höflichen Streit meiner Eltern. Wie immer behauptete meine Mutter, es sei nicht normal für ein dreijähriges Kind, noch kein Wort gesprochen zu haben, zum Beispiel Mama oder Papa.

»Er müsste jetzt schon einen Wortschatz von dreißig Wörtern haben«, beharrte sie.

»Was für ein Unsinn. Lassen wir die Zeit reifen«, hat Papa gesagt. »Nicholas ist ein lebhaftes und intelligentes Kind. Meiner Meinung nach ist er nur verwirrt, weil er uns in zwei Sprachen reden hört.«

»Das kann sein. Aber es ist schon merkwürdig«, hat Mama bemerkt.

Ein Typ, der bellt, die Leute beißt, immer mit heraushängender Zunge herumläuft, als hätte er Asthma, vor allem auf vier Beinen herumläuft und einen Gummiknochen lieber mag als seinen Schnuller? Aber meine Eltern machten sich darüber keine Gedanken.

»Du verstehst das nicht. Er ist ein Original!«, hat mein Vater brummig gesagt. »Als Erwachsener wird er ein ausge-

zeichneter Trüffelsucher sein und einen Haufen Geld damit verdienen!«
Mama gab sich aber noch nicht geschlagen.
»Meinst du nicht, wir müssen ihn zum Kinderarzt bringen?«, hat sie gefragt.
Papa hat nur geseufzt und laut gesagt: »Wozu das? Hat er nicht im vergangenen Monat die Tollwutimpfung bekommen?«
»Ja und auch die Spritze gegen Würmer«, hat meine Mutter geantwortet. »Gott sei Dank wimmelt sein Kot nicht mehr von diesen ekligen kleinen Tieren!«
»Ein Zeichen dafür, dass er so munter wie ein Fisch im Wasser ist«, hat Papa abschließend gesagt.
Für ihn war der Fall damit erledigt, aber Mama hatte noch ein paar Bemerkungen zu machen.
»Wenn er nur nicht immer diese Flöhe auf dem Kopf hätte!«
Papa war brummig. Er schien tatsächlich die Fassung zu verlieren. Dann hat er sich aber beruhigt und ihr erklärt, dass die Flöhe nur auf Gesunde springen würden. In der Tat, kaum hatte sich jemand eine Krankheit eingefangen, zack, waren sie schon verschwunden wie die Ratten, die das sinkende Schiff verlassen. Dass dies normalerweise bei Hunden oder Katzen so ist, hat Papa aber nicht gesagt. Er hat nur gesagt, dass es Zeit wäre, die Diskussion zu beenden. Ganz offensichtlich war mein Bruder ein kerngesunder Hund.

6. DAS MOZARTSYNDROM

Die Klassenarbeit in Italienisch bestand aus einem Aufsatz, bei dem man unter drei Themen wählen konnte: zwei Kommentare zu Episoden aus der Äneis und ein beliebiges Thema aus dem Lokalteil der Zeitung. Ich habe ohne Zögern das letzte Thema gewählt. Von den neuesten Heldentaten von Äneas und Konsorten hatte ich nicht den blassesten Schimmer. Ich brachte die Namen seiner Gefährten, der feindlichen Krieger und der Toten, die durch den Hades unterwegs waren, immer durcheinander. Über ein Thema aus dem Lokalteil, die Geldautomatenbande, wusste ich dagegen so ziemlich alles. Gestern hatte man im Lokalfernsehen darüber berichtet und ich war aufgesprungen, denn sie zeigten Aufnahmen aus unserem Viertel. Sie hatten sogar ein paar alte Leute mit ihren Einkaufstaschen vor dem Ausgang des Supermarkts in der Via Boccaccio angesprochen und interviewt.

Nachdem ich ein paar Minuten auf meinem Kugelschreiber herumgekaut hatte, begann ich eifrig zu schreiben: »Seit etwa sechs Monaten treibt eine schreckliche Verbrecherbande in dem Viertel von Florenz, in dem ich schon immer lebe, ihr Unwesen. Es handelt sich um die berüchtigte ›Geldautomatenbande‹, einen Haufen skrupelloser Gauner, die es auf schutzlose, alte Leute abgesehen haben. Bis jetzt sind in meinem Viertel zehn Personen bedroht und beraubt worden, während sie gerade Geld aus einem Geld-

automaten ziehen wollten. Die Verbrecher tauchten immer dann hinter ihren Opfern auf, wenn die armen Leute schon ihre Geheimzahl eingegeben hatten. Dann haben sie ihnen mit einem Messer gedroht, um sie zum Schweigen zu bringen. Schließlich haben sie ihnen ganz ungeniert den höchsten abhebbaren Betrag abgenommen und sind sofort mit ihrer Beute geflohen.
Alle Opfer haben einhellig bestätigt, dass die Diebe zu dritt waren. Ihre Meinungen über das Aussehen der Täter gingen auseinander. Jemand hat drei Männer mit Brillen und dunklen Schnurrbärten beschrieben, ein anderer zwei alte Frauen und einen alten Mann und noch jemand drei Frauen mit hohen Absätzen und wallender Mähne. Die Polizei ist jedoch der Meinung, dass es sich um eine Bande in Frauenkleidern handelt, keine Schwuchteln, denn die tun ja niemandem etwas, sondern dass sie sich mit Perücken und Ähnlichem verkleidet haben.
In der Tat erinnert sich Signora Capineri – sie wohnt im Haus gegenüber und ist letzte Woche beraubt worden – an zwei Männer mit Pferdeschwanz und eine Frau mit Schnurrbart.
Allerdings ist die arme Frau blind wie ein Maulwurf und trägt eine Brille, deren Gläser so dick wie das eines Zielfernrohrs sind. Auf jeden Fall hat die Arme einen solchen Schock davongetragen, dass sie jetzt, wenn sie aus dem Haus gehen muss – und sei es nur, um einen Brühwürfel zu kaufen –, zittert, als hätte sie Schüttelfrost.
Ich finde die Geldautomatenbande mies, aber ich habe keine Angst vor ihr. Ich sage euch mal, was ich tun würde,

wenn ich ihr begegnete: Einen würde ich von meinem Bruder Nick erledigen lassen. Wenn der an der Kehle zupackt, hält ihn auch kein Messer auf. Die anderen beiden würde ich mit Karateschlägen bearbeiten. Mein Lehrer sagt zwar, Karate sei eine nach innen gerichtete Sportart, die sich nicht mit Gewalt vertrüge, aber ich weiß, das sind nur schöne Worte und nichts dahinter.«

Ich habe den Aufsatz dann in Reinschrift geschrieben und als einer der Ersten abgegeben. Dann habe ich mich an mein Pult gesetzt und über den leeren Platz neben mir nachgedacht. Jakko hatte heute Morgen krank gespielt, wie ich es ihm geraten hatte. Heute Abend sollte er eigentlich seinen Konzertauftritt bei der Party seiner Eltern geben, aber wir hatten es geschafft, alles in Ordnung zu bringen und ihm eine grandiose Lösung vorzuschlagen. Eigentlich müsste ich »Vera« sagen und nicht »wir«. Um der Wahrheit die Ehre zu geben, obwohl es hier um Lügen geht, es war ihre Idee. Sagen wir mal, ich habe den Manager gespielt und die beiden zusammengebracht. Sie haben sich gestern unter meiner Oberaufsicht im Park getroffen. Übrigens, auch Jakko hat Vera erst für einen Jungen gehalten. Aber Vera hat sich mit ihrem richtigen Namen vorgestellt, denn als Profilügner muss man absolut vertrauenswürdig sein. Jakko hat uns die Hälfte des Honorars im Voraus gezahlt wie ausgemacht, nicht weniger als 100 Euro! Dabei kam heraus, dass dieser Mistkerl 200 Euro im Monat bekommt, die er hemmungslos in einer Woche verschwendet und sich mit Pizzen, CDs, Gameboys und Leihvideos ein-

deckt. Vera meinte, dass ihr Vater so viel für die Miete bezahlte. Das ist ja Wucher für dieses Loch.
Also ich stand Schmiere mit einem jaulenden Nick an der Leine. Für den Anlass hatte ich mir eine Sonnenbrille aufgesetzt, obwohl es regnete und man einen Sonnenstrahl nicht einmal für viel Geld hätte kaufen können. Aber so wirkte ich mehr wie ein Manager. Ich gebe zu, den Plan, den Vera ausgearbeitet hatte, kannte ich nur oberflächlich. Ich war aber der Meinung, dass ich so etwas auch hätte erfinden können. War der Schüler langsam so gut geworden wie seine Lehrerin?
Während ich in ein paar Metern Entfernung aufpasste, tauschten Vera und Jakko unauffällig Briefumschläge aus. Im Umschlag meines Freundes war unser Honorar, in dem meiner Partnerin lag ein Zeitungsausschnitt, der total echt wirkte, aber in Wirklichkeit eine geschickte Fälschung von Vera war. Neben dem Zeitungsausschnitt enthielt der Umschlag auch Anweisungen für Jakko, was er tun sollte, um seinen Arsch zu retten.
Natürlich wollte mein Freund nicht die Katze im Sack kaufen. Nein, er hat sich nicht von der Stelle gerührt, bevor er nicht den gesamten Inhalt des Umschlags ausgiebig geprüft und alles genau durchgelesen hatte. Dazu hatte er sich im Indianerfort des Spielplatzes versteckt. Wir haben übrigens das Gleiche getan, ich meine, wir haben wenigstens ein Dutzend Mal die Aufschrift »100 Euro« auf dem grünlichen Blatt Papier überprüft, so wenig konnten wir glauben, was wir sahen.
Jakko ist schließlich zufrieden abgezogen. Dann hat Vera eine Fotokopie des falschen Zeitungsausschnitts aus der

Tasche gezogen, ein wahres Meisterwerk aus am Computer zusammengefügten Einzelteilen.
»Lies das durch und sag mir, was du davon hältst!«, hat sie gesagt und mir den Artikel unter die Nase gehalten.
Ich habe die Sonnenbrille abgenommen. In der Pressenotiz stand Folgendes:

SECHS VON ZEHN KINDERN LEIDEN AM MOZARTSYNDROM

Neuester Bericht eines kanadischen Forschungszentrums

Mozartsyndrom heißt die neueste Entdeckung auf dem Gebiet kindlicher Ängste. Anscheinend fordern heutzutage die Eltern von ihren kleinen, unerfahrenen Musikern Leistung und öffentliche Auftritte – symptomatisch hierfür ist die typische »kleine Sonate«, in Anwesenheit von Freunden und Verwandten, die bei sensibleren Kindern zu plötzlichen Angstzuständen und Panikattacken führen. Besaß der kleine Mozart unzweifelhaft Talent und große technische Fähigkeiten, so war er auch in der Lage, den Stress durch ständige öffentliche Auftritte zu ertragen, zu denen ihn sein despotischer Vater zwang. Das Gleiche kann man über viele angehende junge Musiker des dritten Jahrtausends nicht sagen. Es ist bewiesen, dass sich ein Auftreten in der Vertrauen erweckenden tröstlichen Gegenwart des Lehrers nicht vergleichen lässt mit dem erpressten Vorspielen, das unverantwortliche und Druck ausübende Eltern verlangen. Eine vom psychologischen Institut der Universität Toronto bei zehn Kindern im Alter von sieben bis vierzehn Jahren – alle Geigenschüler – durchgeführte Untersuchung ist im Besonderen zu diesem Ergebnis gekommen: Konfrontiert mit der Forderung ihrer Eltern, ein ganz einfaches Anfängerthema vor fünf Fremden zu spielen, haben nur vier der Kinder das Vorhaben ruhig und unbeeindruckt zu Ende geführt. Von den restlichen sechs Teilnehmern sind zwei ohnmächtig vor den Noten zusammengesunken, einer hat sich auf die Geige übergeben, ein anderer Teilnehmer hat nach dem ersten Akkord das Bewusstsein verloren und der Sechste hat versucht sich mit dem Bogen die Pulsadern aufzuschneiden. Dieselbe Untersuchung hat ergeben, dass Jungen in der Pubertät – besonders im Alter von etwa dreizehn Jahren – im Höchstmaß gefährdet sind.

Typische Symptome für das Mozartsyndrom sind hohes Fieber, Zittern, Schwindelanfälle und Wahnvorstellungen. Die empfohlene Therapie schlechthin ist Ablenkung. Sollte das Syndrom bei Ihrem Kind auftreten – und sollten Sie ein schlechtes Gewissen haben, dann sagen Sie alle Vorhaben vom Typ »Hauskonzert« ab und schlagen Sie ihm einen netten Ausflug nach Disneyland vor. Reicht die Zeit dazu nicht, genügt auch ein gutes Spiel für die Playstation 2. So machen Sie Ihr Kind glücklich und geben ihm Gesundheit und Ruhe wieder.

»Megacool!«, habe ich geschrien, nachdem ich den Artikel in einem Atemzug durchgelesen hatte. »Wie hast du es nur geschafft, den Artikel im gleichen Stil wie die Zeitungen zu schreiben? Und wie bist du auf die Idee mit Mozart gekommen?«

»Ich habe ein gewisses Gespür für so etwas. Außerdem habe ich den Film ›Amadeus‹ gesehen und er hat mir ganz toll gefallen«, hat Vera geantwortet.

Jetzt mussten wir nur abwarten, ob Jakkos Eltern angebissen hatten. Er würde erst mal die Symptome für das Mozartsyndrom vortäuschen und dann einen Mitschüler aus dem Geigenunterricht dazu überreden müssen, zu ihm nach Hause zu kommen, den Artikel mitzubringen, der dann natürlich seinen Alten in die Hände fallen würde.

Während ich darauf wartete, dass es zum Ende der letzten Stunde läuten würde, hatte mich wieder das bekannte, aufregende Kribbeln gepackt. Ich konnte es gar nicht abwarten, nach Hause zu kommen, um Jakko anrufen zu können. Falls ich noch mit ihm sprechen konnte und er nicht schon ins Mozartkoma gefallen war.

»Marco liegt im Bett, er ist krank und schläft gerade«, antwortet seine Mutter am Telefon ganz würdevoll. »Du kannst ihn ja später besuchen, wenn du willst.«

»Es ist hoffentlich nichts Ansteckendes«, habe ich gesagt und es hat mich förmlich zerrissen, das Gelächter zu unterdrücken.
Seine Mutter hat einen Augenblick geschwiegen. Dann hat sie gesagt: »Nein, ganz bestimmt nicht. Das ist nur Stress.«
Stress von der Playstation? Aber ich habe es vorgezogen, das Thema nicht zu vertiefen. Stattdessen habe ich mich höflich verabschiedet und versprochen ich würde den armen Kranken am späten Nachmittag kurz besuchen.
Gegen fünf, nachdem ich meine Hausaufgaben eilig hinter mich gebracht hatte, habe ich mich in Richtung Fluchtweg, auch Haustür genannt, gestürzt.
Natürlich war mir meine Mutter sofort auf den Fersen: »Führ deinen Bruder spazieren, wenn du in den Park gehst!«, hat sie gerufen und die Leine geschwenkt.
»Ich gehe nicht in den Park. Ich besuche Jakko. Er ist krank.«
Mama hat ganz große Augen gemacht und laut gesagt: »Guter Gott, er muss sich ja ernsthaft vergiftet haben mit diesen Gummibonbons aus Fahrradreifen!«
»Ja, sicher«, habe ich nur geantwortet. Verdammt, ich hätte mich fast verraten! Ich hatte meine Lüge mit der Lebensmittelvergiftung glatt vergessen!
Mama hat traurig den Kopf geschüttelt und gemeint: »Ich hoffe nur, dass diese Süßwarenfabrik bald ihre Tore schließt!«
»Darauf kannst du wetten. Der Besitzer der Firma hat sich nach der Anzeige mit einer tödlichen Dosis Lakritze aus

seiner eigenen Produktion umgebracht . . . sie waren aus Gummibändern hergestellt«, habe ich geantwortet.

Bevor Mama etwas antworten konnte, war ich schon die Treppe hinuntergelaufen. So viel zum Thema Marke: Unsere tägliche Lüge gib uns heute.
Zehn Minuten später stand ich an Jakkos Krankenbett. Er thronte auf einem Haufen Kissen und war intensiv damit beschäftigt, Pommes aus einer Tüte mit der Aufschrift Mc Donald's zu angeln. Bevor er sie sich mit vollen Händen in den Mund stopfte, tunkte er sie noch in einen Klecks Majo.
»Was ist das, eine Antistress-Kur?«, habe ich lachend gefragt, kaum hatte uns seine Mutter allein gelassen.
»So was Ähnliches«, hat er gekichert. »Papa hat gesagt, ich könnte mir wünschen, was ich wollte. Ich habe mal mit Pommes und Big Macs angefangen.«
»Also hat alles geklappt?«, habe ich ganz leise gefragt.
Jakko hat sich die fettigen Hände an der Bettdecke abgewischt und hat mich abgeklatscht.
»Ganz toll!«, hat er im Flüsterton geantwortet. »Die Party ist ausgefallen und meine Eltern haben schon eine Anzeige geschaltet, um die Violine zu verkaufen.«
Also habe ich mir alle Einzelheiten erzählen lassen. Bevor Jakko ausgepackt hat, musste ich erst als Vorsichtsmaßnahme die Tür schließen. Dann hat er etwas lauter gesprochen, ist aber immer leiser geworden, wenn er hörte, dass sich Schritte näherten. Also, anscheinend hatte er sich gestern von seinen Eltern, erschöpft mit dem Bogen in der

Hand auf dem Boden seines Zimmers liegend, finden lassen. Seine Mutter hat einen schrecklichen Schrei ausgestoßen und er hatte nur zwei Worte gestammelt: »Geige! ... Hilfe! ...«, die Augen verdreht und plötzlich wie ein Besessener gezittert. Seine Eltern haben ihn ins Bett gesteckt und später den Kinderarzt gerufen, der nicht die Bohne begriffen hat. Er hat einen epileptischen Anfall vermutet. Dann, als man es am allerwenigsten erwartete, hat Jakko die Augen aufgemacht und erzählt, er hätte einen schrecklichen Alptraum gehabt. Im Traum sei er durch eine Achterbahn in Form eines Violinschlüssels gefahren und dann sei er in einen dunklen Abgrund gestürzt, verfolgt von einer riesigen Violine.

Schließlich ist dann noch Diego, einer seiner ehemaligen Mitschüler aus der Musikschule, gekommen.

»Er hat toll geschauspielert und es hat mich nur 20 Euro gekostet«, hat Jakko gesagt und in einen Big Mac gebissen. An seinem Kinn ist ein wenig Ketschup heruntergelaufen. Er hat es sich sofort mit einem Zipfel des Bettlakens abgewischt.

Jakkos Eltern gegenüber hat Diego vermutet, es könne sich um das Mozartsyndrom handeln, eine sehr bekannte Störung bei Kindern, die musizierten. Als Jakkos Eltern aus allen Wolken gefallen sind, hatte Diego einen Zeitungsausschnitt aus seinem Rucksack geholt. Jakkos Alte haben den Artikel gelesen, dem Ganzen blind vertraut und ihren Sohn befragt, der mit vorgetäuschtem Schluchzen seine Angst vor dem Auftritt bei der Party gestanden hat. Natürlich hatten sowohl mein Mitschüler Jakko als auch sein Komplize

Veras Plan und ihre schriftlichen Anweisungen genau befolgt. Dies nur, damit ihr wisst, dass weder die Idee mit der Ohnmacht noch die mit dem Alptraum von Jakko stammten.
»Der Plan war einfach sagenhaft!«, hat Jakko seine Erzählung beendet. »Und dann war das Ganze total aufregend! Man konnte einen Herzschlag bekommen!«
»Du meinst Herzklopfen«, habe ich ihn berichtigt, wie immer.
»Ja, oder so«, ist Jakko darüber hinweggegangen. »Deswegen . . . das ist für dich!«
Nach diesen Worten hat er die Schublade seines Nachtschränkchens aufgemacht und mir einen Umschlag hingehalten, auf dem er seine fettigen Fingerabdrücke hinterlassen hatte. Der zweite Hunderter! Auf einmal war ich unheimlich zufrieden. So wie ein ehrlicher Arbeiter, wenn er am Monatsende seinen hart erarbeiteten Lohn bekommt. Kein Vergleich mit dem wöchentlichen Rüberreichen des elterlichen Taschengelds! Erstens war das im Vergleich eine kümmerliche Summe, zweitens war dies hier eine Art Prämie für etwas, was ich getan hatte. Sicher hatte Vera den Löwenanteil daran, aber die Grundidee stammte von mir. Jedenfalls fühlte ich mich belohnt, eben wie jemand, der gerade seinen Lohn bekommen hatte, und war im Einklang mit mir selbst. Es stimmt schon, Arbeit adelt den Menschen.
Jakko übernahm es, meine Bedenken zum Schweigen bringen, dass ich seine Eltern ohne ihr Wissen wie Kühe gemolken hatte.

»Meine Eltern haben doch einen Haufen Geld«, sagte er und schluckte den letzten Bissen seines Hamburgers runter, »und weil ich von heute an jeden Wunsch äußern darf, lasse ich mir sowieso gleich das Taschengeld erhöhen!«
Im gleichen Augenblick bewegte sich die Türklinke: Jakkos Vater kam herein. Er trug zwei prall gefüllte Taschen mit CDs, Comicheften und Gameboys. Ihm fehlten nur noch die BIC-Feuerzeuge, dann hätte er schlimmer als ein afrikanischer Straßenhändler ausgesehen.
»Ich habe dir ein bisschen was zur Ablenkung gebracht«, sagte der gute Mann mit einem breiten Lächeln.
Mit einem wilden Schrei hat Jakko mit beiden Händen in all diesen Herrlichkeiten gewühlt. Ich habe gedacht, dass er alt und grau werden könnte, bevor er sich mit all diesem Zeug beschäftigt hätte. Dann hätte er sich aber nicht mehr die Bohne um Comics und Gameboys geschert.
Die ganze Sache wurde langsam langweilig, deshalb beschloss ich den Abgang zu machen. Also habe ich ihm zum Abschied zugewinkt und nur leise gesagt: »Gut, ich gehe mal. Bring dich wieder in Form, dann sehen wir uns morgen vielleicht in der Schule.«
Jakko hat in seinen nicht vorhandenen Bart hineingelächelt und gemeint: »Ich bin doch nicht blöd! Morgen fahren wir nach Disneyland!«

7. ALLES DREHT SICH

In einem Tabakladen habe ich den Hunderter in zwei Fünfziger gewechselt und bin dann schnell wie ein ICE zu Veras Wohnung. Vor Aufregung schlug mein Herz mindestens 200-mal in der Minute. Es fühlte sich an, als hätte sich bei mir auf Brusthöhe ein lebender Kanarienvogel in meinem Pullover verfangen. Stattdessen war da nur der schicksalhafte Umschlag von Jakko, den ich sicherheitshalber in eine Innentasche meiner Windjacke gesteckt hatte. Plötzlich erfasste mich eine unerklärliche Angst: Und wenn ich jetzt auf die Geldautomatenbande stoßen würde? Na gut, ich war ein harter Karatekämpfer, aber drei gegen einen? Ach Quatsch! Ich war doch kein alter Mann und besaß auch keine EC-Karte!

Natürlich, das stimmte, aber waren die nicht vor allem an Kohle interessiert? Sie konnten mich in dem Geschäft beobachtet haben, wo ich das Geld gewechselt hatte. Vielleicht waren sie mir auch schon auf den Fersen und ich wusste es nur nicht? Verdammt, warum hatte ich Nick nicht mitgenommen?

Ich Idiot, ich Blödmann! Ich hatte den besten Freund des Menschen zu Hause gelassen, den unfehlbaren Schutz gegen jede Gefahr. Während ich so was faselte, beschleunigte ich meine Schritte und habe mich ab und zu ängstlich umgesehen. Ich habe kein verdächtiges Trio bemerkt, nur drei Verkäuferinnen aus der edlen Luxusboutique des Viertels, die kichernd eingehakt vorübergingen. Sie verkauften dort nur Designerware, etwa Unterwäsche für Frauen, die so viel kostete wie ein Atomsprengkopf. Also harmlose, junge Frauen, die die Leute nur während der Geschäftszeit ausraubten.

Als ich Veras Behausung erreicht hatte, habe ich mehrmals geklingelt. Keine Antwort. Dann habe ich kurz zum Balkon hinaufgeschaut, da war aber kein Mensch und er war auch total leer: keine Schirina, Bilder oder aufgehängte Socken. Die Balkontür war verriegelt. Aber der Rollladen am Fenster daneben war nur halb heruntergelassen, deswegen habe ich vom Bürgersteig aus nach Vera gerufen. Fünf Minuten lang habe ich aus Leibeskräften gebrüllt und wahrscheinlich dabei ein wenig übertrieben, denn eine Mumie, die ziemlich wütend wirkte, hat ihr runzliges Gesicht aus einem Fenster im Erdgeschoss gesteckt. Ich habe nicht begriffen, ob es sich um eine Frau oder einen Mann handelte, aber findet ihr mal das Geschlecht einer Mumie heraus!

»Wen sucht ihr?«, hat sie mich gefragt und dabei den Plural benutzt, als ob ich irgendjemand bei mir hätte.

»Meine Freundin Vera. Das ist die Tochter des Malers aus dem ersten Stock!«, habe ich geantwortet.

»Sie sind heute Morgen sehr früh abgefahren«, hat die Mumie gekrächzt. »Ich habe gesehen, wie sie ein Taxi zum Bahnhof genommen haben. Sie hatten den Affen, einen großen und einen kleinen Koffer dabei.«

Vielleicht wäre es mir besser gegangen, wenn ich durch einen Schlag ins Gesicht bei einem entscheidenden Karatekampf zu Boden gegangen wäre. In der Wirklichkeit bin ich angewurzelt stehen geblieben wie ein Idiot und habe in die dunklen Augenhöhlen der Mumie gestarrt.

»Was habt ihr da zu glotzen?«, hat mich die Mumie in beleidigtem Ton gefragt.

Vielleicht sah sie doppelt, ich meine, vielleicht sah sie mich zum Zwilling verdoppelt. Warum benutzte sie sonst ständig den Plural?

»Ach nichts. Es ist nur, meine Freundin hat mir nichts von dieser Reise erzählt . . .«, habe ich leise gesagt.

Die Mumie hat nur mit den Achseln gezuckt. Als ich dieses Museumsstück betrachtete, hatte ich eine Erleuchtung: Natürlich, sie waren nach Kreta gefahren! Offenbar hatte Veras Mutter die Überreste irgendeines antiken Palastes ausgegraben. Weil sie diese spektakuläre Entdeckung mit ihrer Tochter und ihrem Mann feiern wollte, hatte sie ihnen Flugtickets für die Reise geschickt! Das musste alles aus heiterem Himmel passiert sein und Vera hatte deshalb keine Zeit gehabt, mich zu informieren. Gut, ich freute mich für alle: Vera würde im November im Meer baden, Schirina würde etwas näher an ihrem Heimatland Afrika sein und der Maler mit seinen Pantoffeln würde sicher eine ausreichend tote Inspiration für seine Kunst finden. Vielleicht würde er seine vierte Periode beginnen: Küchenbrett mit kretischen Tunfischen.

»Vielen Dank für die Information!«, habe ich zu der Mumie gesagt. »Ich glaube, ich weiß, wohin sie gefahren sind!«

»Und wohin?«, hat mich diese neugierige Person gefragt.

Warum kümmerte sie sich nicht um ihren eigenen Mist? Aber es war ganz klar, wäre sie eine diskrete Mumie gewesen, dann hätte sie mir nicht diesen Hinweis auf Vera geben können. Also habe ich ganz herablassend geantwortet: »Sie besuchen Veras Mutter, die Archäologin.«

»Ach was, von wegen Archäologin!«, hat die Mumie gekichert.

Ich hätte darauf gewettet, dass früher oder später die Archäologie ins Spiel käme. Sicher hätte ich darüber auch gelacht, wenn diese einbalsamierte Säulenheilige nicht schnell noch boshaft hinzugefügt hätte: »Ihre Mutter hat das Zeitliche gesegnet, nachdem sie diese Rotznase in die Welt gesetzt hat. Der Maler ist Witwer.«

Das war der zweite Schlag ins Gesicht. Veras Mutter war tot? Vera hatte mich auch in diesem Punkt belogen? Ich dachte, wir wären jetzt Geschäftspartner, nein, sogar Freunde! Der Kanarienvogel, der mir auf dem ganzen Weg in der Brust herumgeschwirrt war, seufzte vor Schmerz auf, als hätte ihn ein Jäger tödlich getroffen.

Die Mumie hat eine verkrampfte Hand ausgestreckt, um den Fensterladen zuzumachen. Wahrscheinlich habe ich ein superblödes Gesicht gemacht, denn sie hat noch leise gesagt: »Wenn ihr mir nicht glaubt, dann fragt doch die anderen Mieter im Haus. Jeder weiß das!«

»Wir glauben es schon, wir glauben es schon!«, habe ich wütend gebrüllt.

Ich habe eine Identitätskrise bekommen, weil sie mich mit ihr angeredet hat, und habe ihr auch im Plural geantwortet. Dann hatte ich plötzlich große Lust, mich mit dem Ersten, der mir zufällig über den Weg lief, zu prügeln. Das heißt nicht mit Karategriffen zu kämpfen, sondern mit richtigen Fausthieben.

Wäre ich in diesem Moment der Geldautomatenbande begegnet, hätte ich sie alle drei umgehauen wie Kegel.

Als ich am nächsten Morgen aufwachte, war ich so geladen wie eine Knarre. Das lag eindeutig an Vera, von der ich nichts wusste. Was das Geld anbetraf, Pech für sie. Das soll heißen, ihren Anteil würde ich mir unter den Nagel reißen. Aber es wurmte mich, dass sie mich mit der Lüge, ihre Mutter sei Archäologin, noch einmal hintergangen hatte. Vertrau mal Lügnern!

Im Verlauf des Tages habe ich mich mit zwei ziemlichen Problemen herumschlagen müssen, deshalb war ich irgendwann nicht mehr geladen wie eine Knarre, sondern wie ein Atomsprengkopf.

Erste Runde: In der Schule hat uns der Bolognini – unser Lehrer für Italienisch, der nur »Cocorito« heißt, weil er wie ein Papagei ein superweiches R spricht – die Aufsätze zurückgegeben. Ich weiß nicht, ob ich das richtig rüberbringe: Mir, der sonst immer absolut am besten abschneidet, hatte er nur ein dürftiges »ausreichend« gegeben!

Na gut, ich wusste, dass ich mit dem Aufsatz über die Geldautomatenbande nicht gerade Dantes »Göttliche Komödie« geschrieben hatte. In Wirklichkeit hatte ich etwas geschrieben, das nicht so langweilig war und wenigstens ein »sehr gut« verdient hätte.

Das Schönste daran war, dass mein Exemplar, das ich ab-

gegeben hatte, so weiß war wie neu. Da war kein Fehler mit Rot oder Blau angestrichen. Und nun? In mir hatte sich eine echte Wut aufgebaut, und während ich im Geist über passende Schimpfwörter nachgrübelte, hatte ich meine Hand gehoben, um Protest anzumelden.
Der Cocorito hat sich auf dem Pult so bewegt wie ein Papagei auf seinem Ständer.
»Ich kann mir schon vorstellen, was du mir sagen willst, Brown«, hat er gemeint und dabei einige R niedergemetzelt. »Du denkst, die Note für deinen Aufsatz ist zu schlecht. Ich will dir das erklären.«
Ich habe meine Hand runtergenommen und habe auf Stand-by geschaltet. Cocorito hat eine völlig bescheuerte Rede hingelegt. Er hat gesagt, die Form meines Aufsatzes und so im Großen und Ganzen auch der Inhalt seien in Ordnung. Was er aber nicht geschluckt hatte, war mein »Resümee« über die Art, wie man mit Verbrechern umgehen soll.
»Ernie glaubt, dass Gewalt das beste Mittel ist, um Kriminalität zu bekämpfen!«, hat er, an die Klasse gewandt, geschnattert. »Aber ich warne ihn und jeden anderen davor, Selbstjustiz zu üben!«
Was zum Teufel hatten diese Ausführungen mit Grammatik und logischer Analyse zu tun? Es stand einem Italienischlehrer einfach nicht zu, in dieser Situation den Besserwisser zu spielen.
Cocorito hat dann laut den Schluss meines Aufsatzes vorgelesen, um den anderen Schülern seine Meinung klar zumachen. Einige haben unterdrückt gekichert. Ich habe sie mit Blicken in Asche verwandelt. Weil es ihm nicht reich-

te, mich vor der Klasse lächerlich gemacht zu haben, hat der Pauker dann noch gesagt: »Weißt du was, Brown, du solltest lieber auf deinen Karatelehrer hören. Kein Sport darf gewalttätig sein!«

Was erzählte er da für einen Unsinn? Und was war mit Boxen? Die brachten sich doch im Ring fast um, und das ist die Wahrheit! Bis jetzt hatte ich noch nicht den Mund aufgemacht, um etwas zu meiner Verteidigung zu sagen. Als ich es dann tat, hatte ich beschlossen hart zuzuschlagen, im übertragenen Sinn. Ich habe ihm eine Ladung Lügen verpasst!

»Ja, aber zufällig trinkt mein Karatelehrer Wein und predigt Wasser«, habe ich in verärgertem Ton begonnen. »Denn vor einiger Zeit hat er jemanden k. o. geschlagen, der ihm im Bus auf die Füße getreten ist.«

»Und die Polizei?«, hat der Cocorito gefragt.

»Die hat ihm Recht gegeben, weil es sich ja um Notwehr handelte«, habe ich gesagt.

Verdammte Hacke, die Zehen sind heilig, da tritt man nicht drauf! Der Pauker war stumm. Ich habe dann noch eine Unmenge Lügen erzählt. Alle Besitzer von schwarzen Gürteln, die ich kannte, habe ich gesagt, hätten mit dem Einverständnis der Plattfüßler schon Verbrecher verdroschen. Ich bin sogar aufgestanden, um mein Plädoyer zu halten. Das war supercool, ich fühlte mich wie Clint Eastwood in der Rolle des Inspektor Callaghan. Der war wirklich cool: Mit seiner Magnum brachte er alles in null Komma nichts in Ordnung und die Polizei ging ihm gerade am A. . . vorbei.

Runde zwei: Zu Hause hat mich meine Mutter nach allen Regeln der Kunst ausgequetscht wegen der 100 Euro, die sie unter einem Stapel von meinen Unterhosen gefunden hatte, als sie gebügelte Wäsche in meinen Schrank gelegt hat. Natürlich habe ich mich innerlich als Idiot beschimpft. Ich wusste, dass ich ein weniger offensichtliches Versteck für meine Beute hätte finden müssen. Ich hatte auch daran gedacht, den Hunderter unter der Matratze in der Hütte meines Bruders zu verstecken. Das war ein ganz sicheres Versteck: Wegen der vielen Flöhe ging da niemand nah ran.

»Darf man mal erfahren, wer dir das viele Geld gegeben hat?«, fragte meine Mutter mich jetzt schon zum dritten Mal.

»Ich habe es dir schon gesagt, das sind die Ersparnisse meines ganzen Lebens!«, habe ich beharrt.

Mama hat künstlich gelacht und mich höhnisch gefragt: »Und seit wann bist du jemand, der spart?«

Sie hat sich verkniffen, mir vorzurechnen, dass ich das Taschengeld von fast einem halben Jahr hätte zusammenlegen müssen, um auf diese Summe zu kommen, denn meine Eltern gaben mir zehn Euro in der Woche. Daraus lässt sich folgern, wären meine Eltern nicht so geizig, dann wäre diese Frage überhaupt nicht aufgekommen.

»Na gut«, habe ich seufzend gemeint. »Ich sage dir jetzt die Wahrheit: Ich habe Überstunden gemacht.«

»Was für Überstunden? Du arbeitest doch nicht einmal.«

»Das glaubst du«, habe ich gesagt und dabei so getan, als wäre ich traurig. »Seit Monaten stehe ich um vier Uhr morgens auf, um Werbezettel zu verteilen, und komme um sieben Uhr zurück.«

Das war die einzig plausible Zeit dafür, da meine Mutter Hausfrau war und vierundzwanzig Stunden des Tages zu Hause verbrachte.

Mama hat sich vor Überraschung auf einen Stuhl fallen lassen. Aber etwas Verstand ist ihr noch geblieben, denn sie hatte sofort Einwände: »Werbezettel? Am frühen Morgen? Aber, aber – da schlafen die Leute doch noch. Wer öffnet denn zu dieser Zeit die Haustür, um Werbezettel in den Briefkasten einwerfen zu lassen?«

Ja, wer öffnete die Haustür? So ein Mist, wenn ich auf diese Frage keine Antwort hatte, verspielte ich meine Lizenz als Profilügner!

»Bäcker«, habe ich plötzlich geantwortet. »Die arbeiten doch nachts, oder?«

Mama hat verwirrt genickt. Ich fuhr in einem Atemzug fort: »Ich verteile Werbezettel an Bäcker. Es handelt sich um Werbung für einen neuen Roboter, ein kybernetisches Wunder: Er knetet Teig, bäckt und holt die Backwaren selbsttätig aus dem Ofen. Sogar die Croissants! Er heißt ›Megafornetto‹, kostet eine ganze Menge, aber er ist sein Geld wert.«

Es lohnte sich auch für mich, denn mit dieser Lüge hatte ich meine Haut gerettet. Das war aber nichts alles: Meine Mutter hat mich versprechen lassen, dass ich die Arbeit sofort aufgeben würde. Ein Junge in meinem Alter brauchte wenigstens acht Stunden Schlaf am Stück pro Nacht, meinte sie. Deswegen würde sie es übernehmen, meinen Vater

davon überzeugen, mein wöchentliches Taschengeld etwas zu erhöhen. Gut, das war spitzenmäßig für mich gelaufen! Vor Begeisterung fühlte ich nichts als Kribbeln.
»Es ist nur seltsam«, sagte meine Mutter nachdenklich, »dass Nicholas nicht jedes Mal gebellt hat, wenn er dich zu dieser Zeit hinausgehen und hereinkommen gehört hat.«
»Er hat es tatsächlich versucht«, habe ich geantwortet, »aber ich habe ihn immer mit einem Keks zum Schweigen gebracht.«
»Mit einem Keks oder mit einem Fußtritt?«, hat meine Mutter gefragt und mich finster angesehen. »Pass auf, Ernest, ich habe alle einschlägigen Telefonnummern zur Hand: WWF, Tierschutzbund, Greenpeace . . .«
Uff, die übliche Geschichte! Ich konnte meinen Bruder nicht einmal mit einem Finger berühren, da drohte sie mir schon sofort alle Tierschutzverbände anzurufen. Aber es ist ja bekannt, die jüngeren Geschwister werden immer grässlich verzogen.
Ich habe es vermieden, das zu kommentieren, indem ich in die Küche geschlurft bin. Das Abendessen war noch nicht fertig und ich hatte einen Bärenhunger. Nick schien es genauso zu gehen, denn er nagte wie besessen an einem Tischbein. Ich habe lieber an einem Grissino geknabbert und dabei gedankenverloren die Zeitung durchgeblättert. Als ich zum Lokalteil von Florenz kam, habe ich plötzlich innegehalten. Auf der ersten Seite wurde ausführlich über die Geldautomatenbande berichtet! Na, ich wollte doch sehen, ob meine Wenigkeit, die mit einem armseligen Ausreichend gebrandmarkt wurde, nicht dem Vergleich

mit einem professionellen Journalisten standhalten konnte!
Ein flüchtiger Blick auf den Titel hat mir schon gereicht, um diesen miesen Schreiberling absolut durchfallen zu lassen.
Der Titel hieß: »Geldautomaten verlassen. Die Befragten: Wir benutzen wieder den Ziegelstein«. Wer da irgendwas verstand, hatte wirklich was drauf. Das war übrigens nicht das erste Mal, dass ich in der Zeitung auf verworrene Überschriften stieß, für die man mindestens das Gehirn von Einstein besitzen musste, um zu verstehen, was sie bedeuten sollten. Also habe ich widerwillig angefangen den Leitartikel zu lesen.
Ich habe schnell überflogen, dass die Sorge der Banken in Florenz weiter gestiegen war. Wegen der Sache mit der Geldautomatenbande traute sich niemand mehr Geld auf der Bank zu haben. Manche Leute holten sich ihr Geld noch mit einem Scheck direkt am Schalter, aber andere, besonders alte Menschen, die Rentner waren, hatten ihre Konten aufgelöst und versteckten ihr Geld jetzt zu Hause. Um genauer zu sein, sie versteckten es »unter dem Ziegelstein« oder unter der Fliese, die sich nützlicherweise am Boden gelöst hatte. Eine ganz brauchbare Notlösung, die ich vielleicht auch in Erwägung gezogen hätte. Aber bei uns zu Hause lag überall Parkett, außer im Bad, aber da war leider keine Fliese lose. Sonst hätte mein Bruder dort bestimmt unzählige Knochen versteckt!

8. MAN SIEHT SICH WIEDER

Eine Woche lang habe ich ganze Nachmittage über meine Hausaufgaben gebeugt verbracht und nachgegrübelt – natürlich nicht über die Hausaufgaben, sondern darüber, was ich mit dem Scheinchen von Jakko anfangen sollte. Vera war immer noch untergetaucht, jedenfalls nahm ich das an, denn ich war zu wütend, um sie auch nur anzurufen. Außerdem, da hatte meine Mutter Recht, ich war einfach nicht zum Sparen geschaffen. Schon als kleiner Junge hätte ich am liebsten dieses schreckliche Sparschwein aus Ton angezündet, das mir meine Großmutter mit einigen klingenden, kleinen Münzen im Bauch zum Geburtstag geschenkt hatte. Aber weil eine Brandstiftung in unserem Haus nicht unbemerkt geblieben wäre, habe ich das Problem anders gelöst: Ich habe das Schwein auf den Rand des höchsten Bücherregals gestellt und es mit Vergnügen auf den Boden fallen lassen. Damit es wie ein Unfall aussah, habe ich auch noch so getan, als würde ich in Tränen ausbrechen, mit dem Ergebnis, dass man mir ein noch viel scheußlicheres Sparschwein schenkte.

Von wegen, Geld war doch zum Ausgeben da! Und bei diesen hohen Inflationsraten war es doch superblöd, Geld anzuhäufen. Das, was man heute für ein Handy der neuesten Generation mit Internetanschluss, integrierter Kamera und zehn schon installierten Videospielen bezahlte, reichte doch schon morgen nicht einmal mehr, um die Chipkarte dafür zu bezahlen. Also habe ich alles, was ich unbedingt brauchte, auf ein Blatt Papier geschrieben. Es handelte sich um Dinge, die unbedingt notwendig waren, die ich aber noch nicht hatte, weil meine Eltern so knauserig waren. Ich hatte Riesenopfer gebracht, um ohne sie auszukommen, und es war schon ein großes Glück, dass ich überlebt hatte, ohne einen Nervenzusammenbruch oder eine schwere psychische Störung zu bekommen. Ich habe alles nach der Dringlichkeit geordnet aufgeschrieben:

– Playstation 2 mit den neuesten supertollen Videospielen
– Notebook mit integriertem CD-Brenner – mein Computer stammte ja noch von den Höhlenbewohnern!
– DVD-Player mit einer Gesamtausgabe der Brue-Lee-Filme
– Flatscreen-Fernseher mit Stereolautsprechern, Satellitenkanälen und Pay-TV-Abonnement
– Digitalkamera mit kleinem angeschlossenen Camcorder

Ganz ehrlich, ich hatte keine Ahnung, was die Sachen wirklich kosten könnten. 100 Euro waren für mich eine so große Summe, dass ich anfangs glaubte, ich könnte mir alles davon leisten. Und da ich ja kein Egoist war, habe ich auch an meinen Bruder gedacht. Mit dem restlichen Geld würde ich ihm das allerneueste Flohhalsband kaufen – das hätte auch unser Zusammenleben erheblich verbessert.

Also ich beschloss die Hausaufgaben liegen zu lassen und kurz in die Innenstadt zu gehen. Ich musste auf Erkundungstour in den Megastore an der Piazza Duomo. Das war das einzige Geschäft, wo ich die ganze Einkaufsliste hätte abhaken können. Ich habe mir meinen Taschenrechner gegriffen, der sollte mir dabei helfen, die Preise zu addieren. Dann habe ich auf Zehenspitzen die Wohnung verlassen und auf diese Weise meine Mutter und Nick verladen, die ihr Nachmittagsschläfchen hielten und nichts gemerkt haben.

Auf der Straße habe ich mich ständig runtergebeugt und so getan, als wollte ich mir einen Schnürsenkel zubinden. Tatsächlich wollte ich mich nur davon überzeugen, ob die Kohle immer noch an ihrem Platz war. Die Geldscheine hatte ich in eine Socke gesteckt und mich vorher davon überzeugt, dass sie ausreichend schweißgetränkt war und genügend stank. Ich traute auch dem härtesten Kriminellen nicht zu, dass er den Mut finden würde, mir die Schuhe auszuziehen.

Leider ist mein ganzes Selbstbewusstsein wie Schnee in der Sonne geschmolzen, kaum dass ich den Fuß in den Megastore gesetzt hatte. Als ich angefangen habe die Preisschilder zu lesen, habe ich geglaubt, ich sehe nicht richtig! Von den Dingen, die ich auf die Liste gesetzt hatte, kostete keines unter 100 Euro! Von allem hätte ich mir höchstens die Gesamtausgabe der Videos von Bruce Lee kaufen können. Und ganz offensichtlich galoppierte die Inflation von Minute zu Minute vorwärts! Es war also keine Zeit zu verlieren. Ich musste die Box sofort kaufen, denn ich war ganz sicher: Eine halbe Stunde später würde sie bestimmt das Doppelte kosten.

Ich habe also den Kasten genommen und bin wie ein Ver-

rückter zur Kasse gerannt. Weil dort vier Leute schon in einer Schlange warteten, habe ich die, die vor mir standen, angefleht mich vorzulassen.
»Ich muss nur das bezahlen!«, habe ich gesagt und den Kasten geschwenkt.
»Ich muss auch nur das bezahlen«, hat eine fette Frau vor mir gesagt. Sie trug eine Personenwaage unter dem Arm. Ich wollte ihr schon sagen, sie solle das Geld sparen, denn die Waage würde ihr Gewicht sowieso nicht tragen, aber ihr grimmiger Blick hat mir angeraten, eine andere, auf alle Fälle bessere Taktik zu wählen.
»Ich bitte Sie, das ist eine Frage von Leben und Tod!«, habe ich gefleht und mir auf die Zunge gebissen. Ein grässlicher Schmerz! Sofort sind mir Tränen in die Augen gestiegen.
»Wer liegt denn im Sterben?«, hat die fette Kuh skeptisch gemurmelt. Aber währenddessen betrachtete sie interessiert die dicken Tränen, die mir herunterliefen.
»Mein Großvater ist im Krankenhaus. Er liegt im Koma und sein letzter Wunsch war es, einen Film von Bruce Lee zu sehen.«
Die Dicke hat mich vorgelassen, ohne zu protestieren. Aber dann hat der Mann, der vor ihr stand, er trug einen Kittel und Krankenhausschuhe, gefragt: »Aber wenn er im Koma liegt, wie kann er dann den Film sehen?«
»Das stimmt, er kann ihn nicht sehen, aber hören«, habe ich geantwortet. Und, um anderen Einwänden gleich zuvorzukommen, habe ich erklärt: »Die Karateszenen erzähle ich ihm dann.«

Da hat mich auch der Typ, der wie ein Krankenpfleger aussah, vorgelassen und die alte Frau vor ihm ebenfalls, mit dem Kommentar: »Du guter Junge! Ich hätte gern einen Enkel wie dich statt dieser Schakale, die ich habe. Wenn ich ins Koma fiele, würden die mir eine Totenmesse vorspielen, da bin ich ganz sicher!«
Jetzt trennte mich nur noch ein langer, dünner Kerl von der Kasse. Sein Einkaufswagen war übervoll und er sah mich ein wenig schief an, als ich versuchte an ihm vorbeizukommen. Er hat mich sogar auf üble Weise festgehalten und misstrauisch gefragt: »Was für eine Art Koma hat dein Großvater?«
Verdammte Hacke, manche Leute stecken ihre Nasen überall rein! Schließlich hatte ich doch die Lügologieprüfung abgelegt. »Ein komatöses Koma. Von der schlimmsten Sorte«, habe ich ihm geantwortet.
Inzwischen wusste ich nicht mehr, was ich sagte. Ich wollte nur noch diese verdammten Videos bezahlen und abhauen.
Der lange Kerl machte keine Anstalten, beiseite zu gehen.
»Nein, mein Großvater hat was mit dem Hirn gehabt und lag drei Jahre lang im Koma. Aber dann ist er wieder aufgewacht.«
»Also mein Großvater liegt seit sechzig Jahren im Koma und den wecken nicht einmal Kanonenschüsse wieder auf!«, habe ich wütend gebrüllt.
Danach bin ich ihm auf die Füße getreten und habe die Box mit den Videos auf das Kassenband geworfen. Endlich!
Die Kassiererin hat den Artikel über die Kasse gezogen.

Dann hat sie mit dem starren Blick und der monotonen Stimme eines Automaten gemurmelt: »Achtzig Euro bitte!«

Ich habe erleichtert geseufzt und automatisch mein Portmonee aus der Gesäßtasche der Jeans geholt. Aber bevor ich es geöffnet habe, fiel mir ein, dass ich das Geld ja in der Socke hatte.

»Äh . . . warten Sie einen Moment!«, habe ich dem Kassenautomaten gesagt.

Ich habe mich hingekniet, um den Schuh auszuziehen, während die Leute anfingen zu stöhnen. Nachdem ich auch noch festgestellt hatte, dass es der falsche Schuh war, habe ich hastig den anderen aufgemacht. Vom Boden stieg ein pestilenzartiger Gestank nach faulen Eiern und verschimmeltem Käse auf. Ich habe ganz deutlich gehört, wie der »Krankenpfleger« einen hässlichen Fluch ausgestoßen hat.

Endlich bin ich aufgestanden, in einer Hand hielt ich den blauen Strumpf, in der anderen das Geld. Eine Wolke von Gestank umhüllte den weiblichen Kassenautomaten, der auf einmal menschliche Züge zeigte. Die Kassiererin hat angeekelt das Gesicht verzogen und sich sofort die Nase zugehalten. Inzwischen hat der lange Typ gesagt: »Nicht der Großvater . . . ich falle hier gleich ins Koma!«

So ein Witzbold. Ich wollte ihm gerade gebührend antworten, da erstarrte ich plötzlich zu Eis. Während ich die Geldscheine in Richtung Kassiererin schwenkte, waren meine Augen den grünen Augen eines Mädchens begegnet, das in der Schlange an der nächsten Kasse wartete. Vera!

Vera hat mich angelächelt und gewinkt. Ich habe mich

wie ein kompletter Wurm gefühlt. Was zum Teufel machte ich hier? Das Geld gehörte auch ihr, hatte ich das vergessen? Da hat mir die Kassiererin die Scheine gerade aus der Hand gerissen und angeekelt mit den Fingerspitzen angefasst.

Auch gut! Mit einer abrupten Bewegung habe ich sie ihr grob weggenommen und unter ihrem erschrockenen Blick wieder in die Socke gesteckt, die ich noch in der Hand hielt.

»Entschuldigen Sie, aber ich habe es mir anders überlegt«, habe ich plötzlich gerufen und kehrtgemacht.

Damit begann der unangenehmste Teil der Sache. Alle vier Personen in der Schlange betrachteten mich mit einer Mischung aus Hass und Ekel. Seltsamerweise ließen sie mich jetzt sofort durch und machten einen Satz nach hinten. Es reichte, dass ich meinen Socken in der Hand hin- und herschwenkte wie eine weiße Fahne.

Aber weil sie so freundlich geworden waren, konnte ich nicht einfach ohne Erklärung gehen. Also habe ich mein Handy aus der Tasche gezogen und ein Schluchzen vorgetäuscht. Dann habe ich ganz leise gesagt: »Das war das Krankenhaus. Mein Großvater ist vor einer Minute gestorben. Die Videos werden nicht mehr gebraucht.«

»Aber ja!«, hat der »Krankenpfleger« ganz wütend geschrien. »Ich brauche sie, wenn du nicht in einer Sekunde verschwunden bist, haue ich sie dir auf den Kopf. Dann landest du im Krankenhaus!«

Wie konnte er es wagen, so mit mir zu reden! Ich qualmte langsam vor Wut.

»Sie müssen wissen, dass ich den blauen Gürtel in Karate habe!«

Der Typ ist vor Lachen fast geplatzt und hat sich breitbeinig vor mich hingestellt. Dann hat er kichernd gesagt: »Ich sehe hier nur eine blaue Socke. Vielleicht hast du ja die blaue Socke in Karate!«

Dann hat sich noch der lange Kerl eingemischt: »Wenn du den blauen Gürtel hast, dann bin ich Weltmeister im Gewichtheben!«

Ich weiß nicht, ob ich das rüberbringe: Die glaubten, ich hätte gelogen. Bis jetzt hatte mich noch nie jemand Lügner genannt – besonders nicht zu Unrecht – und ich war vor Wut außer mir. Zum Glück hat mich Vera an einem Arm gepackt und wie einen Einkaufswagen zum Ausgang gezogen.

Natürlich wollte meine Freundin – die neugieriger war als ihr kleiner Affe – ganz genau wissen, was passiert war, vor allem, warum ich keine Socken anhatte. Ich habe ihr im Großen und Ganzen die Wahrheit erzählt, nur die Tatsache ausgelassen, dass es sich bei dem Geld um die noch ausstehende Bezahlung von Jakko handelte. Ich habe ihr nur eine Lüge erzählt und zwar folgende: Mir wäre im letzten Moment eingefallen, dass es doch viel billiger sei, die Videos auszuleihen statt sie zu kaufen. Eine idiotische Ausrede.

»Und was für Zeug hast du gekauft?«, habe ich Vera gefragt und neugierig ihre Plastiktüte betrachtet. Man konnte darin einen merkwürdigen Apparat mit einem roten Kreuz darauf erkennen.

»Ach nichts, nur ein Blutdruckmessgerät«, hat sie gesagt

und ist meinem Blick gefolgt. »Das ist für meinen Großvater.«
»Ist er auch im Krankenhaus und liegt im Koma?«, habe ich kichernd gefragt.
Vera hat die Achseln gezuckt und nur gesagt: »So ungefähr.«
Was für eine knappe Antwort! Ich wusste genau, das war eins von ihren üblichen Lügenmärchen. Ich hätte darauf gewettet, dass ihr Großvater längst tot und begraben war, genau wie ihre Mutter. Die verstorbene Archäologin! Auf einmal fühlte ich wieder die ganze Wut wegen Veras letzter Lügengeschichte und der geheimnisvollen Reise in mir hochkommen. Deshalb wollte ich sie in die Enge treiben. Das war ganz einfach: Ich habe ihr erzählt, dass ich sie in der vorigen Woche zu Hause gesucht habe und dass der Mieter/die Mieterin – also die Mumie – aus dem Erdgeschoss mir erzählt hätte, sie wäre mit ihrem Vater verreist. Wohin denn?
»An einen tollen Ort!«, hat sie ausgerufen.
An dieser Stelle hatte ich eine teuflische Eingebung.
»Ich wette, ihr seid nach Kreta geflogen, um deine Mutter zu besuchen«, habe ich gesagt.
»Falsch!«, hat Vera geantwortet. Für einen Augenblick fühlte ich eine glühende Enttäuschung. Ich vergaß, dass Vera als wahre Künstlerin sich nicht gern wiederholte. Dann hat sie erklärt: »Wir sind nach Mexiko gereist. Auf Kreta gab es nur staubige Tonscherben und meine Mutter hat sich dort zu Tode gelangweilt.«
Aber Mexiko! Der Schatz der Maya, die Ureinwohner Mit-

telamerikas . . . Vera hat Gas gegeben und die außergewöhnlichen Schmuckstücke beschrieben, die ihre Mutter nach kaum einem halben Tag Ausgrabungen gefunden hatte. Darunter war eine sehr wertvolle Kette, die hatte sie Vera heimlich geschenkt. Sie war aus purem Gold, übersät mit nussgroßen Rubinen und Smaragden. Die würde sie bei der Endausscheidung im Kunstturnen tragen.

»An deiner Stelle würde ich sie sofort verkaufen«, habe ich mit zusammengepressten Zähnen gesagt. »Damit solltest du dir dann eine nette Wohnung kaufen, denn die, in der du jetzt wohnst, ist einfach zum Kotzen.«

Vera ist die Plastiktüte mit dem Blutdruckmessgerät aus der Hand gerutscht.

»Was . . . was hast du gesagt?«, hat sie mich mit zitternder Stimme gefragt. Ihre Augen glänzten ganz merkwürdig wie bei jemandem, der gleich anfängt zu weinen, aber nicht weil er sich gerade auf die Zunge gebissen hat.

Aber das hielt nur einen Moment an, dann hatte sie wieder ihr cooles Gesicht aufgesetzt und erklärte mir: »Ich kann diese Kette nicht verkaufen. Es ist Archäologen verboten, Gegenstände für sich zu behalten, die sie gefunden haben und Museen übergeben sollen. Wenn die Polizei von der Kette erfahren würde, hätte meine Mutter ernsthafte Schwierigkeiten.«

»Na ja, die wären sicher nicht schlimmer als das, was ihr passiert ist, als sie dich geboren hat, nämlich im Grab zu landen.«

Meine Worte habe ich wie eine Salve aus einem Maschinengewehr abgefeuert. Sie haben auch genau so gewirkt.

Vera ist zurückgewichen und hat geschwankt, als hätte ich sie tatsächlich getroffen. Dabei ist sie über eine Absperrung wegen Straßenarbeiten gestolpert, die hinter ihr stand. Sie ist mit dem Gesicht auf den Bürgersteig gefallen. Ich bin hingelaufen und wollte ihr helfen, aber sie hat meine Hand zurückgestoßen und ist langsam allein aufgestanden.
»Hey, deine Wange blutet«, habe ich gesagt. »Warte mal, ich mach das schon . . .«
Mit diesen Worten habe ich das Band abgemacht, das ich am Handgelenk trug, das Gleiche, mit dem ich ihrem Äffchen an jenem Nachmittag den Schwanz verbunden hatte, als wir uns das erste Mal gesehen hatten. Aber Vera ist von mir abgerückt und hat mich verängstigt angesehen. Sie schaute genauso beunruhigt wie Schirina, als Nick sie gebissen hatte. Dann ist Vera Hals über Kopf davongelaufen, dabei hat sie die Plastiktüte auf dem Boden liegen lassen.
Ich habe der Absperrung einen mörderischen Fußtritt versetzt und mir selbst auf den Kopf gehauen. Ich war ein Mistkerl, das Letzte, ein Stück Scheiße und hatte jedes Recht verloren, meinen Bruder zu kritisieren. Ich war ein üblerer Hund und noch dazu ein räudiger! Welche Gene hatten uns unsere Eltern nur vererbt!

9. EIN HERZ ALS ERSATZTEIL

Ich streifte wie betäubt durch die Innenstadt, lief zickzack, ohne anzuhalten, und übersah alle roten Fußgängerampeln. Ein Typ auf einem Motorroller, der mich an einer Kreuzung fast umgenietet hätte, hat mir ein paar Unfälle an den Hals gewünscht. Ich habe mir gewünscht, dass das einträfe, denn so ein Unglückswurm wie ich verdiente es einfach nicht, zu leben. Ja, ein Blitzstrahl vom Himmel sollte mich sofort treffen! Ein Autobus sollte mich auf dem Asphalt verteilen, eine Straßenlaterne auf meinem Kopf zerschellen!

Was erzählte ich da für einen Mist! Nur einen Augenblick später habe ich sprichwörtlich auf Holz geklopft. Zum Teufel, ich wollte mir doch nicht selbst Unheil anhängen! Nimm mal an, eine dieser Verwünschungen wäre wirklich wahr geworden! Nein, im Großen und Ganzen war es besser, am Leben zu bleiben, und sei es auch nur, um das Durcheinander in Ordnung zu bringen, das ich angerichtet hatte. Aber wie konnte ich mich nur wieder bei Vera sehen lassen?

Mit diesem Idiotengesicht, das ich hatte, natürlich! Die Ausrede war schon zur Hand: die Plastiktüte mit dem Blutdruckmessgerät, die Vera auf dem Bürgersteig zurückgelassen hatte und die ich schon seit ein paar Stunden mit mir herumschleppte. Außerdem trug ich immer noch ihr Honorar in meinem Socken versteckt.

Ich war völlig durcheinander. Mit dem üblichen Kanarienvogel in der Brust kam ich unter dem kleinen Balkon ihrer Wohnung an. Diesmal hingen drei Männerschlafanzüge auf der Wäscheleine, zwei aus Baumwolle und einer aus Seide. Der Maler hatte wirklich einen gut ausgestatteten Kleiderschrank. Wahrscheinlich war der Schlafanzug aus Seide für festliche Abende gedacht. Einige Minuten lang bin ich hier wie angewurzelt stehen geblieben und wusste nicht, ob ich klingeln sollte oder nicht. Mir war klar, dass Vera mir die Tür vor der Nase zuschlagen würde. Da erschien plötzlich der Zimmerkünstler auf dem Balkon. Es war sicher kein Zufall, dass er auch diesmal einen Schlafanzug trug (ein Modell aus Trikotstoff in den Vereinsfarben des AC Mailand) und ein Paar ausgetretene Pantoffeln. Ich habe mich hinter ein geparktes Auto geduckt, um ihn zu beobachten.

Der Maler hielt einen Staubwedel in der Hand. Im Schneckentempo zerstörte er systematisch die Spinnweben an der Balkonbrüstung. Dann hat er eine Hand voll toter Fliegen gesammelt. Dabei hat er geschnauft wie eine Lokomotive und die Fliegen ganz aufmerksam durch seine Nickelbrille betrachtet. Etwas neues Totes, das er unsterblich machen wollte? Es sah nicht so aus, denn er hat sie ohne viel Umstände runter auf die Straße geworfen. Der Maler wollte gerade hineingehen, da hatte ich eine Idee.

»Signor Risaliti!«, habe ich geschrien.

Er hat sich umgedreht und mich gesehen. Dann habe ich ihm von der Tüte erzählt, die ich Vera zurückgeben wollte.

Er hat mich lächelnd aufgefordert heraufzukommen. Das war geschafft!
Ich bin wie eine Rakete die Treppe rauf, bevor Vera, wenn ihr Vater mich ankündigte, rauskommen und mich zum Teufel jagen konnte. Der Maler stand in der Tür. Er hat mir gleich die Tüte abgenommen und gesagt, während er nach Luft schnappte: »Danke, den brauche ich wirklich.«
Er brauchte ihn? Ich hatte doch gewusst, die Geschichte mit dem Großvater war eine Lüge gewesen. Veras Vater hat mir aber keine Zeit gelassen, weiter nachzuforschen. Mit dem Staubwedel in der Hand hat er auf eine Tür gezeigt und gemeint: »Geh nur rein. Vera ist in ihrem Zimmer.«
Die Tür war angelehnt, also habe ich zart geklopft.
»Komm nur rein, Papa«, hat Vera gesagt.
»Also, eigentlich bin ich es, Ernie . . .«, habe ich gestottert.
»Ernie?«, hat Vera wiederholt und dann gefragt: »Was zum Teufel willst du von mir?«
Vera kam zur Tür, den Kopfhörer ihres Walkmans um den Hals. Sie hatte ein Pflaster auf der Wange kleben und schaute so finster, wie es nur ging.
»Ich habe dir die Tüte aus dem Megastore zurückgebracht. Außerdem wollte ich dir das da geben . . .«, habe ich ganz leise gesagt.
Dann habe ich mich hingekniet, die Socke ausgezogen und einen Geldschein herausgeholt, der so zerknittert aussah, als wäre ein Zug darüber gefahren. Ein Güterzug mit altem Käse, um es genauer zu sagen.

»Jakko hat uns gut bezahlt, wie du siehst. Geld stinkt nicht.«
»Das wage ich zu bezweifeln«, meinte sie und hat sich die Nase zugehalten. Da stand ich da mit dem Fünfziger in der Hand

und sie hat ihn verschmäht. Schließlich habe ich ihn Schirina in die Pfote gesteckt, die in diesem Moment von der Deckenlampe heruntergesaust kam. Das Äffchen hat genießerisch an dem Schein gerochen und ihn sogar kurz abgeleckt.
Weil Vera mich immer noch anschaute, als wollte sie mich ermorden, habe ich ihr erzählt, wie die Sache mit Jakko gelaufen war und wie er alle mit seinem Mozartsyndrom umgehauen hatte. Zum Abschluss habe ich ganz leise gesagt:

»Ich hätte dir ja alles erzählt, wenn du nicht verreist wärst nach . . .«

». . . in die Schweiz«, hat sie ganz trocken gesagt. »Wir waren in Zürich.«

Vera hat mir einen Hocker unter den Hintern geschoben und laut die Tür zugemacht. Dann hat sie sich auf ihr Bett fallen lassen und dabei den Walkman auf den Boden geworfen. Schirina hat schnell den Kopfhörer aufgehoben und ungeschickt versucht ihn aufzusetzen. Der 50-Euro-Schein lag unbeachtet auf dem Fußboden. Ich habe hastig den Fuß draufgestellt. Es schien mir nicht angebracht, in dieser Bruchbude mit Geld um mich zu werfen.

Vera hat mir einen traurigen Blick zugeworfen, dann hat sie plötzlich gefragt: »Willst du die Wahrheit hören?«

Ich habe genickt.

»Na gut. Aber ich sage dir jetzt schon, sie ist scheußlich, denn mein Leben ist ein richtiger Jahrmarkt der Tragödien.«

Das fing schon mit ihrer Geburt an: Ihre Mutter war dabei gestorben. Vera kannte sie nur von Fotos und wusste von ihr nur, dass sie gerade vierundzwanzig Jahre geworden war und Archäologie studiert hatte. Es war schwierig, die Fragen ihrer Freundinnen zu beantworten, wo ihre Mutter sei, wenn sie zum Spielen zu ihr nach Hause kamen. Da war es doch viel einfacher zu sagen, ihre Mutter sei verreist und mit irgendeiner archäologischen Ausgrabung beschäftigt.

Ich bin bis über beide Ohren rot geworden, habe schnell das Thema gewechselt und gemeint: »Aber dein Vater arbeitet zu Hause. Er kann so lange bei dir sein, wie du magst.«

»Das tut er auch«, hat Vera gesagt. »Aber er ist krank.«
Vera hat jetzt leiser gesprochen und mir erklärt, ihr Vater habe eine schwere Missbildung des Herzens. Deshalb ging er nur selten aus dem Haus und verbrachte den Tag im Bett oder im Sessel, denn jede noch so kleine Bewegung kostete ihn übermenschliche Anstrengung. Im Nu habe ich alles verstanden: der Schlafanzug, das schwere Atmen und das Blutdruckmessgerät. Ich habe mich selbst verflucht wegen all der Witze, die ich darüber gemacht hatte. Ich erreichte wirklich ein historisches Level von Selbsthass.

»Er braucht dringend ein neues Herz«, hat Vera erklärt. »Das haben sie ihm in der Klinik in Zürich erklärt. Die sind dort auf Herztransplantationen spezialisiert.«

»Und deswegen seid ihr in die Schweiz gefahren?«

»Ja, mein Vater benötigte eine Menge Untersuchungen und wollte mich nicht allein zu Hause lassen.«

»Ich bin ganz sicher, nach der Operation wird er wie neu sein«, habe ich ausgerufen.

Das hofften alle. Aber die Transplantation kostete unglaublich viel Geld, das Veras Vater nicht hatte. Natürlich stand er auch auf einer Warteliste für kostenlose Operationen, die von der Krankenkasse bezahlt werden. Aber es bestand das Risiko, dass er schon zehnmal tot sein konnte, während er darauf wartete, dass er drankäme.

Vera hat sich auf dem Bett ausgestreckt und an die Decke gestarrt. Ihre Erzählung schien sie erschöpft zu haben. Wer weiß, wie lange sie nicht mehr so viele Wahrheiten auf einmal gesagt hatte.

Die folgende Nacht habe ich kaum geschlafen. Alle halbe Stunde habe ich das Licht angemacht, bin aufgesprungen und habe ein paar Gegenstände in meinem Zimmer betrachtet, den CD-Player zum Beispiel. Er sah zwar nicht so toll aus, seit mein Bruder, dieser Idiot, das Stromkabel und die Antenne für den Rundfunkempfang angenagt hatte. Wie viel hätte ich bei einem Verkauf dafür bekommen? Wohl kaum etwas, denn es war ein älteres Modell. Ich hätte es höchstens auf dem Flohmarkt anbieten können. Und die Rollerblades? Die waren ganz neu, ich hatte sie nur ein paarmal benutzt. Ich hatte sie in die Ecke geschmissen, weil ich beim Fahren fast meine Nasenscheidewand eingebüßt hätte, und war lieber wieder auf festen Boden zurückgekehrt. Leider rochen sie nicht gerade berauschend. Wahrscheinlich hatte ich ein paar Monate lang schweißgetränkte Socken darin vergessen.

Den Computer habe ich nicht einmal in Betracht gezogen. Eine Kiste, die schon mehr als ein Jahr alt war. Statt eines Mikrochips hatte die vermutlich noch ein Rechenbrett. Ich hätte wahrscheinlich noch jemanden dafür bezahlen müssen, dass er ihn abholt.

Wie ich es drehte und wendete, mir blieben nur die 100 Euro. Diese läppische Summe würde wahrscheinlich nicht einmal für das Verbandsmaterial bei der Operation ausreichen. Außerdem hatte ich nicht die leiseste Ahnung, wie viel ein neues Herz kostete. Ganz bestimmt einen Riesenhaufen Geld, denn das Herz ist ja das wichtigste Organ im Körper. Ich stellte mir vor, es gäbe sicher eine genaue Preisliste, die von dem höchsten Preis für ein Herz bis zu

ein paar Cents für die Mandeln, die häufiger rausgenommen als eingesetzt werden, reichte.
Ich bin am Morgen aufgestanden mit einem finsteren Gesicht erster Klasse, mir standen die Haare zu Berge. Während ich wie ein Zombie zur Schule ging, rechnete ich mir aus, dass ich in der Pause zwanzig Minuten Schlaf nachholen konnte. Aber wenn ich geglaubt hatte, ich könnte mich auf das Pult legen und seelenruhig schlafen, dann hatte ich mich geirrt. Jakko war von seinem Trip nach Disneyland zurück und wollte mir live davon berichten. Ja, natürlich, wäre ich besser in Form gewesen, dann hätte ich ihn schon mit einem Schlag auf den Kopf zum Schweigen gebracht. Aber erstens konnte ich die Augen nicht offen halten, zweitens hatte mir mein Freund als Zeichen der Dankbarkeit ein Souvenir mitgebracht: eine dämliche Mütze mit Mickymausohren! Babykram natürlich, aber bestimmt war sie teuer gewesen.
Jakko hörte gar nicht mehr auf ohne Punkt und Komma zu quasseln: ». . . dann sind wir in dem Geisterhaus gewesen, das war supermegatoll! Da gab es Gespenster, die tanzten in einem Saloon, aber es waren keine echten Gespenster . . .«
»Wer hätte das gedacht?«, habe ich ihn unterbrochen und breit gegähnt.
»In Wirklichkeit waren es Horrorgramme«, hat Jakko gemeint.
»Du meinst Hologramme«, habe ich ihn verbessert.
»Ja, oder so. Aber das Tollste war Adventureland. Da waren diese Piraten, die einfach nicht aufhörten aus voller Kraft Kanonen abzufeuern . . .«

Inzwischen war ich wirklich eingenickt, ich hatte mir den Schirm der Mickymausmütze über die Augen gezogen. Ich habe auch so eine Art Kurztraum gehabt, in dem Jakko, Schirina und Captain Hook eine Rolle spielten. Ein interessantes Trio, ich hätte gern weitergeträumt und gesehen, ob auch Peter Pan auftauchen würde, aber Jakko hat mich am Arm gerüttelt und geschrien: »Ernie, wach auf, es hat geklingelt!«
Ich bin hochgefahren und habe geschrien: »Anwesend!«
Jakko hat sich ausgeschüttet vor Lachen und gesagt, es hätte zum Ende der Pause geklingelt, nicht zur ersten Stunde, das Aufrufen der Namen sei schon eine Weile vorbei. Dann hat er sich neben mich gesetzt und mir ins Ohr geflüstert: »Vielen Dank noch mal für deine Hilfe, dir verdanke ich auch diesen Superferientag!«
Ich habe nur genuschelt, er hätte genug gesagt und mir schon völlig ausreichend gedankt und dass er mich – verdammt noch mal – für eine Weile in Ruhe lassen solle. Dann hat Jakko noch gemeint: »An deiner Stelle würde ich mit diesem Mädchen eine Firma aufbauen. So eine Art Notfall AG oder so.«
Das hat bei mir gewirkt wie eine schottische, also eine eiskalte Dusche oder wie ein doppelter Espresso. Ich war plötzlich hellwach.
»Was sagst du?«, habe ich Jakko gefragt.
Jakko hat das schlaueste Gesicht gemacht, das er auf Lager hatte. »Ihr könnt gut Lügengeschichten erfinden . . . Die Hauptsache ist jetzt für euch, Kunden zu finden. Kinder, die in Schwierigkeiten stecken und keine Phantasie haben, um sich da allein rauszuboxen.«

»Da ist zu viel Risiko dabei, eine Lügengeschichte ab und zu, das ist in Ordnung, aber gleich eine Firma aufmachen«, habe ich geflüstert.

Na ja . . . mit so einer Notfall AG konnte man sicher einen Haufen Geld machen!

Gerade hatte auch noch die Mathematikstunde begonnen, also genau der richtige Moment, um Berechnungen anzustellen.

Natürlich spreche ich hier nicht von algebraischen Gleichungen, das ist theoretischer und abstrakter Kram, der einem im Leben nicht die Bohne nützt. Ich habe also mein Heft geöffnet und angefangen zu multiplizieren. Nehmen wir einmal an, jeder Dummkopf von Kunde würde 200 Euro ausspucken wie Jakko, und nehmen wir weiter an, wir würden im Durchschnitt drei Dummköpfe in der Woche finden, das Ganze dann multipliziert mit vier, dann hätten wir in einem Monat die Kleinigkeit von – äh – 2.400 Euro eingenommen und in einem Jahr sogar 28.800 Euro! Ein Betrag, der sicher für ein neues Herz ausreichen würde und vielleicht mit etwas gutem Willen auch noch für ein paar Meter Darm.

Und drei Kunden in der Woche verarzten, was war das schon? Das war ein Zeitvertreib, ein Kinderspiel! Drei Lügengeschichten in der Woche: eine Kleinigkeit für einen Profi wie Vera, die auch locker zehn Lügen am Tag auftischen konnte. Ja, sicher, nicht alle Kinder waren so betucht wie Jakko. Im Gegenteil, die Mehrzahl bestand ganz bestimmt aus armen Teufeln wie mir, die nie in ihrem Leben 200 Euro auf einem Haufen sahen, nicht einmal mit dem

Fernrohr. Gut, bei Gelegenheit konnten wir immer noch Sondertarife für nicht so Betuchte anwenden. Und dann gab es ja auch günstige Raten!

Während ich hektisch in mein Heft kritzelte, hat mich wieder dieses Kribbeln erfasst. Ich war super aufgedreht und ich wette mal, hätte ich mich in einem Spiegel betrachten können, dann hätte ich leuchtende Dollarzeichen in meinen Augen blinken gesehen. Aber wie immer fühlte ich diese Euphorie nicht nur wegen des Geldes. Mich stachelte auch der Gedanke an das Abenteuer, das uns erwartete, mächtig an.

Jedenfalls hat mich mein strahlendes Gesicht verraten. Ganz offensichtlich wirkte ich nicht so lahm wie jemand, der gerade mit einer langweiligen Aufgabe beschäftigt war, denn unsere Mathepaukerin (Spitzname Pennerin, wegen ihres Lumpenlooks) hat plötzlich die Tafel verlassen und ist direkt auf meine Schulbank zugekommen. Jakko hat mir noch einen warnenden Tritt gegeben, aber es war schon zu spät. Die Paukerin hatte mir schon das Heft weggerissen und durchsuchte es interessiert.

»Ich sehe, Ernie ist nicht mit dem Lösen der Aufgabe, sondern mit ganz anderen Dingen zu Gange!«, hat sie laut gesagt.

Ich habe wie gebannt meine Fingernägel betrachtet und in der Zwischenzeit über einen möglichen Ausweg nachgegrübelt. Sollte mir plötzlich schlecht werden? Die Augenringe, die ich hatte, konnten mir dabei von Nutzen sein. Aber dann hat die Paukerin angefangen meine Berechnungen laut vorzulesen: »600 mal 4 ist gleich 2.400 mal 12 ist

gleich 28.800 . . . möchte unser lieber Ernie uns vielleicht erklären, was das bedeutet?«, hat sie ganz gemein gefragt.
Mist, sie ließ nicht mit sich spaßen. Wenn sie jetzt wütend wurde, war sie fähig mich beim Rektor zu melden. Ich musste alles auf eine Karte setzen. Inzwischen hatte ich auch die Übersicht darüber verloren, wie viele Lügengeschichten ich aufgetischt hatte, und eine mehr oder weniger machte jetzt auch nichts mehr aus.
»Das ist eine Privatangelegenheit und ich möchte darüber lieber nicht vor der gesamten Klasse reden«, habe ich geantwortet.
»Das heißt, du kommst jetzt mit mir ins Lehrerzimmer und wir reden hinter geschlossenen Türen darüber«, hat die Paukerin stur gesagt.
Ich bin mit zitternden Knien aufgestanden und ihren ungebügelten Hosen hinterhergeschlichen, während sich in der Klasse ein unterdrücktes Raunen ausbreitete. In der Zwischenzeit grübelte ich hektisch über eine Lüge nach, die nach Privatangelegenheit klang, nein, nach supervertraulicher Privatangelegenheit.
Die Pennerin hat die Tür des Lehrerzimmers geschlossen und mir bedeutet, ich sollte mich neben sie auf ein kleines Sofa setzen. Dann hat sie mir einen eisigen Blick zugeworfen und gesagt: »Ich bin ganz Ohr.«
Währenddessen ist mir plötzlich die Erleuchtung gekommen.
»Es geht um meinen Bruder«, habe ich ganz zerknirscht gesagt. »Heute Nacht habe ich kein Auge zugemacht, weil ich an ihn denken musste . . .«

Dann habe ich angefangen, Nick sei sehr krank, es ginge ihm hundeelend – das war ja mehr oder minder die Wahrheit. Er hätte eine seltsame Darmkrankheit. Nach jeder Mahlzeit würde er sofort im Durchschnitt 600 Gramm dunklen, flüssigen Kot ausscheiden, der wie eine Tasse Kakao aussähe. Und da er mit Frühstück, Mittagessen, Vesper und Abendessen vier Mahlzeiten pro Tag essen würde, würde er insgesamt 2.400 Gramm Kot ausscheiden. In zwölf Tagen hatte er fast 30 Kilo gekackt. Das war doch viel zu viel für ein dreijähriges Kind!

»Ich habe das nachrechnen wollen, um zu sehen, ob der Arzt Recht hatte . . .«, habe ich seufzend meine Geschichte beendet. »Der Arzt sagt, wenn Nick so weitermacht, kackt er bald noch sich selbst aus.«

Die Geschichte mit dem Durchfall hatte funktioniert und auch die Pennerin weich gestimmt. Sie hat mir sogar einen Arm um die Schulter gelegt, sich für ihren Auftritt entschuldigt und gemeint, sie habe sich so etwas doch nicht vorstellen können. Aber vielleicht wüsste ich ja auch nicht, dass Durchfall bei kleinen Kindern ganz normal ist und in den meisten Fällen auch heilbar. Natürlich hatte ich das gewusst, wieder einmal hatte ich eine Lüge ins Blaue erzählt.

10. SCHWIMMLEHRER LUIGI

Vera und ich waren übereingekommen, dass wir an diesem Nachmittag beide die Sportkurse schwänzen würden – sie das Kunstturnen, ich die Karatestunde –, um uns zu einer außerplanmäßigen Sitzung in der Milchbar Sorbettini zu treffen. Als ich ihr am Telefon mein Vorhaben kurz angedeutet habe, ist Vera vor Freude fast an die Decke gesprungen: Endlich, das war die ideale Lösung, um Geld zu machen und ihren Vater aus dem Schlamassel zu holen!

Anscheinend hatte der arme Mann schon alle Bilder aus seiner ersten Periode verkauft, das waren die mit den Osterlämmern – und dadurch ein kleines Sümmchen zusammengekratzt, das grob geschätzt reichte, um etwa ein Viertel der Operation zu bezahlen. Aber mit einem Viertelherzen konnte man nicht leben! Und dann waren noch die Kosten für das tägliche Leben: die Miete für diese Bruchbude, die Schlafanzüge, Bananen für Schirina, die toten Fische zum Essen und als Inspiration.

Aus diesen Gründen hatte ich mich auch entschlossen nicht knauserig zu sein und Veras Jogurt zu bezahlen. Also kaum hatten wir uns an einen orangefarbenen Tisch, auf dem zwei kleine Augen aufgeklebt waren, gesetzt, da habe ich ihr großzügig die Karte überreicht. Vera hat einen Superbecher mit drei Sorten, einem Haufen Pralinen, zwei Fächerwaffeln und einem Schirmchen bestellt, ich nur einen einfachen Minibecher, den billigsten auf der Karte. Der Minibecher war meine einzige Chance, die bescheidene Summe, die ich in der Tasche hatte, nicht zu überziehen. Als man mir einen Fingerhut aus Pappe mit einem gelblichen Schleim brachte, wusste ich, warum der Minibecher so wenig kostete.

»Also sprechen wir übers Geschäft«, habe ich Vera gesagt und dabei mit dem Minilöffel meinen Fingerhut ausgeschabt.

»Ich glaube, als Erstes sollten wir eine große Werbekampagne starten.«

Vera hat mit vollem Mund genickt. Dann hat sie gemeint: »Natürlich. Werbung ist die Seele vom Geschäft. Aber da gibt es ein Problem . . .«

»Und zwar?«, habe ich sie gefragt.

»Das, was wir machen, kann man nicht in alle Welt ausposaunen. Lügen sind illegal.«

Ja, richtig, daran hatte ich nicht gedacht! Es war wirklich nicht angebracht, mit unserer Ware hausieren zu gehen: »Los, Leute, kommt zahlreich! Lügen, Ausreden, Schwindeleien! Ganz frisch heute, gerade ausgepackt, für jeden Geschmack, alle Größen und für jeden Zweck ist etwas dabei! Unser Werbeangebot: Zwei Lügen zum Preis von einer!« Nein, die Angebote lassen wir lieber weg.

»Das stimmt«, habe ich zugegeben. »Aber eigentlich müssen wir nur die richtige Form finden, um unsere Dienstleistung ohne viel Aufsehen anzubieten. Wir beide werden auf jeden Fall versuchen anonym zu bleiben.«

Veras Löffel ist auf halbem Weg stehen geblieben. Sie hatte noch den halben Jogurtbecher vor sich, obwohl diese Aufgabe vergleichsweise einfach zu lösen war.

»Was meinst du damit?«, hat sie verblüfft gefragt.

»Wir geben eine E-Mail als Kontaktadresse an und verkaufen unsere Lügengeschichten über das Internet. Und wenn es irgend möglich ist, vermeiden wir aus der Anonymität herauszutreten. Das ist die einzige Art, um sicherzugehen«, habe ich noch hinzugefügt. »Mit Jakko war alles so einfach, denn ich kannte ihn gut und wusste, dass ich mich auf ihn verlassen kann. Aber wer hätte dafür bei einem Unbekannten die Hand ins Feuer gelegt?«

»Richtig«, hat Vera zugestimmt. »Und nimm mal an, jemand ist nicht zufrieden und verpfeift uns aus Rache bei den Eltern . . .«

»Auch deswegen sollten wir von Anfang an folgende Methode benutzen – und das ist Zahlung in zwei Raten«, habe ich ergänzt. »Die Anzahlung wird auf keinen Fall zurückerstattet. Das ist das Risiko des Kunden.«

Geistige Arbeit musste immer bezahlt werden!

Vera ist auf dem Stuhl herumgehüpft und hat begeistert Beifall geklatscht.

»Ich schlage vor, wir trinken jetzt auf unsere Firma«, hat sie gesagt, ist aufgestanden und hat den Jogurtbecher erhoben.

Ich habe meinen Pappbecher genommen und mit Veras Glasbecher angestoßen. Vielleicht habe ich etwas zu viel Kraft angewandt, denn der Pappbecher hat sich schrecklich zusammengefaltet.

»Auf unsere Firma: die Superlügen AG«, habe ich ausgerufen und dabei den Namen improvisiert. Er war mir gerade so eingefallen.
Vera hat mein Einfall sofort gefallen und sie hat ganz euphorisch wiederholt: »Auf die Superlügen AG!«
Mit diesen Worten hat sie in einem Zug ihren Becher geleert, in dem noch ein Rest flüssiger weißer Jogurt geblieben war.
Ich konnte nicht dasselbe tun, weil mein Becher schon seit einiger Zeit leer war und außerdem unbrauchbar, deshalb habe ich beschlossen ihn über meine Schulter zu werfen. Das hatte ich mal in einem Film gesehen. Da war dieser Typ, der für einen Trinkspruch erst ein Weinglas hinunterkippte und es dann Knall auf Fall hinter sich warf. Das Glas zerbrach auf dem Boden und alle brachen in fröhliches Gelächter aus.
Doch in einem Film passiert alles genau so, wie es im Drehbuch steht, aber im wirklichen Leben passieren immer unvorhergesehene Dinge. Zum Beispiel tauchte in diesem Moment Signor Sorbettini hinter mir auf, er hielt ein übervolles Tablett fest, während ich den Becher auf ihn warf und ihn damit mitten im Gesicht traf. Dieser Tölpel hat jedenfalls das Gleichgewicht verloren und ist zu Boden gegangen. Während seines Sturzes ist ein Jogurttörtchen auf seinen Kopf gefallen und hat beschlossen dort zu bleiben, mit einer amerikanischen Fahne als Garnitur.
Alle Kunden der Milchbar haben Signor Sorbettini angestarrt, auch wir, und sogar der Tisch mit seinen aufgekleb-

ten Augen. Außerdem hat dieser Idiot, als er aufgestanden war, nicht einmal daran gedacht, sich das Jogurttörtchen vom Kopf zu nehmen. Ach woher! Als Erstes ist er auf unseren Tisch zumarschiert und hat anklagend mit dem Finger auf uns gezeigt.
Vera hat mir verschwörerisch zugeblinzelt und mir fast lautlos ins Ohr geflüstert: »Sei still und überlass das mir!«
Inzwischen hatte Sorbettini sich zu mir heruntergebeugt. Von ihm ging ein wunderbarer Duft nach Waldbeeren aus, dass ich beinahe gierig an seinem Kopf geleckt hätte. Das heißt, ich habe nur daran gedacht, aber mein Bruder hätte es bestimmt getan.
»Was fällt dir denn ein, du Schwachkopf!«, hat er mir ins Gesicht gezischt.
Vera ist aufgesprungen wie eine Furie.
»Wissen Sie eigentlich, wie sehr Sie meinen Bruder verletzen? Gehen Sie weg, er leidet an Autismus und erträgt deshalb die Nähe von anderen Menschen nicht!«
Autismus? Mir ist auf der Stelle das Logo von Ferrari in den Sinn gekommen. Aber zum Glück habe ich mich sofort daran erinnert, dass ein autistischer Mensch nicht auf Autos fixiert ist, sondern Probleme hat, mit anderen Menschen in Kontakt zu treten. Das hatte ich im Film »Rain Man« gelernt. Deshalb bin auch gleich aufgestanden und habe versucht Dustin Hoffmans Gang nachzuahmen. Der hatte im Film die Hauptrolle gespielt.
Signor Sorbettini ist so weiß geworden wie eine Panna cotta, das passte übrigens sehr gut zu dem Jogurt mit

Waldbeeren, der über sein Gesicht lief. Dann hat er plötzlich zwei Schritte zurückgemacht und mich bestürzt angesehen. Die Gäste an den anderen Tischen sahen erst mich an – inzwischen mitleidig – und dann ihn – wütend. Sie drehten die Köpfe hin und her wie bei einer Partie Pingpong.

»Oh, entschuldigt bitte«, hat Sorbettini genuschelt, »ich habe ja nicht gewusst . . . denn er wirkte doch ganz normal . . .«

An dieser Stelle war er ganz verwirrt und ist ins Stottern geraten, als er den wütenden Blick von Vera auffing.

Dann hat er etwas sehr Merkwürdiges getan: Er hat sich die amerikanische Fahne vom Kopf genommen und sie mir aus der Entfernung hingehalten. Er hat den Arm so lang wie möglich gemacht, nur um mich nicht zu berühren.

»Hier, das schenke ich dir«, hat er gesagt. »Und die Jogurts, das spielt keine Rolle, die braucht ihr nicht zu bezahlen, die sind gratis.«

Ich habe die Fahne genommen und dann, »Rain Man« imitierend, gesagt: »Ich will ein Jogurttörtchen, ganz bestimmt gratis.«

Vera hat mir einen verzweifelten Blick zugeworfen. Ein Zeichen dafür, dass ich übertrieb. Signor Sorbettini ist hinter seine Theke gestürzt und hat im Nu ein Törtchen auf ein kleines Papptablett geklatscht und in Rekordzeit eingepackt.

»Nimm das und ich entschuldige mich noch einmal«, hat er gesagt und Vera das Päckchen hingehalten.

»Ich hoffe, es sind Fähnchen drauf«, habe ich leise gesagt. »Fähnchen müssen immer darauf sein, ganz bestimmt.«
Ich weiß nicht, wie Signor Sorbettini reagiert hat, denn Vera hat mich an einem Arm gepackt und stehenden Fußes weggezerrt. Fähnchen waren jedenfalls tatsächlich drauf. Das haben wir wenig später festgestellt, als wir uns am Flussufer des Mugnone mit Blaubeerjogurttörtchen voll stopften. Es war wirklich hart, gleichzeitig essen und sich kaputtzulachen, ohne zu ersticken.
Schließlich hat Vera mir einen Klaps auf die Schulter gegeben und laut gesagt: »Gut, ich glaube, das ist ein viel versprechender Anfang für unsere Firma!«
Natürlich habe ich ihr entsprechend geantwortet: »Ein perfekter Anfang, ganz bestimmt!«

Den Handzettel für unsere Werbung zu verfassen hat unendliche Stunden am Computer, sechs Riesentüten Popcorn und einige Liter Cola gekostet. Veras Bruchbude war leider nicht die geeignete Umgebung, um unsere grauen Zellen anzuregen, und deshalb haben wir immer bei mir zu Hause gearbeitet. Mein Zimmer verfügte wenigstens über die elementarsten Bequemlichkeiten: Polstersessel, Heizstrahler und Halogenspots, von denen man in ihrer Hütte nur träumen konnte. Daher verstand es sich von selbst, dass wir den Sitz unserer Phantomgesellschaft in meiner Wohnung einrichten würden.
Bis hierhin war alles in Ordnung, hätten wir für ein so absolut geheimes Vorhaben wie unseres nicht unbedingt

zwei Dinge gebraucht: Geheimhaltung – was wäre es sonst für ein absolut geheimes Vorhaben gewesen – und Ruhe. Das waren zwei Dinge, die man bei uns unglücklicherweise nicht kannte. Die Geheimhaltung war immer wieder durch meine Mutter gefährdet. Sie hatte sich die unglaubliche Idee in den Kopf gesetzt, Vera sei meine »kleine Freundin«. Ihre Idee fußte auf der historischen Tatsache, dass zum ersten Mal in dreizehn Jahren ein Mädchen zu mir nach Hause kam. Sie kam sogar ständig zu mir nach Hause, das war noch verdächtiger. Na und? Meine Mutter war jedenfalls zu dem Schluss gekommen, dass »meine Hormone losgegangen seien«, als ob Großwerden eine Art 300-Meter-Lauf wäre, und die ganze Sache faszinierte sie sehr.

Die Moral der Geschichte: Sie platzte alle zwei Minuten mit der einen oder anderen Ausrede in mein Zimmer, um zu sehen, was wir taten. Während sie uns forschend ansah, schloss ich heimlich die Worddatei, an der wir gerade arbeiteten, und öffnete irgendein Spiel. Wenn es mit der Geschwindigkeit weiterging, hatte ich langsam keine Hoffnung mehr, dass wir unseren Handzettel vor unserem achtzehnten Geburtstag fertig kriegen würden. Denn wir führten auch einen Kampf gegen die Zeit: Wir mussten es schaffen, Veras Vater zu retten. Es ging mir tatsächlich nicht aus dem Kopf: Während wir Zeit verloren, schlug sein schwaches Herz immer widerwilliger, bis es eines Tages ernsthaft streiken würde. Am besten dachte man gar nicht daran!

Zweitens brauchten wir Ruhe, aber unser Störenfried auf

vier Beinen lag immer auf der Lauer. Er jaulte, um seinen Verdauungsspaziergang einzufordern, er knurrte Vera an, weil er plötzlich eifersüchtig auf sie war. Vielleicht hatte auch er sie ja als meine Freundin abgestempelt. Oder er heulte den Vollmond an, bis ich ihm einen Hausschuh an den Kopf warf. Ein schrecklicher Quälgeist!

An dem Nachmittag, an dem wir schließlich doch unser Meisterwerk vollendeten, haben Mama und Nick wirklich alle Rekorde im Stören gebrochen. Gäbe es den Straftatbestand des Zimmerfriedensbruches, hätten bei ihnen schon die Handschellen klicken müssen.

Weil wir schon Probeausdrucke machten, hatte ich zum Schutz die Tür geschlossen. Aber ich musste sofort aufgeben, da Nick wütend mit den Nägeln an der Tür gekratzt hat, um sich Einlass zu verschaffen. Kaum war er drinnen, ist er auf mein Bett geklettert und hat sich dort zusammengerollt. Das hat er mir zum Trotz getan, denn er weiß ganz genau, dass es streng verboten ist – seine Flöhe machen nämlich keinen Unterschied zwischen seinem Kopf und meiner Tagesdecke, die sind beide braun. Ich habe dann gute Miene zum bösen Spiel gemacht, damit er uns in Ruhe lässt, und habe den Drucker angestellt. Leider ist mein Drucker genau so ein alter Kasten wie mein PC. Wenn er läuft, ist er so laut wie eine Kreissäge. Beim ersten Geräusch ist Nick vom Bett hochgesprungen und hat angefangen wie verrückt zu bellen. Ich weiß nicht, was mich davon abgehalten hat, den Hundefänger zu rufen!

Nachdem ich meinen kleinen Bruder mit einer doppelten Dosis Schokoladenwaffeln aus dem Privatvorrat beruhigt hatte, ist Mama in Aktion getreten. Sie ist wie eine Rakete ins Zimmer geschossen und hat nicht einmal vorher angeklopft.

»Ich habe mich gefragt . . .«, hat sie angefangen und sich dabei ihre bemehlten Hände an der Schürze abgewischt »ob deine – äh – Freundin nicht Lust hat, die Scones zu probieren, die ich eben gebacken habe.«

»Oh, ist das dieses köstliche englische Teegebäck?«, hat Vera gefragt. »Ja, sehr gern!«

»Gut, Mama, wir kommen in einer halben Stunde in die Küche«, habe ich gesagt und so getan, als ob wir gerade Tetris spielen würden.

»Aber Ernie, was sagst du da, jetzt ist doch die richtige Zeit für den Tee«, hat meine Mutter protestiert.

Manchmal glaubt meine Mutter, sie sei noch in London, deshalb kommt ihr dann diese fixe Idee von der »Teatime« und sie ruft: »Gott schütze die Königin!«

Nachdem wir uns mit unserem englischen Snack eine Stunde in der Küche herumgedrückt haben, waren wir noch nicht wieder am Computer, da störte Mama schon wieder die Ruhe im Zimmer. Stört ist nicht das richtige Wort, zerstörte trifft es besser.

»Entschuldige, Ernie«, sagt sie zu mir. »Aber seit gestern will ich dich fragen, wie es Marco Jacobini geht. Hat er sich von seiner Lebensmittelvergiftung erholt?«

Mein Gott, würde ich mich denn nie von dieser verhängnisvollen Lüge befreien können!

Vera hat mich fragend angesehen.

»Ja, jetzt geht es ihm wieder gut«, ich habe es kurz ge-

macht. »Bis auf einen hässlichen Schluckauf ab und zu. Das ist eine Allergie gegen Fahrradreifen, deshalb hat er sogar sein Mountainbike verkaufen müssen.«
Mama hat traurig genickt und ist zum Eingang geschlurft. Natürlich musste ich Vera die Geschichte mit den vergifteten Gummibärchen erzählen. Ein paar Minuten später stand meine Mutter wieder in der Tür. Ich überlegte schon, ob ich mich mit der Vorhangschnur erdrosseln sollte.
»Ich habe vergessen dir eine gute Nachricht zu bringen, Ernie«, hat sie angekündigt. »Dein Vater erhöht dein Taschengeld um 2,50 Euro im Monat. Nicht übel, oder?«
Manchmal war ich mir nicht sicher, ob in den Adern meiner Eltern nicht doch etwas schottisches Blut floss. Es heißt ja, die Schotten seien ekelhaft geizig!
Auf jeden Fall habe ich nachsichtig gelächelt.
»Immerhin ein paar Cent mehr!«, hat Vera gelacht.
Ja, Kleinvieh macht auch Mist, hat mal einer gesagt und in den Arno gepinkelt . . .
Aber das große Geld würden wir auf andere Weise machen! Endlich, nach Unterbrechungen und Verzögerungen jeder Art war unser sagenhafter Handzettel fertig! Vera und ich haben ihn mindestens ein Dutzend Mal gelesen. Der Text fing mit einem gereimten Slogan an, mein Einfall, in aller Bescheidenheit:

Hallo, weißt du dir keinen Rat?
Die SL unterstützt dich in der Tat.
Steht dir das Wasser bis zum Hals?
Die SL hilft dir ebenfalls.
Siehst du keinen Ausweg mehr?
Die SL bringt die Lösung her.

AN ALLE KINDER, DIE VERZWEIFELT SIND
und dringend einen Rettungsring brauchen.
Du bist 11–14 Jahre alt? Du hast dich in eine schwierige Lage mit deinen Freunden oder deinen Eltern gebracht?
Du liegst am Boden? Du bist erledigt? Du steckst ziemlich tief in der Scheiße?
Du brauchst nicht den Mut verlieren.
Das Leben lächelt dir zu . . .

VON HEUTE AN KÜMMERT SICH DIE SL UM DICH!
Die SL AG ist ein äußerst seriöses Unternehmen mit nachweislicher Erfahrung und Professionalität.
Vertraue ruhig unseren Fachleuten und wende dich mit dem Problem, das dich quält, an sie.
Wir garantieren dir eine kurzfristige Lösung, dazu äußerste Geheimhaltung und Diskretion!
Außerdem bieten wir bequeme Zahlung in zwei Raten und Preise auf Verhandlungsbasis.

WORAUF WARTEST DU NOCH? WENDE DICH AN DIESE E-MAIL-ADRESSE:
SL.COMPANY.AG@BUSINESS.IT
Schick uns auf jeden Fall diese Angaben: Alter, Geschlecht, Hobbys, Name der Schule, Klasse, Beruf der Eltern.
Wir antworten sofort!
Und denke daran: SL AG – dein Ausweg!

Wir haben am Computer einen ähnlichen Schrifttyp gewählt, wie er auch in Comics benutzt wird. Es ist ja bekannt, dass die Kids in unserem Alter auf solchen Kram stehen. Als Logo haben wir schließlich einen Rettungsring verwendet. Es stimmt schon, Leute aus einer schwierigen Situation befreien ist genau so wie sie aus einem stürmischen Meer aufzufischen und so ihre Haut zu retten.
Wir haben nicht einmal in Betracht gezogen, jemand könnte denken, die Abkürzung SL stünde für etwas ganz anderes, z. B. »Schwimmlehrer Luigi« oder so.
Absolut genial!

11. ACHTUNG, FERTIG, LOS!

In den folgenden Tagen haben Vera und ich mörderische Schichten im Selbstbedienungsbereich des Copyshops geschoben, um unser Meisterwerk auf verschiedenfarbigem Papier zu kopieren. Irgendwann hatten wir jeder durch das Drücken der grünen Starttaste am Kopierer eine lästige Schwiele am Daumen. Aber schließlich haben wir durch das Selbstkopieren 25 Cent pro Kopie gespart.

Dann sind wir voll beladen wie Packesel mit den Werbezetteln in die Sporthalle und in die Schule gegangen und haben sie dort verteilt. Natürlich haben wir das im Verborgenen und ohne Aufsehen gemacht. Wir haben die Zettel heimlich in der Pause auf die Schulbänke leerer Klassenzimmer gelegt oder während der Stunde in die Umkleideräume. Es war supertoll, die Kommentare unserer Mitschüler zu hören, die sich gespannt fragten, was das wohl für ein neuer Werbegag war. Ich fühlte mich wie ein Serienmörder, der unerkannt genießt, was die Leute so über sein letztes Verbrechen sagen, und dabei genau weiß, dass niemand ihn verdächtigen würde.

Das Größte war aber Jakkos Reaktion. Nachdem er den Zettel sehr aufmerksam gelesen hatte, hat er ihn sorgfältig zusammengefaltet und fast andächtig in sein Aufgabenheft gelegt. Dann hat er zu mir gesagt: »Verdammt, hätte ich das nur früher gewusst . . . Dann hätte ich mich an sie gewandt und nicht an euch!«

Ich gebe zu, ich bin ein wenig wütend geworden.
»Aber wir haben dir doch eine Eins-A-Lösung geliefert!«, habe ich laut gesagt.
»Ja, aber das sind Profis«, hat er geantwortet. »Das sind Fachleute, sicher große Lichter auf dem Gebiet der Kinderpsychologie.«
»Du meinst, große Leuchten«, habe ich grinsend gesagt.
»Ja, oder so.«
Auf jeden Fall war es gut, dass wir so kompetent und professionell wirkten. So konnten wir auch mit gutem Recht gepfefferte Honorare verlangen. Ihr könnt euch nicht vorstellen, wie teuer es ist, ein Unternehmen aufzubauen! Wir hatten schon zehn Euro für eine neue Druckerpatrone ausgegeben, die alte spuckte zu viel Tinte aus, 1,50 Euro für Korrekturflüssigkeit, die benötigten wir dringend für den letzten Schliff und über 30 Euro für Fotokopien. Wenn wir nicht bald Kunden auftrieben, stünden wir in Unterhosen da. Vielleicht würde mir ja der Maler aus Barmherzigkeit einen seiner Schlafanzüge leihen. Verdammt, ich sollte über diesen armen Mann keine Witze reißen! Na gut, vergesst die letzte Pointe: Ich habe mich dafür schon selbst geohrfeigt.
Aber eine Woche nach unserer groß angelegten Werbekampagne hatte uns noch niemand kontaktiert. Jeden Abend öffnete ich erwartungsvoll meine geheime Mailbox und wünschte mir, dass sie von E-Mails überlaufen möge. Stattdessen: Fehlanzeige! War es möglich, dass es bei allen Leuten so glatt lief? Stand niemand mit dem Rücken zur Wand, saß in der Tinte usw.? Verdammt, heute konnte man sich auf nichts mehr verlassen!

Vera hat gleich die Geduld verloren und natürlich hat sie mich dafür verantwortlich gemacht. Eines Abends, sie war zu mir gekommen, haben wir heftig gestritten.
»Drei Kunden die Woche, 2.400 Euro im Monat!«, hat sie gebrüllt. »Natürlich, das sollte doch ein Kinderspiel sein, oder?«
Ich habe niedergeschlagen den Kopf gesenkt und Nicks struppigen Kopf gestreichelt. Mein Bruder hat ganz selig die Augen geschlossen, ich bin sicher, hätte er einen Schwanz gehabt, hätte er vor Zufriedenheit gewedelt. In kritischen Momenten braucht man einen treuen Hund.
»Es ist doch nicht meine Schuld, dass es nicht geklappt hat!«, habe ich leise gesagt. »Die Idee an sich war gut.«
»Supertoll, na klar!!!«, hat Vera gebrüllt. »Aber mit der Werbeaktion habe ich einen Haufen Zeit verloren!«
Da bin ich vor Wut geplatzt.
»Du?«, habe ich gebrüllt. »Und ich? Ich habe mir den Arsch aufgerissen so groß wie ein Haus, um all diese Werbezettel zu verteilen!«
Unglücklicherweise ist in diesem Moment meine Mutter aufgetaucht und mit in die Hüfte gestemmten Händen an meinen Schreibtisch marschiert. Offenbar hatte sie gelauscht oder ich war etwas zu laut gewesen. Jedenfalls hat sie jetzt geschrien: »Du hast wieder Werbezettel verteilt? Ich hatte dir das doch verboten!«
»Nein, du hast da was falsch verstanden«, habe ich mich verteidigt.
Verdammt, noch so eine alte Lüge, die jetzt wieder ans Tageslicht kam.

»Ich habe sehr gut verstanden!«, hat sie gebrüllt. »Aber ich sage dir: Ich werde die Firma dieser Backroboter wegen Missbrauchs von Minderjährigen anzeigen, wenn du nicht aufhörst!«

Mit diesen eindrucksvollen Worten hat sie sich umgedreht und die Tür hinter sich zugeschlagen. Welch eine Erleichterung! Nur gut, dass Vera wegen der Geschichte mit dem Backroboter einen solchen Lachkrampf bekommen hat, dass sie eine halbe Stunde lang nicht aufhören konnte und schließlich nicht mehr böse auf mich war.

Ein paar Abende später habe ich das Öffnen der Mailbox so lange wie möglich hinausgezögert, weil ich die übliche Enttäuschung möglichst weit hinausschieben wollte. Zuerst habe ich mir zur Hauptsendezeit einen Film angesehen, dann habe ich ein paar Seiten von Stephen King gelesen und zweimal Schach mit dem Computer gespielt – der mich beide Male verladen hat! So gegen Mitternacht habe ich dann endlich die E-Mails runtergeladen und diesmal war ich wie erstarrt: Die SL AG hatte Post! Mit angehaltenem Atem und klopfendem Herzen habe ich die Mail geöffnet. Und das stand drin:

Von: alebi@mail.it
An: sl.company.ag@business.it
Betreff: Ungeheuer verzweifelt

Sehr geehrte Damen und Herren,
ich habe sehr aufmerksam Ihren Werbezettel gelesen und es hat mich wie ein Blitz getroffen. Ich hoffe sehr, dass Sie mir

helfen können, wenn nicht, ist mein Leben für immer ruiniert.
Ich bin ein Mädchen, 13 Jahre alt und habe zwei so altmodische Eltern, dass man sie ohne Probleme in einem Museum für Altertümer unterbringen könnte. Besonders mein Vater ist äußerst streng. Nur um Ihnen eine Vorstellung davon zu geben: Er hat mich schon mehrmals mit der Fliegenklatsche geschlagen, weil ich zu spät aus der Schule gekommen bin. Das war schrecklich eklig: Überall klebten zerquetschte Fliegen an mir!
Flirts und Liebeleien sind für meine Eltern natürlich ein Tabuthema. Sie denken, dass ich in meinem Alter noch mit Barbiepuppen spielen sollte und - ob Sie es glauben oder nicht - sie haben mir nie gestattet einen Ken zu haben, deshalb sind meine Barbies alle Singles. Also, ich mache es kurz: Vorgestern hat mich mein kleiner Bruder, fünf Jahre alt, dabei erwischt, wie ich im Hauseingang mit einem Jungen geknutscht habe. Genauer gesagt, ist es das Lieblingsspiel meines Bruders, seine Nase in alles hineinzustecken, was ich mache und mich zu jeder Tages- und Nachtzeit auszuspionieren. Also, dieses kleine Ekel hat alles meinem Vater gesteckt und daraufhin ist bei uns der Weltuntergang ausgebrochen. Nach einer Wahn-

sinnsszene und einigen Klapsen auf den Kopf haben mich meine Eltern in meinem Zimmer (Typ: Kittchen) von der Außenwelt abgeschnitten und sowohl Handy als auch schnurloses Telefon beschlagnahmt.
Wenigstens ist mir noch der PC geblieben! Außerdem geben mir diese Sadisten nur Kekse zu essen, die sie unter der Tür durchschieben. Der einzige Ort, an den ich gehen darf, ist die Schule, aber da werde ich von unserem philippinischen Hausmädchen begleitet, das übrigens unbestechlich ist, da es nicht die Bohne Italienisch versteht. Das ist vielleicht toll!
Ich bitte Sie mir zu helfen und bin bereit jeden Betrag dafür lockerzumachen . . .
Oops, das hätte ich fast vergessen: Meine Eltern arbeiten nicht als Gefängniswärter, sie sind beide Anwälte. Meine Hobbys sind: mit Jungs rumknutschen, kochen, schwimmen und spiritistische Sitzungen.
Ich erwarte gespannt Ihre Antwort

Ale

PS 1: Ich besuche die siebte Klasse der Scuola Lorenzo il Magnifico – auch ein Gefängnis!
PS 2: Was bedeutet SL? Vielleicht Schläge und Leid. Das passt zu meinen Eltern!

Das Mädchen ging also in meine Schule ... »Schläge und Leid«, ein toller Einfall! Jedenfalls eine hochinteressante Mail, besonders der Abschnitt, in dem das Mädchen geschrieben hatte, sie sei »bereit jeden Betrag dafür lockerzumachen«. Man weiß ja schließlich, Anwälte leben in Saus und Braus. Ich habe mir zufrieden die Hände gerieben und Veras Handynummer eingetippt. Ich weiß, es war schon schrecklich spät und sie lag wahrscheinlich schon im Bett, aber ich konnte einfach nicht bis zum nächsten Tag warten. Ich musste ihr sofort diese tolle Nachricht weitergeben!

Als gute Geschäftspartner, die sich immer einig waren, haben Vera und ich sofort daran gedacht, unserer ersten Kundin eine Mail mit den notwendigen Anweisungen für die Zahlung der ersten Rate zu schicken. Wir haben ihr ganz klar geschrieben, dass wir ohne das Geld nicht einmal anfangen würden zu denken. Wie bei jedem Online-Geschäft wäre eine Zahlung per Kreditkarte natürlich ideal gewesen. Aber es war schon sehr unwahrscheinlich, dass ein dreizehnjähriges Mädchen, so reich sie auch sein mochte, schon eine VISA- oder eine Mastercard hatte. Mal ganz abgesehen davon, dass uns virtuelles Geld gar nicht so angenehm war.
Also, wir haben verlangt, dass das Mädchen am nächsten Tag, bevor sie die Schule betrat, einen zusammengerollten Hunderter in einer leeren Smartiesrolle in dem Abfallkorbkorb ablegen sollte, der in Spuckweite zum Schuleingang stand. Auf diese Weise würde sie bei dem philippinischen Hausmädchen keinen Verdacht erregen.

Wir hielten dies für den perfekten Plan, und das war er auch. Aber das Unglück schlägt immer dann zu, wenn du es nicht erwartest – auch am frühen Morgen, wenn du dich viel früher als üblich aus dem Staub machen willst. Ich war, um es genauer zu sagen, schon eine Stunde vorher auf dem Kriegspfad. Ich wollte nämlich besonders früh in der Schule sein, um den Abfallkorb zu bewachen.

Ich war schon mit einem Bein aus der Tür, als meine Mutter mich ohne viel Umstände aufgehalten hat.

»Wohin gehst du so früh?«, hat sie mich misstrauisch gefragt. »Gehst du in die Schule oder machst du etwa deinen Rundgang bei den Bäckern?«

Es war wirklich so: Meine Mutter hatte Angst, ich würde abhauen, um Werbezettel für den Backroboter zu verteilen. Ich habe das natürlich verneint, aber sie wollte mir nicht einmal glauben, nachdem sie meinen Rucksack durchsucht hatte und nicht die Spur eines Werbezettels gefunden hatte. Man sieht also, sie glaubte lieber Lügen als die Wahrheit!

»Es freut mich wirklich, dass du zur Schule gehst«, hat sie abschließend gesagt. »Aber ich muss auch in die Gegend und kann dich im Wagen hinbringen.«

Oh nein, so ein Mist! Das hatte mir gerade noch gefehlt! Zunächst mal war meine Mutter am Steuer eine Bedrohung für die Menschheit – besonders wenn sie vergaß, dass sie in Italien war und man nicht links, sondern rechts fuhr. Außerdem war das der Morgen der Geldabholung und ich wollte sie wirklich nicht zwischen den Füßen haben.

Inzwischen hatte ich eine Menge kostbare Zeit verloren, denn mit der Ausrede, dass wir das Auto nehmen würden, wollte meine Mutter eine Dreiviertelstunde später das Haus verlassen. Aber als wir in ihren Fiesta gestiegen waren, stellte sich heraus, dass die Batterie leer war, weil meine Mutter – diese Spitzenfahrerin – einige Tage lang die Scheinwerfer angelassen hatte! Einerseits war das gut, an diesem Tag würde ich wenigstens nicht bei einem Autounfall sterben. Andererseits sah ich, nachdem wir in den Bus gestiegen waren, die Zeiger der Uhr mit Schrecken in Überschallgeschwindigkeit vorwärts rennen. Und wenn die Smartiesrolle schon an ihrem Bestimmungsort lag? Wenn jemand aus irgendeinem seltsamen Grund sich vor mir ihrer bemächtigte? Eine unwahrscheinliche Hypothese: Nur die Penner wühlten im Müll und im Umkreis meiner Schule hatte ich außer meiner Mathepaukerin noch nie einen Penner gesehen.

Wir waren schon fast an meiner Haltestelle, als hinter mir wie ein lästiges Gespenst Signor Sorbettini auftauchte. Als er mich entdeckt hat, ist er sofort ein paar Meter von mir abgerückt und hat mich mit einem verlegenen Lächeln gefragt: »War das Törtchen gut?«

»Oh ja, ganz bestimmt gut«, habe ich ihm ganz leise geantwortet.

Als sich die Tür öffnete, habe ich mich mühsam die Stufen hinuntergeschleppt und meine Imitation von Rain Man wiederholt.

»Was hast du mit deinen Beinen gemacht?«, hat meine Mutter bestürzt gefragt.

»Nichts, die sind mir nur im Bus eingeschlafen.«

Endlich waren wir am Eingang zur Schule! Ich wollte mich

gerade von meiner Mutter verabschieden, da hat uns eine Frau durch das Seitenfenster eines Volvo zugewinkt.
Und noch mal so ein Mist! Jakkos Mutter! Sie hatte gerade ihren kleinen Jungen auf dem Bürgersteig abgesetzt. Jakko war Gott sei Dank schon vom Schultor verschluckt worden. Die beiden Mütter haben miteinander über dies und jenes gequasselt und ich fühlte, wie mir der kalte Schweiß den Rücken hinunterlief. Dann geschah das, was ich befürchtet hatte. Meine Mutter hat die Superfrage gestellt – das heißt, jetzt lief mir superviel Schweiß den Rücken hinunter: »Hat sich Marco von seinem schlimmen Leiden erholt?«
»Ich würde sagen, sehr gut«, hat Jakkos Mutter erwidert. »Ein paar Tage Ruhe haben genügt und dann hat der Urlaub in Disneyland sein Übriges getan . . .«
Sagenhaft! Meine Mutter bezog sich auf die Gummibärchenvergiftung und Jakkos Mutter auf das Mozartsyndrom! Ein Titanenkampf der Lügengeschichten! Erstaunlich war nur, dass keine Funken durch die Luft sprühten.
Zum Glück hatte Jakkos Mutter in der zweiten Reihe gehalten und ein wütendes Hupkonzert hinter ihr hat sie gezwungen sofort loszubrausen. So hat meine Mutter sie nicht fragen können, was zum Teufel Disneyland mit einem Fall von Magenspülung zu tun hatte.
Endlich hatte ich freie Bahn! Kaum war meine Mutter um die Ecke verschwunden, bin ich wie ein Verrückter aus dem Schultor gerannt. Es hatte schon geläutet; unsere Kundin musste ihren Beitrag schon im Abfallkorb hinterlassen haben.

Aber wie es so schön heißt, Glück ist blind, aber Unglück sieht alles. Im gleichen Moment, als ich den Abfallkorb gesichtet hatte, hat ein Typ mit Mütze und Handschuhe den gesamten Inhalt abgeräumt. Das war kein Penner, sondern ein Müllmann.

»Einen Moment, bitte!«, habe ich gebrüllt und war auf dem Gipfel der Verzweiflung. »Lassen Sie mich mal gucken . . .«

Der Typ hat mich verblüfft angeschaut und dann gefragt: »In den Müll?«

»Ja, bitte, bitte«, habe ich beharrt.

»Hast du was Wichtiges verloren?«, hat er gemeint.

Na ja, eine Rolle Smarties war natürlich keine goldene Rolex. Aber ein Profilügner findet immer den richtigen Ausweg. Also habe ich angefangen krampfartig zu zittern und habe die Hände gerungen wie ein Junkie im letzten Stadium.

»Ja, ich gebe es zu, ich bin ein Smartiesabhängiger!«, habe ich geschrien.

Dann habe ich genuschelt, dass diese mit Schokolade gefüllten Dragees meine normale Droge

wären, ohne die ich einem bedenklichen Zuckerabfall entgegensah. Ich habe ihm dann noch erzählt, vor zehn Minuten hätte ich eine halb volle Rolle Smarties in diesen Abfallkorb geworfen, weil ich aufhören wollte. Jetzt hätte ich aber Entzugserscheinungen, Smarties wären einfach zu gut, wie sollte ich nur ohne sie auskommen?
Der Müllmann hat seufzend den Kopf geschüttelt. Dann hat er mir den Müllsack hingehalten, in dem ich wie besessen gewühlt habe. Die Rolle schaute zwischen einem verrotzten Papiertaschentuch und einem zerquetschten Rest Majonäsesandwich hervor. Ich habe sie triumphierend herausgeholt und dabei nicht einmal einen Anflug von Brechreiz gespürt.
Zehn Sekunden später hatte ich mich schon im Schulklo eingeschlossen und den Schlüssel zweimal herumgedreht und hielt verzückt den Hunderter in der Hand. Hui . . . das wäre fast schief gegangen! Es war doch härter, als ich gedacht hätte, sich seinen Lebensunterhalt zu verdienen!

12. LÜGEN OBENAUF!

Von: sl.company.ag@business.it
An: alebi@mail.it
Betreff: Ein mythomanischer Spion

Liebe Ale,
wir danken dir für die pünktliche Zahlung des Vorschusses und schlagen dir hier eine wirkungsvolle Methode vor, um dich aus deiner Notlage zu befreien und wieder glücklich zu sein.
Nach mehrmaligem Lesen deines Briefes sind unsere Spezialisten zu folgendem Ergebnis gekommen: Du wirst nur endgültig aus deiner schlimmen Situation herauskommen, wenn du das Problem an der Wurzel packst. Mit Problem meinen wir natürlich deinen überaus neugierigen Bruder, den du, wie wir uns gut vorstellen können, fast unmöglich zum Schweigen bringen wirst – außer durch eine definitive Operation an den Stimmbändern, was aber zu kostspielig sein wird. Aber du kannst Folgendes tun: Du musst deine Eltern davon überzeugen, dass dein kleiner Bruder ein unverbesserlicher, notorischer Lügner ist. Jemand also, der Dinge erfindet und schlimme Lügen über dich erzählt, weil er eifersüchtig ist und alle Aufmerksamkeit für sich haben will.

Die Methode ist ganz einfach:
Du musst nur die absurdesten und unglaublichsten Dinge tun. Dabei musst du unbedingt darauf achten, dass
a) deine Eltern nicht zu Hause sind und
b) dein kleiner Bruder dich dabei beobachtet.
Wenn diese Rotznase das dann deinen Eltern petzt, werden sie ihm nicht glauben und denken, er erzählt Lügengeschichten. So kannst du ihnen auch einreden, dass dein »angebliches« Techtelmechtel mit dem Jungen ebenfalls eine ausgemachte Lüge ist.
Hier unsere Tipps:
1. Du kochst gern? Lass dich von deinem Bruder erwischen, wie du einen Topf voller Regenwürmer, toter Fliegen – von der Fliegenklatsche – und zerquetschter Mücken kochst. Zerkleinere alles in der Moulinette und verknete es mit Mehl und Eiern zu einem Teig.
Dann schiebe den Teig in den Ofen und fordere später eine deiner Freundinnen auf zu probieren, natürlich, nachdem du das Insektenbrot heimlich mit einem ganz harmlosen Rosmarinbrot vertauscht hast. Deinem erstaunten Bruder erzählst du, du würdest ein Rezept der Nouvelle Cuisine ausprobieren. Das ist ein moderner Kochstil, der meist aus ähnlichen Schweinereien besteht.
2. Du schwimmst gern? Füll deine Badewanne mit duftendem Schaumbad und Badesalz, zieh deinen Schwimmanzug an, setz deine Badekappe und die Schwimmbrille auf und spring hinein. Erzähl deinem

schnüffelnden Bruder, du müsstest den Rekord im Badewannen-Freistilschwimmen brechen und wolltest so ins Guinness-Buch der Rekorde kommen.
3. Du magst spiritistische Sitzungen? Dann veranstalte eine in deinem Zimmer und lade ein paar Freundinnen ein, die du vorher in deinen Plan eingeweiht hast. Such dir irgendeinen Jungen, z. B. deinen jetzigen Freund, der bereit ist sich als Geist (vielleicht als Geist deines Großvaters) zu verkleiden. Im richtigen Moment muss er aus dem Schrank oder hinter den Gardinen hervorkommen. Er soll dann mit tiefer Stimme ein paar Drohungen gegen deinen Bruder ausstoßen, »Spione kommen in die Hölle!« wäre vielleicht sehr geeignet. Sag ihm, er soll einen Brocken durchgekauten Kaugummi ausspucken, das sieht dann aus wie Ektoplasma. Es sollte nicht so schwierig sein, ein fünfjähriges Kind zu täuschen!
Achte genau darauf, dass du die Spuren deiner »Missetaten« immer sorgfältig verschwinden lässt. Auf diese Weise wird sich herausstellen, dass dein Bruder ein notorischer Lügner von der schlimmsten Sorte ist, und du wirst sehen, deine Eltern werden in Zukunft immer dir mehr glauben als ihm.
Wir wünschen dir viel Glück!
Herzliche Grüße von der

– dein Ausweg!

PS 1: Mail uns bitte, wie es gelaufen ist. Im Erfolgs-

fall erwarten wir die zweite Rolle Smarties in zwei Wochen, gleicher Ort, gleiche Zeit.
PS 2: Mach dir keinen Kopf wegen deines Bruders. Es geschieht ihm recht: Ein Spion ist kein Gottessohn, und wenn er stirbt, er in der Hölle verdirbt.

Das war die Mail, die Vera und ich an unsere »verzweifelte« Kundin geschickt haben. Das Ergebnis einer ausgewogenen Teamarbeit, für das wir uns im offiziellen Firmensitz der SL AG – oder auch dem Zimmer des oben genannten Ernest Brown – den ganzen Nachmittag über das Hirn zermartert haben. Es war ein ereignisreicher Nachmittag. Vera hatte Schirina mitgebracht, die unsere Wohnung auf den Kopf gestellt hat: Sie hat die Obstschale in der Küche ausgeleert, ist auf unseren Bücherschrank geklettert und hat Nick mit einer Ladung Williams-Christ-Birnen beworfen. Schirina hat sich erst beruhigt, als sie einen interessanteren Zeitvertreib gefunden hat: nämlich die zahlreichen Flöhe im Korb meines Bruders zu jagen und mit einem genießerischen Zungenschnalzen hinunterzuschlucken. Das war wenigstens von Nutzen für die Allgemeinheit.
Kaum hatten Vera und Schirina ihre Zelte bei uns abgebrochen, da brach zwischen meinen Eltern einer der üblichen britisch unterkühlten Kräche aus. Der Grund war immer der gleiche; denn im Gegensatz zu mir und meiner unglaublichen Einfallskraft, haben meine Eltern nicht einen Hauch von Phantasie. Alles hatte angefangen, weil mein Bruder einen Haarschnitt brauchte.

Meine Mutter hat meinen Vater gefragt: »Heute ist doch Sonnabend. Warum gehst du nicht mit Nick zum Friseur?«
»Lieber nicht«, hat mein Vater geantwortet. »Ich habe den Eindruck, er geht nicht gern dahin.«
Na klar, für ihn brauchte man einen Hundescherer, keinen Friseur. Das letzte Mal, als man ihm die Mähne gestutzt hat, hat er dem Friseur mit einem Biss fast den Finger abgetrennt. Meine Mutter ist in Fahrt gekommen und zu ihrer fixen Idee zurückgekehrt.
»Wenn du den Eindruck hast, warum fragst du ihn dann nicht?«, hat sie provozierend langsam gesagt. »Ein dreijähriges Kind müsste doch wenigstens mit Ja oder Nein antworten können.«
Papa hat Streit gerochen und angefangen zu schnauben: »Er kann. Er will nur nicht.«
»Na, dann hoffe ich mal, wir leben noch, wenn er Lust dazu hat«, war der düstere Kommentar meiner Mutter.
Papa hat tief geseufzt und dann gemeint: »Es wird dann sein, wenn du es am wenigstens erwartest. Originale wie er sind immer für Überraschungen gut.«
Mama hat einen Blick auf Nick geworfen, der nichts von alledem wusste und selig Wasser aus seiner Schüssel schlabberte.
»Manchmal habe ich den leisen Verdacht, er könnte ein kleines Problem haben«, meinte Mama abschließend und beugte sich runter, um Nick den Kopf zu streicheln.
Meine Eltern waren manchmal begriffsstutzig. Damit wir uns richtig verstehen, auch mir kam es seltsam vor, dass Nick noch kein Wort gesprochen hatte. Ich hatte schon »Mama«, »Papa« und »Karate« gesagt, da war ich halb so alt wie er.

Aber ich kapierte einfach nicht, warum sie sich nicht wegen schlimmerer Probleme Sorgen machten, die mir an ihrer Stelle nachts den Schlaf geraubt hätten. Nick war großen Gefahren ausgesetzt: Versuchslabors zum Beispiel. Wie viele hunderte Beaglejungen wurden jährlich als Versuchstiere oder Opfer für brutale Vivisektion in die Schweiz verschoben? Ich hatte kürzlich eine Petition für die Beendigung dieses skandalösen Zustands unterschrieben. Also, ehrlich gesagt, hatte ich das nicht nur für diese unschuldigen, kleinen Hunde, sondern auch für meinen Bruder getan. Auch er war ein unschuldiger, kleiner Hund, obwohl er zum Glück eher wie eine Kreuzung aus Pitbull und Neufundländer aussah.

Ein paar Tage später gab es bei uns zu Hause schon wieder Streit. Diesmal war ich der Grund dafür, denn zu meinem Unglück konnte ich – im Gegensatz zu Nick – sprechen. Und deswegen musste ich die wie ein Sperrfeuer abgeschossenen Fragen meiner Mutter beantworten.

Folgendes war passiert: In der Schule hatte es einen Elternsprechtag gegeben. Mama war ziemlich sorglos dahin gegangen, denn bisher hatte keiner meiner Lehrer Schlechtes über mich gesagt. Ich gehörte zu denen, die zwar nicht unter den Klassenbesten waren, aber ganz gut durchkamen. Wenn man nicht gerade Außenseiter in bestimmten Fächern war, zum Beispiel in Englisch mündlich oder Italienisch schriftlich. Und weil ich in den letzten Arbeiten immer gute Noten bekommen hatte, bin ich aus allen Wolken gefallen, als ich sah, dass meine Mutter mit blank liegenden Nerven nach Hause kam. Warum zum Teufel knallte sie so heftig mit den Türen? Es schien, als wollte sie mit der

Haustür, der Kühlschranktür und der Tür des Kleiderschranks die Schallgrenze durchbrechen.
Ich habe schon gedacht, sie hätte ihre Tage. Ja, also dieses bekannte Unwohlsein, das Frauen jeden Monat haben und weswegen sie dann immer so schlecht gelaunt sind. Das glaube ich gern! Es muss schon ganz schöner Stress sein, mit Löschpapier ausgepolstert herumzulaufen, damit man keine Spuren hinterlässt, die an einen Mord erinnern und die Polizei alarmieren könnten.
Aber als meine Mutter die erste Frage abgefeuert hat, habe ich verstanden, dass das Ganze nichts mit weiblichem Unwohlsein zu tun hatte.
»Was hast du da letztens herumerzählt?«, hat sie mich mit eiserner Stirn gefragt.
»Wie meinst du das?«, habe ich sie gefragt.
»Ich meine, dass du deiner Englischlehrerin erzählt hast, du hättest Beweise, dass Lewis Carroll einen Joint nach dem anderen geraucht hat!«
Dreimal verdammte Hacke! Diese Perücken tragende Furie hatte gepetzt! Die beste Taktik war jetzt, das Thema zu wechseln.
»Hat sie dir das auf Italienisch oder auf Englisch gesagt?«, habe ich Mama gefragt.
Ich hätte nicht gedacht, dass die alte Hexe überhaupt die Worte »Joint« oder »Tüte« auf Englisch übersetzen konnte. Denn zu der Zeit, zu der sie Englisch gelernt hatte, waren Joints noch nicht erfunden.
Meine Mutter ist aber nicht auf mich hereingefallen. Sie hat mir nicht einmal geantwortet, sondern ist sofort wieder auf

meine Lüge zu sprechen gekommen. Was mir denn eingefallen sei, ein solches Märchen zu erzählen? Was für eine Frage! Das war genau so, als fragte man Leonardo da Vinci, wie er darauf gekommen sei, die Mona Lisa zu malen. Aber das war sicher nicht der richtige Zeitpunkt für die Wahrheit.

»Ich dachte, ich hätte das in irgendeinem Buch gelesen«, habe ich zögernd gesagt.

Einen Moment lang war meine Mutter verblüfft. Mein Vater hatte tatsächlich tonnenweise Bücher über Lewis Carroll im Schrank und er hatte auch ein Fachbuch über ihn geschrieben. Konnte es nicht sein, dass ich mich einfach verlesen hatte? Meine liebe Mutter, genau so ist es gewesen, darauf kannst du wetten!

Aber wenn ich jetzt glaubte, ich hätte sie beschwichtigt, dann hatte ich mich tüchtig geirrt. Der mütterliche Zorn hatte gerade erst angefangen.

»Und was ist das für eine Geschichte, dein Bruder hätte Durchfall?«, hat sie mir ins Gesicht gebrüllt.

So ein Mist! Man konnte sich nicht einmal auf seine Mathepaukerin verlassen! Hatte ich ihr nicht erzählt, das sei eine absolute Privatsache. Dieses Klatschweib von einer schlampigen Pennerin!

»Das ist die Geschichte von Nicks Dünnpfiff«, habe ich nur gesagt.

Dann habe ich schnell hinzugefügt, jedes Mal, wenn ich mit ihm Gassi ginge, suchte sich mein Bruder einen Baum, der ihm Vertrauen einflößte, machte sich die Windelhose auf und hob zum Pinkeln das Bein – bis hierhin stimmte noch alles.

»Nach dem Pinkeln macht er manchmal auch sein großes

Geschäft und ich schwöre dir, es könnte gar nicht flüssiger sein!«, habe ich laut gesagt.
»Ich hatte immer den Verdacht, die Knusperkekse, die ihm so gut schmecken, haben eine leicht abführende Wirkung . . .«, hat meine Mutter leise zu sich gesagt.
Aber das Verhör war noch nicht beendet. Als guter, zahmer Papagei hatte der Cocorito nämlich seine Kollegen nachgeahmt.
»Stimmt es, dass du in deinen Aufsätzen Gewalt predigst?«, hat meine Mutter gefragt und sich überhaupt nicht durch meine ehrlich gemeinten Rechtfertigungen besänftigen lassen. »Und dein Karatelehrer übt Selbstjustiz im Bus?«
So ein Mist, konnte es wirklich sein, dass keine Lüge unbemerkt verschwand? Kamen sie wirklich immer wieder an die Oberfläche wie Korken? Vielleicht waren Lügen aber auch wie die bekannten Netze, in die man sich immer tiefer verstrickte. Das war mir egal, ich wollte gar nicht stricken lernen. Währenddessen habe ich auf die erste Frage geantwortet: »Ich habe nur geschrieben, ich würde bestimmte Verbrecher ohne viel Umstände erledigen. So wie es dieser coole Inspektor Callaghan macht, der dir doch auch so gut gefällt, wenn ich mich nicht irre.«
Daraufhin ist meine Mutter knallrot geworden. Clint Eastwood war ihr Held, sie trug sogar heimlich ein Foto von ihm in ihrem Portmonee.
Danach bin ich auf die zweite Anschuldigung eingegangen: Ugo übt Selbstjustiz im Bus. Das war absolut lächerlich! Aber ich bin ganz ernst geblieben und habe erzählt, mein Karatelehrer würde auch außerhalb der Schule hart zuschlagen,

aber das wäre eine Art Berufskrankheit. Wenn jemand ihm Unrecht tat, reagiere er sofort mit einem Karatehieb. Das wäre eine Art instinktiver Reflex, gegen den er nichts tun könnte.
»Einmal hat er sogar den Zugschaffner k. o. geschlagen«, habe ich spontan erfunden.
»Was hatte der ihm getan?«, hat meine Mutter gefragt.
»Er hat ihm den Fahrschein zerknittert und ein Loch reingeknipst!«
Für einen Augenblick wurde meine Mutter sehr nachdenklich. Dann hat sie noch gesagt, ich sei mehr oder weniger entschuldigt, aber wenn ihr noch andere solche Merkwürdigkeiten zu Ohren kämen, die wie Lügengeschichten meiner Wenigkeit aussahen, würde sie alles meiner »kleinen Freundin« weitererzählen. Was für eine Drohung! Die Arme konnte sich nicht einmal im Traum vorstellen, dass gerade diese kleine Freundin meine Geschäftspartnerin und gleichberechtigte Kollegin für die Lügengeschichten war.
Aber die Lügengeschichten brachten immer mehr Geld ein. Eine Woche nachdem wir unsere Mail abgeschickt hatten, hatte die legendäre Ale eine begeisterte Antwort geschickt, in der sie der großartigen Firma SL AG überschwängliches Lob aussprach. Das vernünftige Mädchen war genau unseren Ratschlägen gefolgt und hatte so einen vollen Erfolg erzielt. Ihr Bruder hatte ihren Eltern eine Reihe unglaubwürdiger, verrückter Dinge über sie ausgeplaudert: Sie würde Brot aus Insekten essen, in der Badewanne Freistil schwimmen und hätte in ihrem Zimmer den Geist ihres Großvaters beschworen. Der hätte aber Turnschuhe von Nike getragen und Kaugummi gekaut. Daraufhin hatten ihre altmodischen Eltern den kleinen

Bruder mit einem Teppichklopfer tüchtig verprügelt und ihn dann in einer dunklen Rumpelkammer eingeschlossen, um ihn für seine unverschämten Lügen zu bestrafen. So hatte der dreckige, kleine Spion seine Sünden gebüßt, während Ale wieder die Erlaubnis bekam, mit ihren Freunden auszugehen. Ihre »Gefängniswächter« hatten sich bei ihr sogar wegen der Sache mit dem Jungen entschuldigt. Auch eine Lüge, die der notorische Lügner in der Familie bestimmt erfunden hatte. Sie hatten ihr als Entschuldigung auch noch Ken in der Rapperversion geschenkt, in der er einen Finger hochstreckt und die Baseballkappe umgekehrt trägt. Durch unsere Hilfe war Barbie auch nicht länger Single!

Das Lob und der Dank waren Musik in unseren Ohren und wir wären fast vor Freude gehüpft. Apropos hüpfen: Die zweite Rolle Smarties mit dem zweiten Hunderter hat uns erst richtig vor Freude hüpfen lassen. Wir waren so aufgedreht, dass wir zur Feier des Tages zu zweit drei große Flaschen Cola geleert haben. Am Ende mussten wir so laut rülpsen, dass es wie Silvesterböller klang. Das war die ideale Begleitmusik für die hervorragende Firma SL AG!

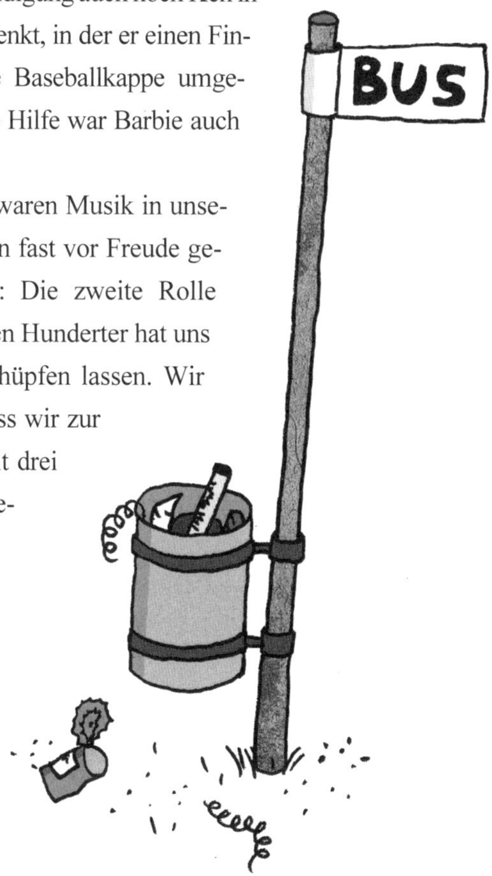

13. INFARKT ODER INFLUENZA?

Die Welle der Begeisterung über unser glänzend abgeschlossenes Geschäft ließ Vera und mich als gegeben annehmen, dass sehr bald eine Flut von neuen, eiligen Mails über uns hereinbrechen werde. Schließlich hatten wir den Fall Ale großartig gelöst und es stand zu hoffen, dass unsere erste offizielle Kundin etwas Werbung für uns machen würde. Mädchen tratschen doch gern. Ja, alles war eine Frage des Bekanntwerdens. Wer weiß, wie viele verzweifelte kleine Mädchen unsere Hilfe brauchten und nichts von unserer Existenz ahnten! In meiner Phantasie sah ich viele ängstliche kleine Köpfe bei Windstärke acht aus einem stürmischen Meer auftauchen, während ich und meine Partnerin ihnen von einer schwimmenden Plattform aus mit allen Kräften Rettungsringe zuwarfen. Die armen Schiffbrüchigen ergriffen mit einer Hand die Rettungsringe und mit der anderen hielten sie uns 200 Euro entgegen.
Aber die Tage vergingen und auch die Abende und mit ihnen die geheiligte Stunde, in der ich die Mailbox öffnete. Dort fand ich leider immer denselben traurigen Satz: »Keine neue Nachricht«. So ein Mist, wenn das so weiterging, mussten wir wieder schließen. Wir hatten gerade mal 400 Euro beiseite gelegt – rechnete ich das Geld von Jakko mit ein –, damit hätten wir höchstens einen Einlauf bezahlen können, aber doch keine Herztransplantation!

Außerdem ging es dem Maler nicht gerade gut. Gerade hatte er sich auch noch eine Influenza geholt, als würden die Krankheiten, die er hatte, nicht schon reichen! So ein Unglück! Das Sprichwort hatte schon Recht: Ein Unglück kommt selten allein. Denn der arme Kerl verbrachte die Tage im Bett und wartete, dass das Fieber von allein sinken würde. Wegen seiner Herzschwäche durfte er keine Antibiotika nehmen. Seinetwegen hatten Vera und ich unseren Firmensitz zeitweise in ihre Wohnung verlegt. So lag ihr Vater nicht allein in diesem Rattenloch und sah die Risse in der Decke an. Das hätte schon einen gesunden Menschen zu Selbstmordgedanken getrieben, geschweige denn einen Kranken in seinem Zustand! Und wenn er etwas brauchte, dann konnte er mit uns rechnen, wir kamen sofort mit einem Tablett in der Hand. Wir hätten jeden seiner Wünsche erfüllt, nur um zu erleben, dass es ihm besser geht. Außer dem vielleicht: ihm als malerische Inspiration ein geschlachtetes Lamm oder ein Huhn, dem man gerade den Hals umgedreht hatte, zu bringen.
An einem Nachmittag hatten Vera und ich uns zu einer außerplanmäßigen Sitzung in ihrem Zimmer getroffen und verputzten Pommes mit Ketschup. Schirina kauerte auf dem Boden und fing die herunterfallenden Krümel im Fluge auf. Meine Geschäftspartnerin und ich waren gerade dabei, einen neuen Werbezettel für die SL AG zu entwerfen, der wirkungsvoller sein sollte als der erste und uns endlich eine Menge Kunden bringen sollte. Zwischenzeitlich hatte uns der Maler gebeten die Fensterblenden zu schließen, weil er ein Schläfchen halten wollte. Mit seinem vom Fie-

ber schweißüberströmten Gesicht und seiner zittrigen Stimme wirkte er wie ein zum Tode Verurteilter, der auf dem Schafott seinen letzten Wunsch äußerte. Ich gebe zu, diese Vorstellung hat mich ziemlich aus der Fassung gebracht.

Als wir wieder in Veras Zimmer saßen, habe ich jedenfalls nicht mehr an unseren Werbezettel gedacht und sie gefragt: »Glaubst du, wenn dein Vater jetzt ganz dringend ein neues Herz brauchte, würden sie es ihm kostenlos einsetzen?«

»Aber er braucht es doch ganz dringend!«, hat Vera wütend gebrüllt.

Ich habe mich nur verlegen geräuspert und gesagt: »Also ich meine ganz, ganz, ganz dringend, als läge er im Sterben.«

Vera hat den Blick nach unten auf die inzwischen leere Pommestüte gerichtet, dann hat sie die plötzlich wütend zum Platzen gebracht und mit den Schultern gezuckt.

»Also gut, wenn du es nicht weißt, dann sage ich es dir. Wenn es wirklich mit ihm zu Ende ginge, Geld hin oder her, würden sie ihm blitzschnell ein neues Herz transplantieren, ohne viel Umstände zu machen.«

Verdammt noch mal, man ließ doch keinen Menschen sterben, nur weil er kein Geld hatte! Ja, es stimmte schon, in Amerika musste man sein Haus verkaufen, um sich einen Zahn ziehen zu lassen, aber zum Glück war es bei uns nicht so! Hier musste man höchstens sein Moped verkaufen.

Vera hat zugegeben, dass ich Recht haben könnte. Und dann habe ich ihr, erst im Scherz, dann ganz ernsthaft die Idee erklärt, die mir gerade gekommen war. Nachdem wir eine halbe Stunde ganz leise getuschelt hatten, kam auch Vera zu dem Schluss, dies sei die einzige Methode, um ihren Vater zu retten, ohne sich finanziell völlig zu ruinieren. »Außerdem, die SL AG bringt es nicht«, habe ich seufzend hinzugefügt, »und wir haben kein Geld!«

»Einverstanden, aber wenn wir es tun müssen, dann ist jetzt der beste Zeitpunkt dafür!«, hat Vera entschieden gesagt.

Also haben wir uns heimlich in den Flur geschlichen und sind vor dem Zimmer von Veras Vater stehen geblieben. Ein paar Minuten lang haben wir den im Halbdunkel schlafenden Maler durch das Schlüsselloch beobachtet. Sein Atmen, das durch sein hohes, pfeifendes Schnarchen noch beeinträchtigt wurde, klang genau wie ein Röcheln. Aber seine Haut war zu fiebrig rot. Ich hatte immer gehört, Ster-

bende seien wachsbleich. Deswegen habe ich Vera zugeflüstert: »Er müsste blasser sein!«

Vera hat mit gerunzelter Stirn genickt. Dann ist sie im Atelier ihres Vaters verschwunden und einen Augenblick später mit einer Palette und einem Pinsel zurückgekommen.

»Kümmere du dich um Schirina, den Rest erledige ich schon!«, hat sie mir zugeflüstert.

Ich habe mir das Äffchen gegriffen und es im Atelier des Malers eingeschlossen. Mit dem leichten Pinselstrich eines Künstlers hat Vera gewissenhaft das Gesicht ihres Vaters bemalt. Aber nein, was habt ihr denn verstanden, sie hat nicht etwa sein Porträt gemalt! Sie hat ihn nur elfenbeinfarben eingefärbt und dabei genau denselben Farbton benutzt, den der Maler besonders gern verwendete, um tote Lämmer zu malen. War die Farbe für tote Lämmer in Ordnung, dann galt das sicher auch für einen Sterbenden.

Es wurde ein Meisterwerk und der Kranke ist dabei noch nicht einmal aufgewacht. Also habe ich die Künstlerin beglückwünscht: »Großartig! Das exakte Bild eines Menschen, der mit einem Bein im Grab steht!«

Vera hat gekichert und dann hat sie gesagt: »Danke! Aber wir sollten die Temperafarbe etwas trocknen lassen, bevor wir jemanden rufen.«

Wir haben dann Stein, Schere, Papier gespielt, um die Zeit totzuschlagen und den Zufall entscheiden zu lassen, wer anrufen sollte. Es traf mich und im gleichen Moment habe ich gespürt, wie eine Art elektrischer Schlag durch meinen gesamten Körper fuhr. Eine Sekunde später habe ich mich gefühlt, als würde ein ganzes Ameisenheer in meinen Körper eindringen. Ein unglaubliches Gefühl!

Ich habe den Telefonhörer mit einem Taschentuch abgedeckt, bevor ich hineingesprochen habe. Denn trotz des Hormonschubs, von dem meine Mutter gesprochen hatte, klang meine Stimme immer noch wie die eines kleinen Jungen. Ich hatte Angst, man würde einfach auflegen, in dem Glauben, es handle sich um einen Scherz.

»Notdienst«, antwortete eine würdevolle Stimme am anderen Ende der Leitung.

»Kommen Sie schnell!«, habe ich geschrien. »Mein Vater hat gerade einen Infarkt bekommen!«

»Woher wissen Sie, dass es ein Herzinfarkt ist?«, hat die Stimme scharf entgegnet.

»Zum Teufel, wenn ich das nicht weiß, wer dann? Ich habe schließlich mein Medizinstudium mit Auszeichnung abgeschlossen!«, habe ich verärgert geantwortet.

So ein Wahnsinn! Da streckte jemand alle viere von sich und dieser Idiot spielte hier Frage und Antwort! Mit dem Risiko, dass unser Sterbender aufwachte und den ganzen Plan auffliegen ließ! Aber die würdevolle Stimme ließ nicht locker und hat mich sogar nach dem Alter des Kranken gefragt – ich habe irgendeine Zahl gesagt – und ob er schon andere Infarkte gehabt hätte.

»Nein, das ist der erste«, habe ich geantwortet. »Aber er kann tödlich sein, denn der Patient, um den es hier geht, hat eine primäre Missbildung des Herzens.«

Endlich hat der Notdienst das Telefongespräch abgebrochen und sich entschlossen sofort einzugreifen.

Vera hat mich bewundernd angesehen.
»Wie bist du denn darauf gekommen zu sagen, er hätte eine primäre Missbildung?«, hat sie mich plötzlich gefragt.
Ich habe ganz selbstsicher geantwortet: »Na ja, wenn es eine sekundäre Missbildung wäre, brauchte er doch keine Transplantation, oder?«
Dann haben wir die Ohren gespitzt. Gott sei Dank ist das Röcheln des Malers immer schlimmer geworden, während wir aus der Ferne die Sirene des Krankenwagens immer näher kommen hörten. Das war die Rettung, hipp-hipp-hurra!

»Wo ist der Arzt, mit dem ich am Telefon gesprochen habe?«, hat mich ein weiß bekittelter Riese mit einem Ziegenbärtchen sofort gefragt.
Er war die Treppen hinaufgerannt, belastet mit einem Metallkoffer zusammen mit drei Berserkern die so groß und breit waren wie er und eine zusammengeklappte Bahre trugen. Megatoll: Als wären wir auf dem Set von Emergency Room! Der Langweiler tat jedoch nicht seine Pflicht, sondern bombardierte uns mit Fragen.
»Sie meinen meinen Onkel?«, fragte ich zurück. »Der musste ganz dringend ins Krankenhaus. Ein akuter Blinddarm!«
»Was, er hat seinen Vater mit einem Herzinfarkt allein gelassen, um den Blinddarm eines Fremden zu operieren!«, hat Ziegenbärtchen ganz entrüstet ausgerufen.
Vera hat mich im letzten Moment gerettet: »Nein, das haben Sie missverstanden, er hat eine Blinddarmentzündung!«

»Und zwar eine primäre!«, habe ich ausgeführt. Mit einem Spielverderber wie dem verschärfte man besser die Dosis. Ziegenbärtchen hat uns einen zweifelnden Blick zugeworfen, als hätte er es mit irgendwelchen Lügnern zu tun. Ich ertrug diese Respektlosigkeit einfach nicht. Er konnte sich bestimmt nicht vorstellen, dass er im Augenblick den besten Lügnern am Platze ins Auge schaute.

Dann ist das Team von Emergency Room in das Zimmer des Malers eingedrungen, der zum Glück immer noch in der Welt der Träume war. Aber nicht mehr lange: Seine Helfer machten einen tierischen Lärm, während sie das Fenster weit öffneten, das Licht anschalteten, Stühle verrückten, Spritzen und verschiedene andere Kleinigkeiten aus dem Koffer holten.

»Schnell, eine Herzmassage!«, hat Ziegenbärtchen einem der Berserker zugerufen. »Er röchelt!«

Im Handumdrehen machten sich zwei daran, dem Maler ganz fest auf den Brustkorb zu schlagen. Das war so brutal, dagegen waren Bruce Lee und Inspektor Callaghan zwei katholische Pfadfinder!

Unter diesem Trommelfeuer von Hieben ist der arme Mann auf einen Schlag aufgewacht und hat wie ein Verrückter losgeschrien. Ich wette, sein Gesicht war unter dieser elfenbeinfarbenen Gesichtsbemalung noch viel blasser. Was für ein Schock, von seinem Nickerchen aufzuwachen, weil einen zwei unbekannte Riesen mit Hieben traktieren!

»Hilfe, Hilfe! Wer sind Sie, was machen Sie mit mir?«, schrie er verzweifelt und schnappte dabei nach Luft.

»Sieht aus wie ein hysterischer Anfall«, meinte einer der drei Assistenten des großen Bosses.
Vera, die am Fußende des Bettes stand, ist zu ihrem Vater gestürzt, um ihn zu beruhigen: »Ganz ruhig, Papa. Das geschieht alles nur zu deinem Besten . . . du wirst schon sehen, in ein paar Tagen wirst du ihnen dankbar sein!«
Aber der Maler verdrehte die Augen, keuchte und schrie weiter, man solle ihn in Ruhe lassen. Verdammte Hacke, mit seinem abgenutzten Herzen riskierte er jetzt wirklich durch einen Infarkt draufzugehen!
Ziegenbärtchen hat ihm die Stirn gefühlt und so langsam ist ihm ein Verdacht gekommen. »Er hat ja Fieber«, stellte er verblüfft fest.
Dieser großen Leuchte war eben ein noch größeres Licht aufgegangen.
»Natürlich habe ich Fieber, ich habe ja Influenza«, hat der Maler fast lautlos geflüstert. Inzwischen war er am Ende seiner Kräfte.
Plötzlich haben sich die beiden Riesen an mich und Vera gewandt und uns drohend angeschrien: »Raus mit euch beiden!«
Wir sind ratzfatz in die Küche verschwunden. Sie haben die Tür geschlossen und eine geheime Beratung abgehalten. Die Situation entwickelte sich zum Schlechten.
Vera hat mir ein Pocket Coffee angeboten, um mir Mut zu machen (die Wirkung von Kaffee und die Energie von Schokolade), aber ich habe abgelehnt. Ich war einfach zu besorgt. Außerdem sah die Schokolade schon etwas alt aus.

Ungefähr eine halbe Stunde später ist Ziegenbärtchen aus dem Zimmer gekommen. Er ging geradewegs auf Vera zu, die die Backen noch voll mit Pocket Coffee hatte wie ein Hamster.

»Dein Vater hat ein schweres Herzleiden, aber er hat bestimmt keinen Infarkt gehabt, das ist nur eine Virusgrippe!«, sagte er grimmig.

Ziegenbärtchen schaute ganz finster. Ich meine, anstatt dass er froh war, dass es sich nur um eine Influenza handelte. Was für ein Arzt! Er schien fast vor Wut zu schnauben.

Vera hat ihn verwirrt angeschaut und genuschelt: »Aber wir haben geglaubt, er . . .«

Ziegenbärtchen hat sie brüsk unterbrochen: »Sagt eurem Onkel, er hat sich geirrt – trotz seiner Doktorprüfung mit Auszeichnung!«, hat er gemeint und dabei sah man ein boshaftes Aufblitzen in seinen Augen.

Dann hatte er sich verabschiedet und ist den Flur entlanggegangen, gefolgt von seiner Eskorte.

Verdammte Hacke, Vera hatte zwar das Handtuch geschmissen, aber ich gab nicht nach. Deshalb bin ich Ziegenbärtchen nachgelaufen und habe ihm ins Gesicht gesagt: »Was denn, Sie nehmen ihn nicht mit? Die Minuten dieses Mannes sind gezählt!«

»Wenn du sein Herz meinst, da gibt es dringendere Fälle«, hat er mir das Wort abgeschnitten. »Und ich weiß, dass er auf der Warteliste steht!«

»Ja, für den Friedhof!«, habe ich wütend geschrien. »Sehen Sie nicht, wie er keucht?«

Ziegenbärtchen hat nur achselzuckend die Wohnungstür

geöffnet, ich habe ihn am Arm festgehalten und ihn gefragt: »Wissen Sie, warum er so keucht? Wissen Sie das?«
Ziegenbärtchen hat mir keine Antwort gegeben. Er hat sich sogar losgerissen und mich gegen die Wand geschubst. Als ich gegen die Wand fiel, hat sich ein Stück Putz gelöst und ist in einer Staubwolke zu Boden gefallen. Jetzt waren nicht nur die Minuten von Veras Vater gezählt, sondern auch die dieser Bruchbude.
Das tolle Team von Emergency Room bewegte sich die Treppe hinunter und schleppte seine ganze Ausrüstung mit sich. Ich habe mich über die Brüstung gebeugt und ihnen durch das Treppenhaus nachgerufen: »Er keucht so, weil er seine Seele mit den Zähnen festhält!«
Weil die Seele aber unsichtbar ist, sah es so aus, als würde er um Atem ringen. Ich weiß nicht, ob die Typen vom Notdienst mich gehört haben. Aber ganz sicher hat mich die Mumie im Erdgeschoss gehört, denn ich habe gesehen, wie sie in der Tür erschien und neugierig vom Treppenabsatz aus hinaufschaute.
»Was schreit ihr so?«, hat sie finster gegrunzt.
Na prima, wenigstens hatte sie immer noch die Angewohnheit, uns doppelt zu sehen.
»Das geht Sie gar nichts an!«, habe ich geschrien. »Los, ab in Ihren Sarkophag!«
Die Mumie hat missbilligend den Kopf geschüttelt, dann hat sie sich wie eine runzlige Schildkröte in ihren Panzer zurückgezogen und ist aus meinem Gesichtskreis verschwunden. Ich hatte immer noch nicht entdeckt, ob es sich

um einen Mann oder eine Frau handelte. Dieses Rätsel hätte wohl nur ein Ägyptologe lösen können!
Als ich in die Küche zurückkam, kriegte ich einen megagalaktischen Schock! Vera saß am Tisch, hatte das Gesicht in den Armen verborgen und weinte zum Steinerweichen. Es war einfach zum Heulen! Was war mit meiner coolen Freundin passiert? Mit diesem frechen, kleinen Mädchen, das sich vor nicht allzu langer Zeit als halber Junge namens Bart ausgegeben hatte?
Sie musste jetzt erst einmal tüchtig durchgeschüttelt werden, ja, genau das brauchte sie jetzt! Ich habe sie also an den Schultern gepackt, mit diesem Schraubgriff, mit dem man den Atem blockiert und das Hirn benebelt. Ein Griff, den ich bisher bei noch keinem Gegner angewandt hatte – wenigstens bei keinem männlichen. Ich konnte doch nicht ahnen, dass sie sich plötzlich umdrehen würde und so total zwischen meinen Armen eingeklemmt war. Ich meine, wenn das Jakko getan hätte, hätte ich ihn mindestens mörderisch in die Zange genommen und ihm ein paar Rippen beschädigt. Aber Vera! Sie war so zerbrechlich wie ein Reh, aber wie ein Reh, das von schrecklichen Schluchzern geschüttelt wurde.
Was sollte ich tun? Für eine Weile bin ich einfach so nah bei ihr stehen geblieben und nun schlug auch mein Herz wie verrückt. Schließlich hat zum Glück ihr Vater nach ihr gerufen, natürlich wollte er die ganze Angelegenheit klären. Sie hat sich rasch die Tränen getrocknet und von mir gelöst, dann ist sie schnell zu dem Kranken gelaufen. Ich habe mich wie ein Fisch auf dem Trockenen gefühlt. Nein,

eher wie einer dieser schlaffen Fische auf dem Küchenbrett aus den Stillleben des Malers Risaliti. Aber in Wirklichkeit war ich sehr lebendig und mein Herz flatterte weiterhin so wie der bewusste Kanarienvogel im Käfig. Eines war sicher: Noch so eine Aufregung und ich brauchte auch eine Transplantation!

14. UNZERTRENNLICHE FREUNDE

Von: remo.ba@post.it
An: sl.company.ag@business.it
Betreff: Ich will meinen Freund wiederhaben

An die Firma SL Company AG

Sehr geehrte Damen und Herren,
zunächst einmal möchte ich mich vorstellen: Ich bin ein elf Jahre alter Junge, heiße Remo Bassani und gehe in die sechste Klasse der Scuola Neruda. Außerdem sammele ich Telefonkarten und fahre ziemlich gut Fahrrad – natürlich bin ich kein Lance Armstrong. So, jetzt habt ihr alle Informationen, die auf dem Werbezettel verlangt wurden.
Leider bin ich sehr schüchtern und habe in meinem Leben noch keine richtigen Freunde gehabt. Ich hatte Kindergartenkameraden, Schulkameraden, Kameraden im Kommunionsunterricht und Vereinskameraden. Das waren alles Kinder, die mit mir zusammen sein mussten, aber die erste Gelegenheit nutzten, um mich im Stich zu lassen. Deshalb gebe ich schon lange keine Geburts-

tagsfeiern mehr. Denn es ist nie jemand gekommen, den ich eingeladen hatte. Am Ende musste ich die Schokoladentorte immer allein aufessen - danach habe ich die ganze Nacht auf dem Klo verbracht. Und ich musste auch mit mir selbst Verstecken spielen. Das war todlangweilig, denn ich konnte mich gar nicht so schnell verstecken, wie ich mich gefunden habe.
Dann ist vor zwei Monaten ein Junge neu in meine Klasse gekommen. Alle haben ihn auf den Arm genommen, weil er reiche Eltern hat und nach der Schule immer von einem Chauffeur in Uniform mit einer Limousine abgeholt wird. Aber es ist doch nicht seine Schuld, dass er stinkreich ist. Es gibt Menschen, die werden mit hervorstehenden Zähnen geboren oder müssen eine Brille tragen, und welche, die von Geburt an einen großen Haufen Geld haben.
Also, ihr werdet es nicht glauben: Leon - so heißt er - ist mein Freund geworden! Ein ganz toller Freund, der mit mir um die Wette spuckt, mir seine doppelten Telefonkarten gibt, mich die Mathematikaufgaben abschreiben lässt und sonnabends mit dem Fahrrad im Park auf mich wartet. Aber es gibt da ein Problem: Seine Eltern sind - um es nett zu sagen - zwei stinkende Haufen Scheiße! Als sie herausgefunden haben, dass Leos neuer Freund - also ich - der

Sohn eines Straßenkehrers und einer Arbeiterin – also meiner Eltern – ist, haben sie ihm den Umgang mit mir verboten. Sie sagen, Leon wird einmal zur herrschenden Klasse gehören und er muss sich Freunde auf seinem Niveau suchen. Ich weiß nur, dass er in die Klasse 6C gehört und der einzige Freund ist, den ich je gehabt habe.

Leon sehe ich jetzt nur noch in der Schule, außerhalb müssen wir so tun, als würden wir uns nicht kennen. Also geht es mir wie vorher! So ein Mist!

Ich schreibe euch, weil ich hoffe, dass ihr mir helfen könnt.

Vielleicht könnt ihr eine bessere Arbeit für meinen Vater finden, zum Beispiel als Polizist. Jemand, der den Straßenverkehr lenkt, gehört ganz bestimmt zur herrschenden Klasse.

Bitte meldet euch so schnell wie möglich!

Remo, der Eremit

PS 1: Ich hoffe mal, ihr seid nicht zu teuer. Ich habe nicht viel Geld, ich könnte höchstens mein Fahrrad verkaufen – allerdings blättert die Oberseite vom Sattel etwas ab und die Bremse spinnt manchmal.

PS 2: Ich habe nicht verstanden, was S.L. heißen soll. Ich hoffe nur, es heißt nicht »Superluxus«.

»Jemand ohne Geld, das hat uns gerade noch gefehlt!«, habe ich mürrisch zu Vera gesagt, nachdem ich die Mail laut vorgelesen hatte.
Es war Samstagnachmittag und wir hatten beschlossen die Mailbox etwas früher zu öffnen. Aber die Euphorie, die uns zunächst gepackt hatte, als wir die Mail sahen, ist sofort verflogen, als wir die beiden blöden PS gelesen hatten. Superluxus! Sehr witzig!
Vera hat nicht mehr mit den Beinen geschlenkert und angefangen an den Fingernägeln zu knabbern.
»Es sei denn ...«, hat sie gedankenverloren gesagt, »wenn Leon auch seinen Freund Remo wiederhaben will, könnte er gewillt sein was lockerzumachen!«
»Das stimmt! So wie es aussieht, ist Geld sein letztes Problem«, habe ich bemerkt.
Aber da blieb trotzdem die Tatsache, dass Remo wohl noch von der guten Fee träumte. Wie konnte er hoffen, wir seien in der Lage, seinem Vater eine coolere Arbeit zu besorgen? Wir waren doch eine Agentur für Lügen und keine Agentur für Arbeit!
Deshalb habe ich die Schlussfolgerung gezogen: »Die Sache überzeugt mich nicht. Ich würde sagen, wir lassen es.«
Da ging ein Donnerwetter los! Vera ist fürchterlich wütend geworden und wieder auf die Sache mit ihrem Vater zu sprechen gekommen. Unsere Firma sei ja wohl der einzige Weg, um das Geld für die Operation aufzutreiben.
»Wie kannst du es wagen, auf ein Geschäft zu spucken, nach alldem, was du angerichtet hast!«, hat sie mich angeschrien.

Moment mal! Wenn ich mich nicht irre, ist sie mir tüchtig dabei zur Hand gegangen. Erstens wäre der Plan mit dem Infarkt ohne ihre Zustimmung nicht einmal angefangen worden. Zweitens war es ihre Anweisung, ich sollte das Äffchen wegsperren. Vera hätte mir gleich sagen können, dass es nicht angebracht war, Schirina im Atelier ihres Vaters einzuschließen. Ich konnte doch nicht ahnen, dass dieses hirnlose Tier überall mit Farbtuben herumspritzen und dabei ein paar für den Verkauf bestimmte Stillleben unrettbar beschädigen würde.

»Mein Vater hat mit diesen Bildern gerechnet, mit dem Erlös wollte er die Miete für die nächsten Monate zahlen!«, hat Vera gebrüllt. Sie war außer sich vor Zorn.

Ich habe mit den Schultern gezuckt und gemeint: »Na gut, er kann doch immer noch zwei neue Bilder malen. Und vielleicht kaufe ich ja seine Fische!«

Aber Vera hat mein großzügiges Angebot verächtlich abgelehnt. Sie hat ziemlich geschmollt und über zehn Minuten lang nichts mehr gesagt. Schließlich habe ich nachgegeben: Na gut, wir würden den Fall von Remo, dem Eremiten, übernehmen. Wir würden ihm vorschlagen sich von seinem Freund, dem Millionär, finanzieren zu lassen. Wenn er das ablehnte, würden wir ihm anbieten, er dürfe in Raten zahlen. Was das Fahrrad anging – das sollte er ruhig behalten. Das war ganz bestimmt ein hoffnungsloser Schrotthaufen, der nur noch als Spende für die Dritte Welt taugte.

Vera ist plötzlich wieder wütend geworden: »Na toll!«, hat sie gebrüllt. »Wenn wir heute und morgen den ganzen Tag arbeiten, dann werden wir das Geld trotzdem frühstens in zehn Tagen haben, da bin ich mir ganz sicher!«

Na ja, aber auf jeden Fall mussten wir unserem Kunden schreiben und einen Vorschuss fordern. Ich hatte gerade erst die Adresse getippt, da kam meine Mutter in mein Zimmer geschossen, natürlich, ohne vorher anzuklopfen.

»Ernest, wäre es dir recht, morgen mit mir, Papa und Nicolas einen schönen Ausflug zu machen?«, hat sie ganz heiter gezwitschert. »Wir fahren am frühen Morgen los und machen ein Picknick auf dem Land.«

Vera hat mir einen mörderischen Blick zugeworfen. Es stand fest: Morgen war in unserer Firma ein Arbeitstag.

»Äh, also, Mama, morgen würde ich wirklich lieber zu Hause bleiben, um zu lernen«, habe ich angefangen.

Das hätte ich auf jeden Fall vorgezogen. Diese Familienpicknicks kamen immer einem Harakiri gleich. Ohne Vera musste ich immer für Nick Stöckchen werfen, das er dann freudig zu meinem Vater brachte. Und das so etwa dreihundert Mal hintereinander.

Mama tat plötzlich ganz geheimnisvoll: »Wenn du wüsstest, wo es hingeht, würdest du ganz sicher besonders gern mitkommen . . .«

Dann hat sie angefangen zu erzählen, sie hätte meinen Vater überredet uns zum »Großen Omelett« zu fahren. Das Große . . . was? Ich habe es nicht gleich geschnallt. Dann hatte ich plötzlich einen Geistesblitz: Die zerbrochenen Eier an jenem Nachmittag im Supermarkt und meine erste legendäre Lügengeschichte. Verdammte Hacke, ich musste

mir eine Liste mit meinen Lügen anlegen, sonst würde ich mich nicht mehr zurechtfinden.
»Hast du nicht gesagt, du würdest es so gern sehen?«, hat meine Mutter gemeint. »Zu dieser Zeit müsste die Eibahn doch schon fertig sein.«
»Davon kann keine Rede sein«, habe ich geknurrt. »Es ist immer noch ein Unglücksort. Der Fahrer des Lastwagens ist in diesem großen Omelett gestorben.«
Wir waren doch keine Leichenfledderer! Dann habe ich noch gesagt, dass der Fahrer ein anständiger Familienvater war, außerdem Witwer und zwölf Söhne sowie drei Enkel zu versorgen hatte.
Meine Mutter war einen Augenblick lang verwirrt, dann hat sie eingeräumt, ich hätte vielleicht Recht, obwohl ich es ja gewesen sei, der ihr diesen Ort so angepriesen hätte. Na und? Jetzt war ich eben wieder zu Verstand gekommen. In Wahrheit könnte man eher sagen, ich hatte das Omelett gerade noch mal (ab-)gewendet.

Unsere harte Arbeit hat sich wirklich gelohnt. Wir haben den Sonnabend und den ganzen Sonntag drangegeben. Zum Glück haben wir die Abwesenheit meiner Eltern ausnutzen können, die nicht das »Große Omelett« besucht haben, sondern lieber mit Nick zum Trüffelsuchen in die Berge gefahren sind. Montag ist endlich die Bestätigungsmail gekommen: Remo, der Eremit, willigte ein den Vorschuss lockerzumachen. Sein treuer Freund, dem er von seinem Plan erzählt hatte, übernahm alle Kosten.
Es stimmt also, ein Freund ist Gold wert.

Ein paar Tage später hat Vera die wertvolle Smartiesrolle aus dem Abfallkorb geholt, der auf dem kleinen Platz gegenüber ihrer Schule stand. Der Eremit ging nämlich ausgerechnet in ihre Schule. Gemäß unseren Instruktionen enthielt die Rolle auch die Adresse unseres Kunden, dem wir den Zeitungsartikel schicken mussten, den meine Geschäftspartnerin und ich an diesem Wochenende vorbereitet hatten. Eine perfekte Fälschung vom Kaliber des Artikels über das Mozartsyndrom. Diesmal handelte es sich aber um einen Teil aus den Artikeln über Verbrechen und war einige Jahre zurückdatiert. Es ging darum:

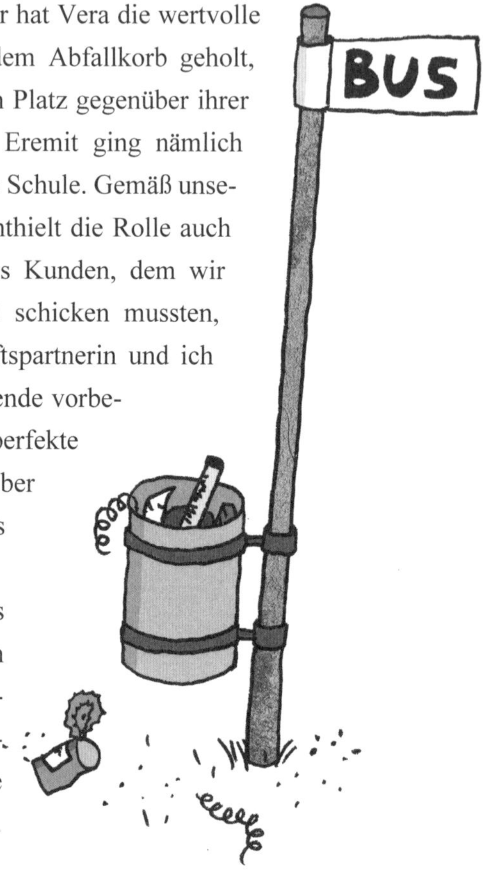

CORRIERE DI LUGANO, 13. JULI 1993

Noch keine Spur vom Bassani-Sohn – Die Polizei tappt im Dunkeln

Sechs Monate nach der Entführung des kleinen Romolo, erstgeborener Spross der Familie Bassani, stehen die Ermittlungen der Polizei immer noch am Anfang. Romolo wurde am Ausgang der Grundschule »Mucca Carolina« entführt. Zwei Männer mit Sturmhauben hatten sich ihm genähert. Der Fahrer des familieneigenen Rolls-Royce, der den Jungen jeden Morgen zur Schule brachte und wieder abholte, hatte sich an diesem Morgen verspätet. Er hatte Zeit damit verloren, die bekannte geflügelte Kühlerfigur zu polieren, das Symbol von Rolls-Royce. Von der Familie Bassani wurde ein Lösegeld von etwa zwei Milliarden Dollar gefordert. Die Bassanis, seit fünf Generationen eine bekannte Schweizer Bankiersfamilie, hatten sofort zugestimmt den Betrag zu bezahlen. Für sie handelte es sich offensichtlich um eine unbedeutende Summe, im Verhältnis zu ihrem berühmten Vermögen, das sie an die Spitze der Topten der reichsten Schweizer Familien stellt. Leider haben sich die Entführer nicht mehr gemeldet. Vermutlich hatten sie eine Polizeifalle befürchtet. Jetzt fürchtet man um das Leben des kleinen Romolo. Herr Bassani hat uns zu der Angelegenheit gesagt: »Wenn unser Sohn nicht wieder auftaucht, werden wir ins Ausland gehen und jede Spur von uns verwischen müssen. Wir haben noch einen kleinen Sohn, Remo, und wir wollen nicht, dass auch ihm Gefahr droht. Wir würden auch ein bescheidenes Leben unter falschem Namen verbringen, nur um sein Leben zu retten. Für ihn würde ich auch als Straßenkehrer arbeiten.« Und Bassanis Frau fügte hinzu: »Und ich als Arbeiterin.«

Wir nehmen an, dass ihr Vermögen auf jeden Fall sicher in den Geldschränken der Schweizer Banken verbleiben würde.

Am gleichen Tag, an dem wir diesen genialen Artikel mit Eilpost verschickt haben, haben wir auch folgende Mail verschickt:

Von: sl.company.ag@business.it
An: remo.ba@post.it
Betreff: Auch reiche Leute weinen

Lieber Remo,
wir danken dir für die pünktliche Zahlung des Vorschusses und schlagen dir hier eine wirkungsvolle Methode vor, um dich aus deiner Notlage zu befreien und wieder glücklich zu sein.
Morgen findest du einen Briefumschlag von uns in deinem Briefkasten. Öffne ihn fernab von neugierigen Augen: Er enthält einen Zeitungsartikel, den du aufmerksam lesen sollst. Natürlich handelt es sich um eine Fälschung, die unsere Experten ausgearbeitet haben, um dir ein zündendes Alibi für die Eltern von Leon zu liefern.
Ihnen musst du den Artikel zeigen und dann folgende Geschichte erzählen: Kurz nach deiner Geburt wurde dein gleichaltriger Bruder Romolo entführt und wurde leider nie wieder gefunden. Diese Tragödie hat das Leben deiner Eltern, bekannter Schweizer Bankiers, erbarmungslos gezeichnet. Sie lebten damals in einer Villa in Lugano, die das genaue Abbild des Geldspeichers von Onkel Dagobert gewesen ist. Um jedes Risiko einer Entführung zu vermeiden, sind deine El-

tern nach Italien gegangen und haben zwei bescheidene Arbeitsstellen angenommen, die sie absolut unverdächtig machten.
Natürlich handelt es sich dabei nur um eine zum Schutz angenommene falsche Identität, denn sie haben mehr als genug Geld. Außerdem haben sie in der Schweiz auf deinen Namen ein millionenschweres Sparbuch eröffnet und dir im höchsten Stockwerk des Empire State Building ein Büro gekauft, von dem du die gesamte herrschende Klasse lenken wirst, wenn du erwachsen bist.
Wir sind ganz sicher, dass diese Argumente die beiden Miststücke, die Eltern deines Freundes, überzeugen werden und dass du so bald wieder deinen Freund wie früher treffen kannst.
Wir wünschen dir viel Glück!
Herzliche Grüße von der

dein Ausweg!

PS: Mail uns bitte, wie es gelaufen ist. Im Erfolgsfall erwarten wir die zweite Rolle Smarties in zwei Wochen, gleicher Ort, gleiche Zeit.

An diesem Abend habe ich mich im Einklang mit der Welt und mir selbst vor die Glotze gelümmelt. Die SL AG brachte mir große Befriedigung, nicht nur wegen der klingenden Münze. Apropos Geld: In den Regionalnachrichten berichteten sie gerade, dass die Geldautomatenbande wieder zugeschlagen hatte. Das Opfer war 97 Jahre alt und lebte im Viertel Mugnone. Veras Wohnviertel! Sie war es . . . da gab es keinen Zweifel! Ich habe die Mumie aus dem Erdgeschoss sofort wieder erkannt. Da sie aus Gründen der Privatsphäre ihren Namen nicht veröffentlichten, blieb das Geschlecht dieses seltsamen Heiligen unbekannt.

Die Mumie hatte noch die Ehre, kurz interviewt zu werden:

»Waren die Täter bewaffnet?«, hat ein Reporter gefragt.

»Natürlich, was glaubt ihr denn!«, hat sie in ihrer üblichen höflichen Art gebrüllt und dabei unvermeidlich die Anrede im Plural benutzt. »Sie haben mir ein Messer auf meinen Rücken gerichtet. Ich glaubte schon, mein letztes Stündlein hätte geschlagen.«

Ihr letztes Stündlein? Ich hätte geschworen, das hatte schon vor ein paar Jahrtausenden geschlagen!

15. DIE RÜCKKEHR DER MUMIE

Ich saß im Vorraum der Sportschule und hatte den Blick auf den Umkleideraum der Mädchen gerichtet. Ich wartete darauf, dass Vera herauskommen würde. Sie musste gerade ihren Unterricht in Kunstturnen beendet haben. In ein paar Minuten würde mein Karateunterricht beginnen und ich war noch nicht umgezogen. Wenn Ugo mich hier beim Däumchendrehen erwischt hätte, dann hätte er mich gewaltsam an einem Ohr in die Kabine gezerrt. Mit dem Rächer des Busses war nicht zu spaßen!
Endlich ging die Tür mit einem Ruck auf und Vera kam heraus. Ihre Haare waren noch nass vom Duschen. Sie sah sehr komisch aus mit dieser Punksträhne, die ganz schlapp von ihrem Kopf herunterhing.
»Ernie!«, hat sie fröhlich gebrüllt.
Ich hatte nicht einmal Zeit, den Mund aufzumachen, da war sie schon auf mich zu gerannt und hatte mir die Arme um den Hals gelegt. Ein unfairer Halsgriff, der mich auf dem falschen Fuß erwischt hat. Deshalb bin ich rückwärts getaumelt und gegen eine Reihe Garderobenhaken gefallen. Eine bonbonrosa Kappe ist auf meinen Kopf gesegelt.
»Schäm dich, Ernie!«, hat jemand lachend hinter mir gesagt. »Du lässt dich von deiner kleinen Freundin zu Boden schicken!«
Verdammte Hacke! Ugo hatte das Ganze gesehen. Ich hat-

te eine superlächerliche Figur abgegeben! Jetzt war ich aufgeschmissen: Die alte Geschichte mit der kleinen Freundin war jetzt auch in der Sportschule durchgesickert. Ich würde nun die Zielscheibe für allen Spott sein, bis ich den schwarzen Gürtel und den dritten Dan erlangt hatte.

Mit knallrotem Gesicht habe ich mich erst aus dieser blöden Umarmung befreit und dann von der rosa Kappe. Dann habe ich ganz leise gesagt: »Aber sie ist doch gar nicht meine . . .«

»Na, das ist deine Sache!«, hat mich Ugo jäh unterbrochen. »Jetzt beeil dich und zieh dich um!«

Zum Glück ist Vera noch bis zur Umkleide mitgegangen, so habe ich ihr die freudige Nachricht noch zuflüstern können: Remo, der Eremit, hatte uns eine triumphierende Mail geschrieben! Ganz klar, unsere herzerweichende Story hatte die Eltern des Freundes bekehrt. Sie hatten ihn, den Straßenkehrer und die Arbeiterin zu einem Galadiner in den Wintergarten ihrer Superluxusvilla eingeladen. Die Einladung war ohne Hindernisse abgelaufen, denn Remo hatte die beiden Reichen schwören lassen, dass seine Enthüllungen streng geheim bleiben würden. Besonders seine Eltern sollten niemals erfahren, dass diese Informationen durchgesickert waren, sie würden sonst vor Angst sterben. Der Straßenkehrer war jedenfalls immer verwunderter, dass der bekannte Millionär ihn den ganzen Abend mit Fragen, wie er sein Geld am besten anlegen könnte, nervte. Er hatte dann das Thema übergangen und ihm von den Vorteilen der Mülltrennung erzählt. Die Hauptsache war aber, Remo hatte seinen einzigen Freund wieder, den übrigens niemand mehr auf den Arm nahm. Denn vor der Schule wartete keine Limousine mehr auf ihn, sondern seine Mutter in einem ganz normalen Fiat Panda. Anscheinend hatte unser Artikel Leons Eltern tief beeindruckt und das Detail mit dem verspäteten Chauffeur hat sie wohl dazu veranlasst, ihren Chauffeur zu entlassen. Aber das war noch nicht alles! Die tödliche Furcht vor Entführungen hat sie so angesteckt, dass sie sich schon Arbeit gesucht haben. Sie werden Senkgruben leeren, die richtige Tätigkeit für zwei stinkende Misthaufen wie sie!

»Die Smartiesrolle liegt morgen an der üblichen Stelle«, habe ich Vera am Ende meines Berichts zugeflüstert.

»Du kannst auf mich zählen!«, hat sie mir flüsternd geantwortet.

Dann haben wir uns abgeklatscht. Im gleichen Moment ist Luigino, das Maskottchen des Karatekurses, hereingestürzt. Ein achtjähriger Dreikäsehoch von der Größe eines Fünfjährigen. Aber für sein Alter hielt er sich nicht einmal schlecht und hatte sogar schon den gelben Gürtel. Luiginos Gesicht war rot wie eine Tomate, in seinen Augen standen Tränen und aus seiner Nase tropfte grüner Rotz. Er lief blindlings weiter, ist über meine Füße gestolpert und hat sich noch nicht mal entschuldigt.

»Ugo, Ugo!«, hat er schluchzend gebrüllt.

Der Lehrer ist sofort auf nackten Füßen angeschossen gekommen, denn er hatte sich schon für die Stunde umgezogen.

»Was ist denn passiert?«, hat er Luigino besorgt gefragt.

Der hat wie verrückt gejammert und die Beine des Lehrers

umklammert. Ugo hat ihn in den Arm genommen und versucht ihn zu beruhigen. Ein Karatekämpfer, der sich von seinem Lehrer hätscheln lässt, einfach ätzend! An Ugos Stelle hätte ich versucht ihn mit Ohrfeigen zum Reden zu bringen. Also nach einer halben Stunde hatte der Kleine endlich aufgehört zu greinen und hat uns sein Unglück erzählt. Auf dem Weg zur Sporthalle haben ihn drei unbekannte Jungen umringt und ihm befohlen seine Geldbörse herzugeben. Luigino war wie gelähmt vor Furcht – trotz des gelben Gürtels – und einer von den Dreien hat ihn daraufhin mit einer Nadel in den Arm gepikt. Der Kleine war zu Tode erschrocken, hat seine Tasche schlagartig fallen lassen und ist Hals über Kopf geflohen! In der Tasche waren seine Karatesachen, ein Riegel Kinderschokolade, sechs Digimonbilder und eine Geldbörse aus Plastik, auf der ein Bild von Homer Simpson mit einem Bier in der Hand aufgedruckt war. Eine schwache Beute.

Der Gedanke an seine gestohlenen Sachen hat bei Luigino ganz plötzlich wieder alle Schleusen geöffnet.

»Man hat mir ein Vermögen gestohlen!«, hat er gebrüllt.

»War viel Geld im Portmonee?«, hat ihn Ugo gefragt.

»3 Euro und 37 Cent«, hat Luigino ganz verzweifelt geantwortet.

Ein Minibetrag. Vera und ich haben einander angestoßen und uns verständnisvoll angegrinst. Das Ganze ist dem Kleinen nicht entgangen und er hat gebrüllt: »Was gibt's da zu lachen? Ich möchte mal sehen, was ihr an meiner Stelle getan hättet.«

Wie konnte sich ein armseliger Träger des gelben Gürtels

so an einen Ranghöheren wenden? Denn bis zum Beweis des Gegenteils war der blaue Gürtel einige Stufen höher!

»Ich hätte einen nach dem anderen umgeschmissen wie Kegel, so, jetzt weißt du es!«, habe ich wütend geschrien.

Ugo hat mich schief angesehen. Ich wusste schon, was er dachte: Immer diese alte Leier über Gewaltlosigkeit und so weiter! Aber das ging mir grad am Arsch vorbei!

Die Standpauke ließ allerdings nicht auf sich warten: »Denk daran, Ernie, Gewalt gegen Gewalt bringt nichts«, hat mein Lehrer gesagt. »Und wenn deine Angreifer bewaffnet sind, ist sie sogar gefährlich!«

Auf einmal hatte ich große Lust, ihm das Gegenteil zu beweisen, und ich habe drauflos erzählt: »Wie der Zufall so will, hat mir Gewalt aber einmal sehr geholfen.«

Vera hat mir einen fragenden Blick zugeworfen, ich habe erzählt, dass ich einmal angegriffen wurde, als ich in den Ferien am Meer war. Alles Lüge, aber das wusste Ugo ja nicht.

»Sie waren zu fünft, zwei mit Harpunen bewaffnet, drei mit Metallspitzen von Sonnenschirmen. Sie wollten unbedingt meine Taucheruhr Marke Scubapro. Deshalb haben sie mich umringt und einer hat mir seine Harpune auf den großen Zeh geworfen. Da habe ich rot gesehen und habe sie außer Gefecht gesetzt: Einem habe ich in die Eier getreten, einem anderen Sand in die Augen geworfen und den Dritten mit einem gezielten Ellenbogenstoß in die Rippen niedergestreckt.«

»Und die anderen beiden?«, hat Luigino neugierig gefragt.

»Um die hat sich mein Bruder gekümmert.«

Ugo hat nichts gesagt, er hat nur ungläubig den Kopf geschüttelt. Dann ist mir Vera zu Hilfe gekommen und hat gefragt: »Ist das zufällig letzten Sommer passiert?«
»Ja, genau!«, habe ich gesagt.
»Ich glaube, darüber habe ich etwas in den Radionachrichten gehört!«, hat sie gesagt. »Die fünf waren der Schrecken des Strandes, man nannte sie ›Die Bande der Unterirdischen‹.«
»Warum Unterirdische?«, hat Ugo verblüfft gefragt.
»Weil sie nur Dinge für den Unterwassersport gestohlen haben. Und dann waren sie ein wenig unterbelichtet«, hat Vera ganz ernst geantwortet. »Jedenfalls sind sie nach der Lektion, die Ernie ihnen erteilt hat, abgetaucht. Die Polizei hatte daraufhin den Verdacht, sie wären alle bei einer Unterwasserjagd ertrunken.«
Ugo hing jetzt an ihren Lippen. Meine Geschäftspartnerin war Klasse! In Momenten wie diesen hätte ich sie küssen können, obwohl sie nicht meine »kleine Freundin« war.

An diesem Abend erwartete mich eine große Überraschung am Computer: Sogar zwei Nachrichten für die SL AG! Ein Volltreffer . . . das war der erste Doppeltreffer für unsere Firma! Wenn es so weiterging, würden wir Personal einstellen müssen, um die viele Arbeit zu erledigen. Für ein paar Sekunden, während ich dem Öffnen der Mails entgegenfieberte, habe ich mir ausgemalt, wen wir als Mitarbeiter auswählen könnten. Als Einziger kam mir Jakko in den Sinn, aus dem einfachen Grund: Er war ein zuverlässiger Freund. Aber dann habe ich meine Meinung geändert,

Jakko verwechselte ständig Wörter und in unserem Beruf war jedes einzelne ungeheuer wichtig. Denn Lügen bestehen doch aus Wörtern, oder?
Deshalb habe ich mich unseren konkreten Angelegenheiten zugewandt und diese Mails geöffnet:

Von: antorossi@mail.it
An: sl.company.ag@business.it
Betreff: Das verräterische Tattoo

Sehr geehrte Damen und Herren der SL AG,
von Ihrer Firma habe ich durch einen Werbezettel erfahren, den ich in meiner Schule gefunden habe. Ich bin 14 Jahre alt und besuche die neunte Klasse an der Scuola Pablo Neruda. Das, was ich gelesen habe, klingt, als wärt ihr genau die richtigen Leute für meinen Fall oder vielleicht sollte ich lieber sagen für mein Chaos, in das ich durch meinen Fimmel für Tattoos geraten bin.
Ich mache es kurz: Ich habe einen Freund, Alfredo, die Eifersucht in Person. Seit zwei Wochen gehen wir miteinander und ich musste ihm schwören, dass ich vor ihm keine anderen Geschichten hatte. Stellt euch das mal vor! Er ist der dreizehnte Knabe, mit dem ich ausgehe. Also, Alfredo hat mich gebeten mit ihm ins Schwimmbad zu gehen und ich habe große Angst, er könnte da-

bei das Tattoo entdecken, das ich mir vor zwei Monaten auf einer Schulter habe stechen lassen: ein von einem Pfeil durchbohrtes Herz, auf dem Edo steht (Edoardo war mein elfter Freund).
Ich habe schon alles versucht: Nagellackentferner, Trichloräthylen, Kaltwachs und Heißwachs, aber das verdammte Tattoo denkt einfach nicht daran, zu verschwinden. Ich habe auch versucht Alfredo einzureden, ich hätte eine Chlorallergie und der Arzt hätte mir verboten ins Schwimmbad zu gehen, aber er hat mir geantwortet, dann könnte ich ja am Beckenrand sitzen bleiben, so hätte er mich auch besser im Auge.
Helft mir aus der Patsche, ihr werdet es nicht bereuen!
Alles Liebe

Antonella

PS 1: Meine Hobbys sind: Sonnenbank, Piercings und Rastalocken. Und selbst klebende Tattoos, mit Henna gemalte und - verdammter Mist! - auch Permanent Tattoos.
PS 2: Meine Eltern sind Krankenpfleger, aber was hat das damit zu tun?
PS 3.: Ich vertraue auf euch. SL steht sicher für Superleute, hab ich Recht?

Von: sergio.sani@mail.it
An: sl.company.ag@business.it
Betreff: Nieder mit dem Altersheim!

Liebe SL AG,
ich hoffe, ihr lest meine Mail, obwohl ich nicht zwischen elf und 14 Jahre alt bin. Ich bin nämlich erst zehn Jahre alt und gehe in die fünfte Klasse des Grundschulflügels der Scuola Lorenzo il Magnifico. Ja, ich bin noch klein, aber ich habe ein sehr großes Problem.
Seit einiger Zeit wollen meine Eltern meine Großmutter Natalina in einem Altersheim einsperren. Sie sagen, meine Großmutter sei nicht mehr ganz klar im Kopf und es wäre gefährlich, sie allein mit mir in der Wohnung zu lassen. Meiner Meinung nach stimmt das überhaupt nicht. Ja, meine Oma vergisst manchmal Dinge, aber das ist überhaupt nicht gefährlich für mich. Bis jetzt hat sie mir jedenfalls noch nie eine Pistole auf den Rücken gerichtet oder ein Messer an die Kehle gesetzt. Im Gegenteil, sie ist toll, denn sie kocht für alle, schmiert mein Pausenbrot und erzählt mir irre Bücher in Fortsetzungen. Ich helfe ihr dabei, ihre zwölf Prachtfinken zu versorgen. Die hält sie in drei Käfigen in der Küche. Papa hasst die Vögel übrigens, er sagt, sie kacken überall hin. Er sagt

auch, wenn Oma im Altersheim ist, wird er sie alle mit Salzsäure umbringen.
Aber wo bleibe ich denn, wenn meine Oma ins Altersheim geht? Meine Eltern arbeiten beide in einer Bank und kommen erst um halb sechs Uhr abends nach Hause. Aber auch wenn sie zu Hause sind, bin ich lieber mit meiner Oma zusammen, denn meine Eltern sind dann immer fix und fertig und wollen mich aus dem Weg haben. Und dann sprechen sie den ganzen Tag nur über Geld, was für ein Nervkram!
Liebe SL AG, ihr seid ja so fähig, also könnt ihr mir sicher helfen! Apropos, vielleicht hilft euch das weiter: Meine Oma ist 79 Jahre alt und hat als junges Mädchen - bevor meine Mutter, ihre Tochter, auf die Welt kam - als Köchin in den Häusern reicher Leute gearbeitet. Und da hat sich nie jemand beschwert, sie hätte das Salz an den Nudeln vergessen!
Ciao und Auf Wiederhören!
Sergio Sani, Enkel von Natalina Fiaschi

PS 1:Ich spiele Fußball und sammle menschliche Stimmen, die ich heimlich mit meinem Mini-Kassettenrekorder aufnehme.
PS 2: Wenn SL für »Schweres lösen« steht, dann habe ich gut daran getan, mich an euch zu wenden.

»Schweres lösen?« Nein, wir helfen nicht Leuten mit Verstopfung, damit sie wieder kacken können! Da war mir »Superleute« natürlich viel sympathischer.

Jedenfalls handelte es sich um zwei ganz gute Fälle, die nicht einmal sehr schwierig waren. Wenn überhaupt, dann hatte mich in der Mail des liebevollen Enkels beunruhigt, dass er mit keinem Wort eine Bezahlung erwähnt hatte.

He, der glaubte doch wohl nicht, wir würden seine Oma gratis vor dem Altersheim retten? Die erste Mail hatte wirklich gut geendet, mit diesem »ihr werdet es nicht bereuen«, das Gutes hoffen ließ.

Also, am folgenden Nachmittag bin ich zu Vera gegangen und habe ihr die beiden ausgedruckten Mails unter die Nase gehalten. Auch diesmal lag es am Gesundheitszustand des Malers, dass wir in die Bruchbude übersiedeln mussten. Er hatte einen Influenza-Rückfall. Diesmal hatte er uns aber angekündigt, er würde uns beiden den Hals umdrehen, wenn wir den Krankenwagen riefen. Dann hätte er noch zwei Objekte für seine Stillleben gehabt.

Vera war begeistert über unsere beiden neuen Kunden und ist vor Zufriedenheit auf dem Bett auf und ab gehüpft. Schirina hat sie von der Gardinenstange aus verblüfft betrachtet.

Nach diesen Freudenausbrüchen haben wir uns eifrig Notizen gemacht: Die Lügengeschichten begannen Form anzunehmen. Unsere genialen Hirne waren schon zehn Minuten bei der Arbeit, als wir die Türklingel hörten. Veras Vater war sofort beunruhigt, er fürchtete wohl, es sei wieder der ärztliche Notdienst, der ihn mit Fausthieben wieder beleben wollte. Aber diesmal stand die altersschwache Mumie in der Tür. Sie war gekommen, um sich vom Maler eine Tube hellgrüner Temperafarbe auszuleihen. Damit wollte sie die Wand im Bad ausbessern, an der die Farbe abblätterte. Na, es war kein Geheimnis, dass das ganze Haus in Stücke fiel.

»Was für ein Grün?«, hat Vera gefragt.

»Nilgrün«, hat die Mumie geantwortet.

Der ägyptische Fluss? Das passte alles bestens zusammen.

Vera hat ihr die Farbtube gebracht und hat sie dann nach der Geldautomatenbande gefragt. Waren es Frauen oder Männer gewesen, was meinte sie?

»Es war dunkel und sie haben mich von hinten überfallen«, hat die Mumie geantwortet. »Es ist nicht leicht zu sagen, ob es Männer oder Frauen waren.«

Das unterschreibe ich sofort: In ihrem Fall war das sogar bei Tageslicht nicht leicht, obwohl sie genau vor unserer Nase stand.

»Aber mir ist etwas aufgefallen«, hat die Mumie nachdenklich hinzugefügt. »Einer von ihnen hatte eine elektrische Taschenlampe, die flog wie ein Glühwürmchen.«

»Was meinen Sie denn damit?«, habe ich gefragt.

»Genau das, was ich gesagt habe«, hat sie gemeint, sich umgedreht und ist gegangen, ohne sich zu verabschieden.

Eine elektrische Taschenlampe, die fliegen kann? Das ist was anderes, als uns doppelt zu sehen! Die Mumie musste ganz schön blind sein. Wer weiß, was ihr ihre armen, einbalsamierten Augen noch für Streiche spielten!

16. GESCHÄFT IST GESCHÄFT!

Meine Mutter war mal wieder mit einem ihrer stundenlangen Telefonate beschäftigt. Das auserwählte Opfer war ihre Freundin, die Zahnärztin, die sie wie üblich zum Problem mit Nicks Eckzähnen befragte.

»Die sind wirklich zu lang«, sagte meine Mutter besorgt. »Wenn er lächelt, sieht er aus wie ein . . .«

Hier hat sie nicht weitergesprochen, weil sie das passende Wort für den Vergleich suchte. Wahrscheinlich hat es die Zahnärztin selbst gesagt, denn meine Mutter hat geschwiegen. Zehn gegen eins, dass ihr es auch erratet!

»Jedenfalls hat das auch seine Vorteile«, hat sie dann fröhlich gemeint. »Du müsstest nur sehen, wie er an Ochsenknochen knabbert.«

Ja, mein Bruder konnte die Kniescheibe eines Ochsen in weniger als zwei Sekunden zu Staub zermahlen. Aber ich sah einfach nicht, was das für ein Vorteil sein sollte, falls sie ihn nicht im Schlachthaus als menschlichen Alleszerkleinerer beschäftigen würden, wenn er erwachsen war.

Vera und ich wurden langsam ungeduldig. Wir mussten unseren beiden neuen Kunden noch die Mail mit der Vorschussforderung schicken, aber wir konnten nicht ins Internet gehen, weil die Leitung ständig besetzt war. Als ob das noch nicht genügt hätte, verfolgte mich der hündische

Knochenzerkleinerer seit einer halben Stunde mit der Leine im Mund und forderte seinen Nachmittagsspaziergang ein. Ich habe ihn mindestens drei Mal auf den Topf gesetzt und dabei das Rauschen eines kräftigen Pinkelns nachgeahmt, damit er angeregt würde. Aber er machte – gar nichts – nicht einmal einen Tropfen!

»Aber warum macht er nicht, wenn er muss?«, hat Vera ganz naiv gefragt. Man sah schon, sie hatte nie einen Hund gehabt.

»Weil er gut erzogen ist und das Haus nicht schmutzig machen will«, habe ich geantwortet.

»Na, er könnte doch wenigstens in die Windel machen«, hat Vera entgegnet.

»Ich denke schon, wenn wir im Bad eine Straßenlaterne oder wenigstens einen kleinen Baum für ihn hätten«, habe ich seufzend gesagt.

Tatsächlich hätte eine Zimmerpflanze, z. B. ein Gummibaum, gereicht. Man hätte ihn neben das Toilettenbecken stellen können. Ich hätte gewettet, dass mein Bruder vor Begeisterung gesabbert hätte. Aber auf diesem Ohr hörte meine Mutter nicht. Sie sagte, Pflanzen im Haus würden viel Arbeit machen und sie vergaß immer zu gießen. Aber das hätte doch Nick getan, oder?

Das war alles schön und gut, aber inzwischen bekam der Hund fast einen Tobsuchtsanfall, weil ihm die Blase platzte. Deshalb habe ich, da meine Mutter keine Anstalten machte, aufzulegen, dem Nachttopf einen Tritt versetzt – er war ja leer – und den Computer ausgemacht. Dann habe ich nach der Leine gegriffen.

»Los, gehen wir!«, habe ich zu Vera gesagt. »Sonst bringt er uns noch um den Verstand!«
Nick ist zur Tür galoppiert und hat ein ungeduldiges Heulen ausgestoßen. Mama, die im Flur ganz in seiner Nähe telefonierte, hat sofort den Hörer mit der Hand abgedeckt. Sie ertrug es nicht, dass ihre Freundinnen die Hundelaute ihres Sohnes hörten.
Aber die Zahnärztin musste ein feines Gehör haben.
»Ein Pfeifen? Welches Pfeifen?«, hat meine Mutter leise gefragt und so getan, als fiele sie aus allen Wolken. »Das muss das Signal für einen weiteren Anrufer sein!«
Was für eine Lüge! Meine Eltern weigerten sich nicht nur das tierische Problem von Nick zu sehen, jetzt erzählte meine Mutter auch noch Lügengeschichten! Ich habe einen Sturm der Entrüstung in mir gespürt.
Wir waren kaum aus der Haustür, da ist Nick zum ersten Laternenpfahl gelaufen, den er gefunden hat. Ich habe mich wirklich mit ihm entspannt. Während Vera und ich hier einen Zwangshalt einlegten, ist Signora Capineri, unsere Nachbarin von gegenüber, mit Einkaufstüten beladen, vorbeigegangen. Wie immer trug sie auf ihrer Nase eine Brille, deren Gläser jeweils eineinhalb Kilo wogen.
»Siehst du die da?«, habe ich Vera zugeflüstert. »Sie hat auch mit der Geldautomatenbande zu tun gehabt.«
Während ich das sagte, hat diese Idiotin etwas sehr Riskantes getan: Sie hat ihre Einkaufstüten auf dem Bürgersteig abgestellt und hat Nicks Kopf gestreichelt. Wahrscheinlich hat sie ihn wirklich für einen Hund gehalten. Auf jeden Fall

wusste die arme Frau nicht, dass Nick nicht einmal den Hauch einer Berührung ertrug, wenn er sein Geschäft machte. Sodass man in seinem Fall das bekannte »keine schlafenden Hunde wecken« in »keine pinkelnden Hunde wecken« ändern musste.
Also Nick wurde wütend und hat sie in die Wade gebissen. Geistesgegenwärtig habe ich ihn sofort an der Leine zurückgezogen und deshalb hat er sie nur ganz leicht erwischt. Es hat kaum geblutet und man hat noch nicht einmal den Knochen gesehen wie damals bei unserem Postboten, der nun ein Bissveteran war. Diese wahnsinnige Alte hat aber angefangen zu schreien und ist auf einem Fuß herumgehüpft.

Zum Glück hat Vera die Situation in die Hand genommen. Sie ist auf Signora Capineri zugelaufen und hat mit einem Papiertaschentuch gewedelt.

»Signora, darf ich Ihnen helfen?«, hat sie ganz eifrig gefragt.
Signora Capineri hat aufgehört zu schreien.
»Was für ein netter Junge«, hat sie ausgerufen. »Bist du vielleicht Pfadfinder?«
Vera für einen Jungen zu halten und sie zu fragen, ob sie Pfadfinder sei, war Wasser auf ihren Mühlen.
»Ja, ich gehöre zu den AAAAAA«, hat Vera gleich geantwortet.
»Aaa . . . Uh? . . . Äh?«, hat Signora Capineri gefragt und nichts verstanden.
»Die Allianz für die Assistenz Aggressiv Angefallener und Angeknabberter Alter Anwohner«, hat Vera erklärt.
Obwohl ich in einer äußerst prekären Lage war, hat mich ein hysterischer Lachanfall geschüttelt. Ich musste mich umdrehen, damit ich ihr nicht direkt ins Gesicht lachte. Jedenfalls hat meine geniale Geschäftspartnerin es geschafft, die gebissene Alte zu besänftigen, die meiner Wenigkeit schon gedroht hatte seine Familie zu verklagen. Diese Töle sei eine Gefahr für die Mitmenschen, hat sie gesagt. Ich sollte meinen Eltern empfehlen möglichst schnell einen Maulkorb zu kaufen. Das habe ich ihr feierlich versprochen.
Nach dieser Standpauke hat die Capineri kopfschüttelnd ihre Einkaufstüten genommen und seufzend gemeint: »Ich sollte lieber nicht mehr das Haus verlassen. Seit einiger Zeit passiert mir alles Mögliche. Wisst ihr, dass man mich vor einem Monat ausgeraubt hat?«
Und dann hat sie uns vom Überfall der Geldautomatenban-

de erzählt. Eine schreckliche Erfahrung, sie hatte sich fast in die Hosen gemacht vor Angst, und wenn man sich vorstellt, dass man sie am frühen Morgen überfallen hatte! Sie hat uns so ausgiebig voll gequasselt, dass ich sie am Ende auch am liebsten am helllichten Nachmittag mit einem Schlag auf den Kopf überfallen hätte, nur um sie zum Schweigen zu bringen.

Außerdem hatte Nick begonnen unruhig nach einem anderen Laternenpfahl zu suchen. Nur für den Fall, dass ihr es nicht wisst: Hunde leeren ihre Blase nicht in einem Mal, sondern auf Raten. Also ich konnte gar nicht schnell genug abhauen. Aber mein eifriger Pfadfinder alias Vera war darüber ganz anderer Meinung. Irgendwann hat sie den Wortschwall der Alten unterbrochen, um ihr eine Frage zu stellen: »Haben Sie zufällig bemerkt, ob einer der drei Verbrecher eine elektrische Taschenlampe bei sich trug, die flog?«

Signora Capineri hat sie verdutzt angesehen und sie dann gefragt: »Was ist das, vielleicht ein neuer, ferngesteuerter Kram, den Räuber benutzen?«

»So etwas Ähnliches«, hat Vera gesagt, ohne viel Worte zu verlieren. Ich habe mich schon gewundert, dass sie keine weiteren von ihr erfundenen Einzelheiten hinzufügte.

Signora Capineri schüttelte den Kopf.

»Das Einzige, was ich bemerkt habe, war das Messer, das sie auf meinen Rücken gerichtet haben«, hat sie geantwortet.

Auf einmal hat sie aufgehört zu reden und die kurzsichtigen Augen zusammengekniffen, als wollte sie die Situati-

on genauer betrachten. Dann hat sie den Zeigefinger gehoben und laut gesagt: »Äh, ja, genau, jetzt erinnere ich mich. Aus einer Hosentasche von den dreien hing ein riesiger Schlüsselring heraus. Vielleicht war es auch kein Schlüsselring, es sah aus wie eine Spule Angelschnur, aber es war wohl keine Spule Angelschnur.«
Was für eine merkwürdige Beschreibung! Ein Schlüsselring, der kein Schlüsselring war, eine Spule Angelschnur, die keine Spule Angelschnur war. Das passte genau zu der fliegenden Taschenlampe. Na ja, wenn alle alten Leute, die überfallen werden, solchen Unsinn erzählen, dann brauchte man sich gar nicht wundern, dass die Polizei noch keine Hinweise hatte, um die Verbrecher festzunageln. Für die war es wirklich von Vorteil, alte kindische Leute auszurauben.

Von: sl.company.ag@business.it
An: antorossi@mail.it
Betreff: Brandzeichen

Liebe Antonella,
wir danken dir für die pünktliche Zahlung des Vorschusses und schlagen dir hier eine wirkungsvolle Methode vor, um dich aus deiner Notlage zu befreien und wieder glücklich zu sein.
Also wenn dein jetziger Freund wirklich so eifersüchtig ist, dann empfehlen wir dir auf jeden Fall ihn natürlich ins Schwimmbad zu begleiten, damit du bei ihm nicht einen Verdacht erweckst. Und nun zu dei-

nem Tattoo. Die Permanent Tattoos können zwar durch eine Operation entfernt werden, aber das Ganze würde dich einen Haufen Geld kosten. Wenn du auf uns hörst, kommst du günstiger davon. Zunächst einmal, die Tatsache, dass deine Eltern Krankenpfleger sind, ist sehr wichtig. Du brauchst nämlich ihre technische Unterstützung. Zur Erklärung: Sie sollen dir einen Verband für Brandwunden auf der Schulter genau über dem Tattoo anlegen. Wenn dein Freund dich danach fragt, dann erzählst du ihm, du hättest dich verbrannt, weil du bis zum Umfallen im Sonnenstudio warst. Wenn er das schluckt, umso besser! Schöpft er aber Verdacht, dann erlaubst du ihm dir den Verband abzumachen - Eifersüchtige sind gefährliche Verrückte und man sollte ihnen besser nicht widersprechen - und einen kurzen Blick auf das Tattoo zu werfen.

Keine Angst! Wenn er sich aufregt und droht dir eine Augenbraue abzureißen, indem er am Piercing zieht, dann erklärst du ihm, du hättest ihn überraschen wollen. Mit einem tätowierten Herz, auf dem sein Name steht, hättest du all deine Liebe zeigen wollen. Wenn er sich beschwert, er hieße Alfredo und nicht Edo, dann sagst du ihm einfach, es wäre zu teuer gewesen, seinen ganzen Namen eintätowieren zu lassen. Deshalb hättest du dich für die Abkürzung entschieden und dabei vier Buchstaben eingespart. Du wirst sehen, er wird sich sofort beruhigen. Da er weiß, dass du schon sein Brandzeichen auf der Schulter trägst,

wird er für immer aufhören dich zu nerven.
Wir wünschen dir viel Glück!
Herzliche Grüße von der

- dein Ausweg!

PS: Mail uns bitte, wie es gelaufen ist. Im Erfolgsfall erwarten wir die zweite Smartiesrolle in zwei Wochen, gleicher Ort, gleiche Zeit.

Diesmal war die Leitung frei. Vera und ich haben das sofort genutzt, um diese Mail ganz schnell zu versenden. Seit einigen Stunden waren wir völlig abgetaucht, schufteten wie die Sklaven und hatten nie auch nur vom Computer aufgeblickt.
Eigentlich ist der Sonntag ja ein Ruhetag, aber eine seriöse Firma kennt keine freien Tage. Außerdem, Geschäft ist Geschäft! Aber etwas Ruhe braucht man schon. Deshalb haben wir eine Pause für eine kleine Mahlzeit eingelegt, die aus einem englischen Pudding bestand, den meine Mutter gemacht hatte. Sie betrachtete uns inzwischen fast schon wie ein verlobtes Paar und nicht wie Freund und Freundin. Dann sind wir wie der Blitz wieder an unsere Arbeit gegangen. Wir mussten unserer zweiten Mail noch den letzten Schliff geben. Die haben wir dann abgeschickt wie folgt:

Von: sl.company.ag@business.it
An: sergio.sani@mail.it
Betreff: Erbende Finken

Lieber Sergio,
wir danken dir für die pünktliche Zahlung des Vorschusses und schlagen dir hier eine wirkungsvolle Methode vor, um dich aus deiner Notlage zu befreien und wieder glücklich zu sein.
Dein Hobby war doch, menschliche Stimmen aufzunehmen, oder? Gut, diese Freizeitbeschäftigung wird sich für dich als sehr nützlich erweisen, um deiner Großmutter zu helfen. Du musst nur deinen Kassettenrekorder anmachen, das Mikrofon zwischen dich und deine Großmutter Natalina stellen und dieses kleine Drehbuch im Auge behalten, das wir für dich vorbereitet haben. Vor allen Dingen müssen deine Großmutter und du eure Rollen laut lesen, als würdet ihr ein Theaterstück aufführen. Bitte vergesst nicht, a), dass ihr lebhaft sprecht, als handelte es sich um ein echtes Gespräch, und b), dass deine Eltern nicht zu Hause sein dürfen. Und wir empfehlen euch dringend, vernichtet den unten stehenden Dialog, wenn ihr ihn aufgenommen habt:
Sergio: Großmutter, erzähl mir doch mal von der Zeit, als du Köchin in diesen hochherrschaftlichen Häusern warst!
Natalina: Oh ja, das war harte Arbeit! Ich musste immer in diesen großen Töpfen Suppen mit einem

Haufen Zutaten umrühren: Möhren, Zwiebeln, Bohnen, Kohl, Öl, Essig, Pfeffer, Spucke . . .

Sergio: Spucke?

Natalina: Natürlich, was glaubst du denn? Wenn die Herrschaften mich schlecht behandelt haben, habe ich ihnen immer in die Suppe gespuckt.

Sergio: Und ist es oft vorgekommen, dass man dich schlecht behandelt hat?

Natalina: Das kam zumindest einmal in jeder Familie vor, bei der ich in Dienst stand. Aber nie bei den Herrschaften Onesti Dindieri.

Sergio: Onesti Dindieri, wer war denn das?

Natalina: Eine Familie sehr reicher und guter Menschen, für die ich vor der Geburt deiner Mutter gearbeitet habe. Ich will dir jetzt ein Geheimnis anvertrauen . . .

Sergio: Was für ein Geheimnis?

Natalina: Vor ein paar Tagen ist Signora Onesti Dindieri im Alter von beinahe 100 Jahren ohne leibliche Erben gestorben. Sie hat mir ihr ganzes Vermögen hinterlassen!

Sergio: Ich hoffe, dass du ihr nie in die Suppe gespuckt hast.

Natalina: Nein, nie! Und ich habe das Richtige getan, denn dank ihr habe ich jetzt ein Geheimkonto mit drei Millionen Euro. Aber da gibt es ein Problem . . .

Sergio: Was denn?

Natalina: Wenn ich ins Altersheim gehe, was fange

ich dann mit dem ganzen Geld an? Deshalb habe ich beschlossen, es der LFVP zu hinterlassen.

Sergio: Der LFVP?

Natalina: Der Liga für verlassene Prachtfinken.

Sergio: Und warum hinterlässt du es nicht Mama und Papa?

Natalina: Würdest du zwei Miststücken, die dich ins Altersheim sperren wollen, auch noch ein Vermögen schenken?

Sergio: Sicher nicht. Ich würde ihnen keinen Cent schenken! Und außerdem würde ich ihnen jeden Tag eine nette Menge Schleim in die Suppe verpassen.

Natalina: Na ja, das tue ich doch schon seit Jahren!

Wenn du die Aufnahme gemacht hast, dann sorg dafür, dass deine Eltern sie hören. Ganz bestimmt werden sie ihre Meinung über deine Großmutter bald ändern. Wenn sie sie über die Erbschaft aushorchen, wird diese nicht in der Lage sein, sich an irgendetwas aus eurem Schauspiel zu erinnern und alles leugnen. Aber ein Geheimnis bleibt ein Geheimnis und im Zweifel . . .

Wir wünschen dir viel Glück!

Herzliche Grüße von der

– dein Ausweg!

PS: Mail uns bitte, wie es gelaufen ist. Im Erfolgsfall erwarten wir die zweite Smartiesrolle in zwei Wochen, gleicher Ort, gleiche Zeit.

Gut, jetzt mussten wir nur noch die Ergebnisse abwarten. Wenn alles gut lief, waren wir jetzt bei 1.000 Euro! Davon konnte der Maler schon den Flug in die Schweiz und ein paar Markenschlafanzüge bezahlen!

17. SAUBLÖDE LOSER AG

Der Cocorito hat uns nacheinander zum Lehrerpult gerufen und mit denen angefangen, die die besten Noten hatten. In aller Bescheidenheit, meine Wenigkeit war der Erste. Ha, ha, diesmal hatte ich diesen verdammten Papagei gelinkt, denn bei freien Aufsätzen war ich nicht zu schlagen. Das Thema war supertoll: »Ein Held aus dem Film tritt aus der Leinwand heraus. Stell dir vor, du würdest ein Abenteuer mit ihm erleben.«

Ich hatte eine supercoole Geschichte geschrieben: Ich saß mit meinem Bruder Nick im Kino Esperia und mampfte Popcorn in mich hinein. Da kam mein Held aus der Leinwand hervorgeschossen und hat mich um Hilfe gegen eine Bande von Vivisektionisten gebeten. Sie führten Versuche an Hunden durch, um eine mörderische chemische Formel herauszufinden, mit der sie die ganze Welt zerstört hätten. Die Verbrecher sprangen ebenfalls aus der Leinwand und nahmen Nick als Geisel, der als Versuchstier ein ganz schöner Leckerbissen war. Dann brachten sie uns mit verbundenen Augen in ein Labor. Das war wie ein Labyrinth angelegt, aus dem man nicht herauskam, wenn man einmal drin war. Dort verschnürten sie uns alle drei wie Salamis und warteten nur darauf, uns um die Ecke zu bringen. Aber der schlaue Callaghan hat mir geraten in den verworrenen Gängen des Labyrinths Popcorn auszustreuen. So hatte am

Ende jeder seinen Teil beigetragen: Nick hatte mit seinen kräftigen Eckzähnen die Schnüre durchgenagt, mit denen wir gefesselt waren. Ich hatte den Ausgang gefunden, indem ich der Spur des Popcorns folgte, und Callaghan hatte die ganze Bande mit einer Salve aus seiner Magnum getötet.

Um meine Note zu verbessern, hatte ich schweren Herzens darauf verzichtet, ein paar meiner Karatekunststückchen zu beschreiben. Ich wollte einfach nicht, dass der Cocorito wieder mit seiner flammenden Rede über Gewaltlosigkeit anfing. Was die finale Schießerei des Inspektor Callaghan anging, da wollte ich mal sehen, ob Cocorito noch was zu sagen hatte! Verdammte Hacke, wenn er jetzt schon erfundenen Personen eine Moralpredigt hielt, wo würde das dann enden?

Mit meinem »sehr gut« in roter Tinte auf dem Aufsatz bin ich hoch zufrieden an meinen Platz zurückgegangen.

»Ein toller Wurf!«, hat Jakko geflüstert, als er die Note sah. Dann hat er den Kopf gesenkt und die Finger verschränkt. Man konnte sehen, dass er wie auf Nadeln saß. Cocorito war schon bei ausreichend angekommen und hatte ihn noch nicht zu sich gerufen.

»Nur Mut!«, habe ich ihm zugeflüstert.

Jakko hat sich zu einem Lächeln gezwungen, aber es war hart für ihn, aufzustehen und zum Pult zu gehen, um vor der ganzen Klasse seinen Aufsatz abzuholen. Der Pauker hat ihn mit einem frostigen »nicht bewertet« abgespeist. Dann hat er gesagt: »Ich habe dir keine Benotung geben können, Jacobini, denn du hast das Thema verfehlt.«

Jakko hat traurig genickt. Der Cocorito hat eine sadistische Spannungspause gemacht, dann hat er erklärt: »Ich weiß, du bist nicht sehr gut in freien Aufsätzen. Aber wenn du ein aktuelles Thema auswählst, musst du dich schon an die Überschrift halten . . .«

Also Jakko hatte sich als Aufsatzthema die Weltwirtschaftskrise ausgesucht. Und was hatte er hervorgekramt? Die Belohnung, die die Banken in Florenz auf die Ergreifung der Geldautomatenbande ausgesetzt hatten! Sicher, das war eine sehr aktuelle Nachricht, denn sie hatten es am Abend vorher in den Nachrichten gebracht. Aber was das verdammt noch mal mit dem Aufsatzthema zu tun haben sollte, blieb absolut schleierhaft und genau die Frage hat auch der Pauker gestellt.

Jakko hat sich geräuspert und dann ganz leise zu reden angefangen: »Also . . . die Banken in Florenz sind verzweifelt, weil die alten Leute wegen der Geldautomatenbande ihre Konten schließen und deshalb haben sie sich zu einem Wipfel getroffen . . .«

»Du meinst, zu einem Gipfel«, hat ihn der Cocorito unterbrochen.

»Ja, oder so«, hat Jakko ganz leise gesagt.

Dann hat er zur Decke geschaut, denn er hatte den Faden verloren. Nach etwa fünf Minuten hatte er ihn endlich wieder und hat weitergeredet: »Also schließlich haben sich die Banken entschlossen diese Belohnung von 20.000 Euro auszusetzen. Das haben sie getan, weil sie sich in einer Krise befinden, und sie befinden sich in einer Krise wegen des Geldes. Also ist das auch eine Wirtschaftskrise.«

Jakkos Theorie hat dem Pauker überhaupt nicht eingeleuchtet, deshalb hat er ihn kopfschüttelnd und mit gerunzelter Stirn auf seinen Platz geschickt. Als mein Freund gerade auf seinen Stuhl geplumpst war, hat der Cocorito noch gesagt: »Übrigens, Jakko, du solltest unangemessene Wortwahl vermeiden!«
Jakko hat ihn finster angesehen und mir dann zugeflüstert: »Dieser Mistkerl! Jetzt bin ich auch noch vermessen in meiner Wortwahl!«
»Vermessen, das weiß ich nicht, aber angemessen war sie sicher noch nie«, habe ich ihm im Flüsterton geantwortet. Mein Freund hat mir einen »dankbaren« Blick zugeworfen.
Abgesehen von der Episode mit Jakko, hatte der Tag sehr gut angefangen, was nicht nur zufällig mit dem »sehr gut« zu tun hatte, und er wurde im Verlauf noch besser. Am Nachmittag fand ich zwei Mails unserer beiden letzten Kunden in der Mailbox, Super, auch diesmal hatten wir ins Schwarze getroffen!
Die Mail der tätowierten Kleinen begann mit einem Haufen Komplimenten. Ihrer Meinung nach verdiente die SL den Nobelpreis in Genialität. Durch unsere Ratschläge hatte sie jede Gefahr abgewendet, ihren Alfredo zu verlieren. Der Junge hatte zwar die Geschichte mit der Verbrennung nicht geschluckt, aber dafür hat das Herz mit seinem abgekürzten Namen wie ein Blitz eingeschlagen. Eigentlich verdiente Alfredo auch einen Nobelpreis, und zwar den in Idiotie! Ganz besonders hatte ihn der Teil mit dem Spartattoo ergriffen. Deshalb hatte er einen Haufen Geld rausge-

rückt, damit die restlichen Buchstaben seines Namens hinzugefügt werden konnten. Ein so großer Betrag, mit dem würde sie sich auch noch ein Ellenbogenpiercing und Rastalocken an den Achselhaaren machen lassen sowie die Handflächen bräunen können. Mit dem Rest würde sie dann noch die zweite Rate unseres Honorars bezahlen.

Und nun zum Enkel der Köchin: Die Entdeckung der Erbschaft hatte seine Eltern total benebelt. Zunächst einmal haben sie beschlossen das Zimmer der Großmutter zu renovieren, dann ein großes Himmelbett bestellt, einen Riesenfernseher mit Flachbildschirm und eine Klimaanlage mit Jasminduft. Sie haben auch geplant eine Voliere mit Schaukeln und kleinen Whirlpools für die Finken zu kaufen. Eine weitere Maßnahme war die Einstellung einer tüchtigen Haushaltshilfe, die auch kochte. So konnte Großmutter Natalina den lieben, langen Tag auf der faulen Haut liegen und die beiden Bankangestellten konnten Suppen ohne Spuckeinlage essen. Natürlich war das Projekt Altersheim vollkommen ad acta gelegt. Wie sagt man: Die Pinke lässt die Mistfinken um das goldene Kalb tanzen – zum Vorteil der Köchinnen und Prachtfinken.

Vera balancierte mit einem wackeligen Stuhl auf dem Klodeckel und hatte eine Hand in den Spülkasten getaucht. Ein gefährliches Experiment für jeden außer ihr. Sie war so federleicht und darüber hinaus gewohnt, sich wie ein Schmetterling auf dem Schwebebalken zu bewegen. Sicherheitshalber hielt ich die Stuhlbeine eisern fest.

»Da ist es, ich habe es!«, hat Vera schließlich gerufen.

Mit einem eleganten Sprung hat sie sich vom Klo geschwungen. Dabei hielt sie eine kleine Plastiktüte in der rechten Hand: unser Vermögen! Sie hatte dieses Versteck für das Geldbündel ausgekundschaftet, das meiner Meinung nach absolut sicher war. Denn es war ihre Idee, aber mein Spülkasten. Anscheinend war im Hause Risaliti sogar der kaputt. Und es schien mir nicht angebracht, das Risiko einzugehen, dass die im Schweiße unseres Angesichts erarbeiteten Einkünfte der SL AG in einem stinkenden Strudel verschwänden, wenn man an der Kette zog.

Ich habe die Plastiktüte abgetrocknet. Nach einem verstohlenen, tröstlichen Blick auf ihren knisternden Inhalt habe ich sie in meine Unterhosen gesteckt.

»Zuerst die Socke, dann die Unterhose . . .«, hat Vera lachend gesagt. »Du hast wirklich eine Begabung dafür, die wohlriechendsten Stellen ausfindig zu machen!«

»Ich habe keine andere Wahl«, habe ich mürrisch widersprochen. »Jetzt, während bei uns zu Hause die Maler sind, ist dieses Versteck nicht mehr sicher. Ich werde die Kohle am Körper tragen müssen, bis ich sterbe.«

»Na, hoffen wir mal, dass du nicht an Durchfall stirbst«, hat die Komikerin gemeint.

Ich fand nicht, dass dies der richtige Moment wäre, um Witze zu reißen. Erstens hatten wir uns jetzt seit zehn Minuten im Bad eingeschlossen, und wenn meine Mutter uns entdeckt hätte, weiß ich nicht, was dann noch passiert wäre. Auf jeden Fall wäre es so schlimm geworden, dass nicht einmal wir, die Inhaber der SL AG, uns da hätten rausziehen können. Denn bis zum Beweis des Gegenteils gab es keine Anstandsregel, die vorsah, dass Verlobte auch als Paar pinkeln gingen. Zweitens: Die Maler waren schon gelandet, genauer gesagt, in meinem Zimmer, das sie schon besetzt hielten. Bett, Schrank und Schreibtisch samt Computer waren zu hageren, mit Bettlaken verhüllten Gespenstern geworden.

Unser erstes Problem haben wir gelöst, indem wir erst gehorcht und dann verstohlen den Schlüssel im Schloss umgedreht haben. Zum Glück war meine Mutter, als wir aus dem Bad geflitzt sind, damit beschäftigt, Nick in der Abstellkammer einzusperren. Das würde gerade noch fehlen, dass der unvergleichliche Nick von der Pobacke des Malerlehrlings kostet.

Um unser anderes Problem zu lösen, haben Vera und ich entschieden unsere Mails in einem Internetcafé herunterzuladen. Der Computer meiner Geschäftspartnerin hatte tatsächlich keinen Internetanschluss und außerdem vor einigen Wochen sein Leben ausgehaucht. Die abgestandene Luft in dieser Bruchbude hatte wohl auch ihm geschadet.

Wir haben den Bus genommen und sind in der Innenstadt ausgestiegen. In der Gegend um den Dom war ein ganz tolles Internetcafé, sein Schild war wie die Galionsfigur eines Schiffes geformt und es gab Bullaugen statt Fenster. Innen hing der Blick auf einem Plakat mit der Aufschrift »Surft mit uns und ihr werdet nie kentern«.

Vera und ich sind sofort zum ersten freien Computer gestürzt, den wir gefunden haben. Wir waren so vertieft, dass wir nicht auf den Typ, der über die Maus gebeugt am Computer neben uns saß, geachtet haben. Ein hässlicher, alter

Mann, dem wie einem bösen Troll in den nordischen Märchen graue Haarbüschel aus Ohren und Nase wuchsen. Also wir saßen kaum eine halbe Sekunde vor dem Monitor, als dieser Störenfried mir nichts, dir nichts sagte: »He, Jungs, warum surft ihr hier allein? Wo sind eure Eltern?«

»Unsere Eltern sind bei einem Schiffbruch im Pazifik untergegangen«, hat Vera seufzend erzählt. »Sie sind als Mahlzeit für die Haie geendet.«

Ich habe ein finsteres Gesicht gemacht und hinzugefügt: »Wir können nicht einmal Blumen auf ihr Grab legen. Aber unter einem Poster des Films *Der weiße Hai* haben wir immer ein brennendes Grablicht stehen.«

Der schmutzige alte Kerl schien die Tragödie gar nicht zu bedauern, im Gegenteil, er wirkte fast zufrieden.

»Seid ihr Brüder?«, hat er neugierig gefragt.

»Erraten!«, habe ich geantwortet. »Wir leben auch im selben Waisenhaus und verteidigen uns gegenseitig, wenn die Nonnen uns mit Schlägen traktieren.«

Der finstere Typ hatte plötzlich ein merkwürdiges Licht in seinen Augen. Dann hat er uns gefragt, ob wir mit ihm ein Eis essen gehen wollen. Natürlich auf seine Kosten. Aber der Gedanke, wie Pistazieneis in seinen Nasenhaaren hängt, hat mir den Magen umgedreht.

Wie immer hat Vera dafür gesorgt, dass wir uns aus der Affäre zogen.

»Wir können nicht«, hat sie brüsk geantwortet. »Wir sind im Dienst.«

»Was für ein Dienst?«, hat der Mann gefragt.

»Die Polizei hat uns als Köder für Pädophile angestellt«,

hat sie erklärt. »Aber das dürfen wir niemandem sagen und Ihnen schon gar nicht!«
Sie hatte den Satz noch nicht beendet, da hatte sich der widerliche Alte augenblicklich verflüchtigt. Man soll nie jemandem trauen, der wie ein Troll aussieht!
Ein paar Minuten lang haben wir gelacht wie die Irren, aber wir hatten schon das Passwort eingegeben und der Server hat uns gleich eine neue Nachricht angezeigt. Deshalb haben wir uns sofort beruhigt und haben schnell damit begonnen, die neue Mail zu lesen:

Von: marco.bessi@message.it
An: sl.company.ag@business.it
Betreff: Verdammte Abrechnung!

Verehrte Inhaber der SL AG,
nachdem ich Ihren Werbezettel gesehen habe, habe ich den Mut gefunden, Ihnen diese Mail zu schreiben, und hoffe, dass ich damit nicht mein Todesurteil unterschrieben habe. Mir ist etwas Schreckliches passiert, aber wenn ich das ausplaudere, könnte ich geliefert sein.
Vorgestern hat mir meine Mutter 150 Euro mitgegeben, um in der Post die Stromrechnung zu bezahlen. Das mache ich immer, obwohl es mich nervt, in der Schlange an diesen verdammten Schaltern meine Zeit zu vertrödeln. Diesmal habe ich nicht anstehen müssen, denn ich bin nicht einmal bis

zur Post gekommen. Kaum war ich aus der Haustür, da haben mich drei junge Männer, so zwischen 18 und 20 Jahre alt, in eine Sackgasse gestoßen und dann verlangt, dass ich meine Geldbörse heraushole. Ich habe sofort den Ahnungslosen gespielt, das heißt, ich habe so getan, als wäre ich Engländer und wüsste nicht, was Geldbörse bedeutet. Aber als ich auf Englisch »Ich verstehe nicht« gesagt habe, habe ich vergessen vor die Verneinung ein »don't« zu setzen und so haben sie gemerkt, dass ich bluffe. Die Lektion mit den Verneinungen haben wir gerade erst durchgenommen. Der eine ist daraufhin stinkwütend geworden und hat angefangen mich mit einer Nadel in den Ellenbogen zu stechen. Ein fürchterlicher Schmerz! Leider habe ich der Folter nicht standgehalten und ihnen sofort meine Geldbörse überlassen. Und dann bin ich vom Regen in die Traufe gekommen! Der andere, der mit einem leuchtenden Jo-Jo herumspielte, hat ungläubig gebrüllt, als er den Inhalt der Börse sah: »Mensch, Jungs! Dieser Scheißkerl hat Kohle! Was haltet ihr davon, ihn ratenweise zu melken?« Ich wollte ihnen eigentlich erklären, dass ich normalerweise nicht so viel Geld hätte und dass ich damit nur die Stromrechnung bezahlen wollte. Er hat mich aber nicht zum Reden kommen lassen. Während der andere

mir die Nadel an die Kehle setzte, hat er mir ins Ohr geflüstert: »Wir sehen uns um drei Uhr nachmittags, genau in einer Woche. In der Unterführung Viale Don Minzoni. Bring 200 Euro mit, sonst bist du ein toter Mann!« Der mit der Nadel hat noch hinzugefügt: »Sag niemandem ein Wort, wenn du nicht ein menschliches Nadelkissen werden willst.«
Mich armen Kerl erwarten sie in fünf Tagen! Ich bin zu Tode erschrocken und schlafe nachts nicht mehr. Außerdem müsste ich stehlen gehen, um die 200 Euro aufzutreiben . . . ich bitte euch, ihr seid die Einzigen, denen ich mich anvertraut habe. Ihr seid wirklich meine letzte Rettung: Könntet ihr mir nicht das Geld geben?
Ich warte angsterfüllt auf eine Antwort von euch.

Marco

PS 1: Ich bin elf Jahre alt, gehe in die sechste Klasse der Scuola Neruda, spiele Tennis, mein Vater verkauft Wurst, meine Mutter hält ihm beim Schneiden die Schinken.
PS 2: Wegen Spenden und Stiftungen könnt ihr mich unter dieser Handynummer erreichen: 7 95 53 19 13
PS 3: Es ist wohl klar, dass ich keinen ro-

ten Heller habe, um euch zu bezahlen. Aber ich hoffe sehr, dass eure Abkürzung »Selbstlose Lebensretter« bedeutet.

»Von wegen ›Selbstlose Lebensretter‹!«, habe ich wütend gebrüllt. »Der tickt wohl nicht ganz richtig. Wir würden eher die Bezeichnung ›Saublöde Loser‹ verdienen, wenn wir auf diese irrsinnige Mail antworten würden.«
Daraufhin habe ich der Maus einen Schlag verpasst und dann spielte der Monitor plötzlich verrückt. Das machte nichts, für mich war der Fall schon abgehakt. Verdammte Hacke, die Welt war voll von Profitgeiern der übelsten Sorte! Leute, die bereit waren die seriöse, ehrliche Arbeit von Profis wie uns schamlos auszunutzen!
Nachdem ich meinen Gefühlen mit Recht freien Lauf gelassen hatte, erwartete ich die Zustimmung meiner hervorragenden Geschäftspartnerin, die stattdessen wie hypnotisiert vor dem Bildschirm sitzen geblieben war. Ich habe sie von der Seite angesehen: Vera schien in tiefe Meditation versunken zu sein. Einige Sekunden später hat sie stumm auf der Tastatur getippt und den Befehl »Drucken« eingegeben. Als sie mein verblüfftes Gesicht gesehen hat, hat sie sich doch entschlossen zu reden: »Erinnerst du dich an die Sache mit der Nadel?«, hat sie mich gefragt. »Die Leute, die den Jungen angegriffen haben, haben auch Luigino beraubt.«
Ja, sicher, das hatte ich auch sofort daraus geschlossen. Aber wir waren gute Lügner und keine Detektive. Deshalb habe ich ihr geantwortet: »Ja, und? Das kümmert mich

nicht die Bohne! Das ist kein Fall für die Superlügen AG und Schluss!«

Vera hat einen Augenblick lang nachgedacht, dann hat sie gemeint: »Du hast Recht, aber der Fall ist trotzdem interessant. Und außer der Sache mit der Nadel ist noch etwas in der Mail, was mir bekannt vorkommt . . .«

Was für eine Entdeckung! Überall betteln dich Leute um Geld an, sie verfolgen dich jeden Tag und an jeder Straßenecke. Ewig die gleiche Litanei, die dir von morgens bis abends ins Ohr dröhnt. Zu oft gehört!

18. VON DEN LÜGEN ZU DEN LÜMMELN

Bevor ich in die Wanne gestiegen bin, habe ich die Plastiktüte unter dem Bidet-Vorleger versteckt. Diese 1.000 Euro waren eine Plage. Ich hatte sie in der Unterhose festgemacht, in den Gummizug geklemmt und nur darauf gewartet, dass die Maler damit fertig wären, das Bad anzustreichen, und endlich verschwänden. Doch die Maler bereiteten nicht halb so viel Unannehmlichkeiten wie das Geldbündel, das von ein paar Gummibändern zusammengehalten wurde. Unsere Kunden hatten uns meist mit kleinen Scheinen bezahlt. Ich hatte sie nie gewechselt, weil ich sie nicht mit mir herumschleppen wollte und Gefahr laufen, sie zu verlieren. Deshalb waren mir ziemlich heftige Dinge passiert. Ich fühlte ich mich schon vor Scham in den Boden versinken, wenn ich nur daran dachte.

Es war sicher kein Zufall, dass ich das auch in diesem Moment getan habe. Ich habe meinen Kopf in das Schaumbad mit der Duftnote Wilder Moschus getaucht. Als ich die Augen schloss, hatte ich den Blick meines Turnlehrers vor Augen, eine Mischung aus Erstaunen, Besorgnis und boshaftem Vergnügen. Vor zwei Tagen war ich in der Gymnastikstunde ohne Vorwarnung von der Sprossenwand abgerutscht und auf den weichen Linoleumboden der Turnhalle gefallen. Das war kein Problem für mich: Durch Karate hatte ich gelernt zu fallen, ohne mir wehzutun. Aber mit mir war noch etwas gefallen, und zwar die kostbare Plastiktüte, die während des Sturzes zwischen meine Pobacken gerutscht war. Das Ergebnis: Auf meinem Hintern zeichnete sich unter den eng anliegenden Hosen eine verdächtige Ausbuchtung ab.

Der Pauker war besorgt herbeigeeilt, um zu sehen, ob ich noch ganz war.

»Ernie, möchtest du vielleicht einen Moment in den Umkleideraum gehen?«, hat er mich gefragt. »Nicht, dass du aus Angst . . .«

Hier hat er aus Mitleid nicht weitergeredet, aber inzwischen waren meine Mitschüler scharenweise herbeigelaufen und tauschten erheiterte Blicke. Ganz klar: Alle glaubten, ich hätte mir in die Hosen gemacht!

Ich hatte eine unterirdische Scheißfigur abgegeben, auch wenn es gar nicht um Scheiße ging. Der Gedanke daran ließ mich jetzt noch erschauern und ich habe den Warmwasserhahn aufgedreht. Augenblicklich fiel mir der gestrige Nachmittag ein, und nachdem ich meine Lungen mit Luft gefüllt habe, bin ich wieder in den Schaum eingetaucht. Folgendes war passiert: Meine Mutter hatte mich zum Kinderarzt gebracht, um mein Wachstum kontrollieren zu lassen. Also, Hormonschub, Pubertät und all dieser Kram. Dieser verdammte Arzt hatte mich eine Art Situps machen lassen, während ich auf einer Liege ausgestreckt lag. Natürlich in Unterhosen. Dann hat er mich plötzlich aufstehen lassen und auf eine Waage gestellt. Also, ich habe den Unfall in der Turnhalle sozusagen wiederholt, mit dem Unterschied, dass die Plastiktüte diesmal nicht nach hinten, sondern nach vorn gerutscht ist. Als ich auf das heruntergeschaut habe, was als der Stolz des Mannes gilt, habe ich gemerkt, dass ich knallrot wurde. Denn, so wie ich eigentlich gebaut war, hätte ich jetzt doppelt so stolz sein müssen, wäre nicht alles getürkt gewesen. Das wusste der Arzt aber nicht und er hat seine Augen zur Größe von Spiegeleiern aufgerissen. Dann hat er sich an meine Mutter gewandt: »Signora, für sein Alter von nur 13 Jahren ist Ihr Sohn vollkommen entwickelt. Er ist schon ausgestattet wie ein Erwachsener!«

Meine Mutter hat vor Freude gejubelt und gesagt: »Ja, er hat sogar schon eine kleine Freundin!«

Das war grässlich, ich hätte mich am liebsten auf der Stelle in Luft aufgelöst. Ich war so niedergeschmettert, dass ich noch nicht einmal den Mut hatte, zu antworten. Und um keine Antwort schuldig zu bleiben, hätte doch die reine Wahrheit ausgereicht, nämlich dass Vera nicht meine kleine Freundin war. Vielleicht fand ich es einfacher, ständig Lügen zu erzählen. Aber es kam noch schlimmer. Dieser Arzt hat mich zweideutig angegrinst und gesagt: »Na gut, junger Mann, ich hoffe, du weißt über alles Bescheid. Ich meine Verhütungsmittel und so weiter.«

Meine Mutter hat nur würdevoll genickt.

Ich weiß nicht, ob ich mich klar genug ausdrücke. Diese beiden glaubten, Vera und ich . . . ich wurde plötzlich sauwütend. Deshalb habe ich die Fäuste geballt und zwischen zusammengepressten Zähnen hervorgestoßen: »Verhütungsmittel? Nein, danke! Meine Freundin und ich wollen mindestens 15 Kinder. Denen werden wir alle Spielsachen wegnehmen und sie dann an unserer Stelle zur Schule schicken!«

Na gut, das war mehr ein Witz als eine Lüge, aber meine Mutter hatte das nicht verstanden und hat es am Ende sogar geglaubt. Auf dem Rückweg nach Hause hat sie mir deshalb einen Vortrag gehalten über die Pille, Kondome und Gefahr einer Überbevölkerung auf der Erde.

Ich grübelte noch über meinen Gedanken, als der Luftvorrat in meinen Lungen verbraucht war und ich wieder aufgetaucht bin. Es war wirklich nicht angebracht, sich wegen solchen Kleinigkeiten zu ertränken. Dann habe ich nach der Seife gegriffen und mir bedächtig einen Fuß damit abgerieben. Eine schwierige Aufgabe: Sosehr ich mich auch einseifte, ich konnte trotzdem diesen zäh haftenden Geruch nach altem Käse nicht ganz entfernen. Ich tröstete mich mit dem Gedanken, dass die Füße am weitesten von der Nase entfernt sind.

Plötzlich rief hinter der Tür eine Stimme nach mir. Meine Mutter schrie: »Ernie! Telefon!«

Oh nein, was für ein Nervkram! Ich hatte wirklich keine Lust, meine Wiege aus duftendem Schaum zu verlassen.

»Egal, wer es ist, sag, ich rufe in fünf Stunden zurück!«, habe ich zurückgebrüllt.

Kurze Pause und gedämpfte Stimmen. Dann hat meine Mutter wieder geschrien: »Ernie, es ist Vera! Sie sagt, es ist sehr dringend!«

Vera? Aber die hatte ich doch angerufen, kurz bevor ich in

die Badewanne ging . . . was konnte sie nur wollen? Es sei denn, es war etwas Schlimmes passiert. Ich bin plötzlich aus der Badewanne gesprungen, dabei habe ich nach allen Seiten Schaum verspritzt wie eine wild gewordene Zentrifuge. Blitzschnell habe ich mir den Bademantel gegriffen, ihn übergeworfen und bin in den Flur gerannt. Ich hatte nur ein Bild vor Augen: der Maler rücklings auf dem Brett liegend, tot wie die Fische, die er malte. Das letzte Bild, der letzte Schlag eines kranken Herzens.
»Hallo, Vera, wie geht es ihm?«, habe ich in den Hörer gebrüllt.
»Wem?«, hat sie zurückgebrüllt.
»Deinem Vater! Atmet er noch?«
»Ich denke schon, falls er sich nicht an dem Brötchen verschluckt hat, das er gerade isst«, hat Vera seelenruhig geantwortet.
Aha. Gut zu wissen. Aber wenn es dem Maler gut ging, was hatte sie mir dann so Dringendes zu sagen?
»Ich habe etwas ganz Wichtiges entdeckt!«, hat Vera aufgeregt geschrien.
»Und das wäre?«, habe ich verärgert geschnaubt.
Ich plantschte in einer kleinen Schaumpfütze herum. Nick kam sofort, um sie aufzulecken, aber natürlich spuckte er mir gleich angewidert auf die Füße.
»Das kann ich dir nicht am Telefon sagen, das Ganze ist topsecret!«, hat Vera geflüstert. »Ich erwarte dich in fünf Minuten bei mir zu Hause.«
Wovon faselte sie da? Es konnte sich nicht um Geschäftliches handeln, denn im Augenblick hatten wir nichts laufen.

Das heißt, da war die Mail dieses Kunden, der uns nur ausnutzen wollte, aber die hatten wir schon als unlösbar abgelegt. Wir hatten nicht einmal geantwortet und einen Vorschuss von ihm verlangt.

Aber Geschäftspartnerin war Geschäftspartnerin. Also habe ich mich so gut wie möglich abgetrocknet und bin in saubere Klamotten geschlüpft. Ich war schon mit einem Fuß auf der Türmatte, da habe ich mich an unser Vermögen erinnert, das unter dem Bidetvorleger versteckt lag. Ich habe es blitzschnell sichergestellt und in meine Unterhosen gesteckt. Dann habe ich den Hefter genommen und das Ganze mit ein paar Metallklammern am Gummibund festgemacht. Gut: Jetzt konnte ich sogar einen dreifachen Salto mortale machen und das Bündel würde an seinem Platz bleiben.

Vera hat mir geöffnet, sie trug Schirina, die sich kopfüber an sie gehängt hatte. Weil meine Freundin hektisch von einem Fuß auf den anderen hüpfte, schwang Schirina herum wie auf einer Schaukel. Ich hatte noch nicht die letzte Treppenstufe erreicht, da packte Vera mich schon an der Jacke und zog mich in die Wohnung.

»Komm schnell rein! Jetzt ist der beste Zeitpunkt zum Reden. Mein Vater ist gerade einkaufen gegangen.«

»Im Schlafanzug?«, habe ich verblüfft gefragt.

Vera hat mir nicht einmal geantwortet, so sehr hatte sie die Hektik gepackt. Sie ist in ihr Zimmer gestürzt, hat dort ein zerknittertes Blatt Papier genommen und es mir unter die Nase gehalten. Die Mail des dreckigen Profitgeiers! Ich habe ihr einen bösen Blick zugeworfen.

»Verdammte Hacke, ich habe dir doch gesagt, ich will nichts davon wissen!«, habe ich wütend geschrien.
Weil ich meine Wut nicht an ihr auslassen konnte, habe ich heimlich ein Ohr des Äffchens verdreht, das einen superschrillen Schrei ausgestoßen und ganz plötzlich den Arm seiner kleinen Besitzerin losgelassen hat. Vera war so aus dem Lot, dass sie es nicht bemerkt hat. Sie hat tatsächlich wieder von ihrem Anliegen angefangen.
»Ich hatte dir doch gesagt, dass mir etwas in der Mail bekannt vorkommt . . .«, hat sie leise gesagt. »Als ich vor einer halben Stunde die Mail wieder gelesen habe, hat es mich wie ein Blitz getroffen!«
»Das heißt, du hattest einen totalen Stromausfall«, habe ich mürrisch gesagt.
»Der Junge mit dem Leucht-Jo-Jo!«, hat Vera geschrien und mich am Arm geschüttelt. »Verstehst du denn nicht, das war ein Jo-Jo!«
Dieses Mädchen drehte völlig durch: Vielleicht war das wieder ein Fall für den ärztlichen Notdienst. Aber Vera, die merkte, dass ich dastand wie ein Ölgötze, hat mich plötzlich gestoßen und ich landete mit dem Hintern auf ihrem Bett. Dann hat sie ohne Punkt und Komma von der Geldautomatenbande geredet, genauer gesagt, von dem, was die Mumie und Signora Capineri über ihre Angreifer erzählt hatten. Die Erste hatte von einer fliegenden Taschenlampe gesprochen, die Zweite von eine Art Schlüsselring oder einer Spule Angelschnur.
»Zwei wirklich zuverlässige Zeugen«, habe ich lachend gesagt. »Eine Kurzsichtige im letzten Stadium und von der

anderen weiß man nicht einmal, ob sie noch Augen in den Augenhöhlen hat oder ob die herausgenommen und durch zwei Glaskugeln ersetzt worden sind!«

Aber Vera hat erklärt, die armen Opfer hätten den Gegenstand eben so gut beschrieben, wie sie konnten. Er war ja vor allem Kindern bekannt. Eben ein Leucht-Jo-Jo! Genauer gesagt, die Mumie hatte das Jo-Jo für eine leuchtende Taschenlampe gehalten, weil sie in der Dunkelheit überfallen wurde, und das Jo-Jo sicher in Funktion war. Für Signora Capineri hatte es wie ein unbelebtes Objekt gewirkt, weil man das Licht des batteriebetriebenen Jo-Jos am Tage nicht sah. Entweder hatte sein Besitzer am Tag nicht damit gespielt oder es baumelte aus einer seiner Taschen.

»Du willst damit sagen, die berühmte Geldautomatenbande und die Kerle mit der Nadel sind dieselben?«, habe ich Vera gefragt.

»Genau! Und das hat auch die Polizei irregeführt. Sie hat immer eine Bande von erwachsenen Profis verdächtigt, während es sich um verkleidete Jugendliche handelt.«

Veras Theorie war, die Rowdys verkleideten sich als Erwachsene und benutzten das Messer nur in der Maske der Geldautomatenbande. Für ihre unbedeutenderen Unternehmungen zum Nachteil von eingeschüchterten Kindern oder Jugendlichen zogen sie unmaskiert und mit Nadeln bewaffnet los.

Auf mich wirkte das, ehrlich gesagt, ein wenig unwahrscheinlich, deshalb habe ich mit den Schultern gezuckt und eingewandt: »Aber selbst wenn es so wäre, glaube ich nicht, dass die Polizei auf zwei Kinder wie uns hören würde. Und wie erklären wir die Mail? Wir können ihnen ja nicht alles haarklein über die Entwicklung der SL AG verraten!«

Meine Geschäftspartnerin hat den Kopf geschüttelt und gesagt: »Ach was, Polizei! Ich habe eine bessere Idee . . .«

Und dann hat Vera leiser gesprochen und mir ihren Plan anvertraut. Dabei hat sie mit dem Zeigefinger auf die letzten Zeilen der Mail gedeutet.

»Aber dann wären wir gezwungen unsere Anonymität aufzugeben!«, habe ich gemeint. »Das ist gegen die Richtlinien unserer Firma!«

»Dieses Risiko müssen wir eingehen! Und denk mal an die Belohnung!«, hat Vera geantwortet.

Ja, natürlich, die Belohnung. Einen solchen Betrag hätten wir nicht einmal eingenommen, wenn wir fünf Jahre unermüdlich weitergelogen hätten.

In diesem Fall hätte ich mir schon Boxershorts in Größe XXL kaufen müssen, um das ganze Geld in die Unterhosen zu stecken.

Und dann, das Ganze war doch ziemlich cool und abenteuerlich, auch wenn ein wenig Gefahr dabei war. Endlich etwas Risiko, etwas Action! Und vielleicht gab es für uns auch eine nette Prügelei! Plötzlich hatte mich wieder das tierische Kribbeln gepackt, diese fürchterliche Erregung, die ich seit der ersten Lüge gespürt hatte, mit der die ganze Sache begonnen hatte. Bis jetzt war es nur darum gegangen, ein paar phantasievolle Märchen zu erzählen, Worte, nicht mehr. Jetzt ging es darum, dass wir es mit halbstarken

Lümmeln aufnahmen, und die waren mit allen Wassern gewaschen.

»Ich bin dabei!«, habe ich triumphierend gerufen und meine Freundin mit der Hand abgeklatscht.

»Ich wusste, dass ich mit dir rechnen kann!«, hat Vera zufrieden gemeint.

Also haben wir begonnen alle Details des Plans lebhaft zu diskutieren. In diesem Augenblick hat man Schlüsselklirren an der Tür gehört. Der Maler kam herein, atemlos wie immer. Er trug einen Jogginganzug aus himmelblauem Trikotstoff, ein genaues Abbild seiner Schlafanzüge! Und hatte eine Einkaufstasche in der Hand. Aus der Tasche roch es ziemlich penetrant nach Hering.

»Hatten Sie eine Inspiration?«, habe ich ihn mit mäßigem Interesse gefragt.

»Nein, Hunger«, hat er ruhig geantwortet.

Na gut, Hunger war immer ein Zeichen für einen guten Gesundheitszustand. Der liebe, alte Maler. Inzwischen hatte ich ihn gern und hoffte, dass er es noch hundert Jahre machen würde. Vera und ich würden die Stützen seines Alters sein. Eines friedvollen Alters voller Stillleben, wie ich es ihm wünschte.

19. UND ACTION!

Als Treffpunkt hatten wir die Plakatsäule am anderen Ende der Unterführung ausgemacht. Unser Erkennungszeichen: Schirina, die Vera wie immer auf der Schulter trug. Sein Erkennungszeichen: ein Schinken. Das heißt, eine ganze Keule Parmaschinken. War das nicht ein bisschen zu auffällig? Darauf hatten Vera und ich ihn in dem heimlichen Telefongespräch aus der Kabine am Park hingewiesen. Er war aber zu erpicht darauf gewesen, gleich auf den ersten Anhieb erkennbar zu sein. Der kleine Profitgeier hatte eine

tierische Angst, die »Selbstlosen Lebensretter« könnten auf Grund einer Verwechslung jemand anderem helfen. Was den Schinken betraf, den würde er aus dem Wurstwarengeschäft seines Vaters mitgehen lassen.
Unterwegs stellte sich Nick auf die Hinterbeine und wollte nicht laufen. Er hielt an jeder Ecke an, um sich wie verrückt am Kopf zu kratzen. Ich musste dann mit seiner Leine Tauziehen spielen, um ihn zum Weitergehen zu bringen. Schließlich habe ich ihn auf den Arm genommen.
»Was hat er denn angestellt?«, hat Vera gefragt.
»Er hatte eine Zecke hinter dem Ohr. Hoffentlich macht er uns keinen Strich durch die Rechnung«, habe ich seufzend gesagt.
Verdammte Hacke, ich hatte ihn ganz bewusst mitgeschleppt, damit er hier den braven Wachhund spielte.
Meine Geschäftspartnerin nickte stumm. Sie bearbeitete Schirinas Schwanz, der vor ihrer Brust baumelte. Vera war nicht wie sonst, sie wirkte besorgt. Deshalb habe ich sie mir nichts, dir nichts gefragt: »Hast du etwa auch eine Zecke?«
»Nein, mich juckt etwas anderes«, hat sie geantwortet.
Und was war es, die Anspannung oder Aufregung wegen der Dinge, die uns erwarteten? Von wegen! Es ging um das EKG ihres Vaters. Er hatte heute Morgen eins machen lassen und der Arzt hatte eine Verschlechterung festgestellt.
Kaum war Vera mit der Sprache herausgerückt, da fühlte ich einen Kloß im Hals. Es tat mir natürlich sehr Leid für den Maler, ich habe ja schon gesagt, dass ich ihn inzwischen sehr gern hatte. Aber in dem Moment ist mir etwas ganz anderes eingefallen. Daran hatte ich vorher nicht ein-

mal im Traum gedacht: Wenn dem Maler was passierte, was würde dann aus Vera? Landete sie im Waisenhaus? Oder würde sie von zwei engagierten Elternteilen adoptiert werden? Und wenn sie an zwei Sadisten geriet, die sie zwangen Seife zu essen, wenn sie log? In dem Fall wäre ich sogar bereit gewesen sie zu heiraten, nur um ihr solche Misshandlungen zu ersparen! Mittlerweile betrachteten sie alle als meine Freundin und mein Ruf war sowieso schon ruiniert. Und dann, wer weiß, vielleicht hätten wir ja als Hochzeitsgeschenk eine Playstation oder eine Hochzeitsreise nach Disneyland bekommen.

Inzwischen waren wir am vereinbarten Ort angekommen. Es war genau fünfzehn Uhr fünfundvierzig, wir waren auf die Sekunde pünktlich. Die Plakatsäule stand da wie immer, aber in ihrer Umgebung war kein Junge zu sehen. Um einen Irrtum auszuschließen, hielt Vera Schirina hoch, als wäre sie eine Trophäe. Das war cine unnötige Vorsichtsmaßnahme, denn es war völlig ausgeschlossen, dass der Junge sie sah, so wie er daherkam. Habt ihr schon mal einen riesigen Schinken mit Beinen gesehen? Natürlich nicht, so etwas sieht man nicht oft herumlaufen. Mir ist das zumindest nur an diesem Nachmittag passiert, während ich mir die Augen rieb, um sicherzugehen, dass ich mich nicht irrte.

Also, der Schinken näherte sich, vorsichtig auf zwei dünnen Beinen schwankend, durch die Unterführung. Ein paarmal ist der Junge über den Rand des Bürgersteigs gestolpert und lief Gefahr, von einem vorüberfahrenden Auto zerquetscht zu werden oder sich seinen Hals zu brechen –

oder den des Schinkens. Als er näher gekommen war, habe ich auch zwei kleine Arme gesehen, die den Bauch des Schinkens umfassten – sofern ein Schinken überhaupt einen Bauch hat.

Als er an der Plakatsäule angelangt war, ist der dicke Schinken mit einem Mal auf den Boden gefallen. Dahinter kam ein kleiner Kopf mit roten Locken hervor, zwei Segelohren, die wie Parabolantennen aussahen, und zwei ängstlich dreinblickende Augen. Sobald er Schirina entdeckt hatte, durchzuckte sie Erleichterung.

»Hallo, ich bin Marco«, hat der Profitgeier gesagt, dann hat er Vera und mir die Hand hingehalten.

»Ich bin Bart«, hat Vera gesagt und den Händedruck erwidert.

»Ich bin Bruce«, habe ich gesagt.

Meine Partnerin und ich hatten nämlich beschlossen sicherheitshalber falsche Namen zu verwenden. Vera hatte natürlich ihren schon verwendeten Männernamen angenommen. Ich hatte für mich den Namen des berühmtesten Karatekämpfers aller Zeiten gewählt: Bruce Lee.

»Nur gut, dass ihr mich erkannt habt«, hat der kleine Knirps gesagt und das Gesicht zu einem breiten Lächeln verzogen. Seine schrecklichen Ohren haben dabei unmerklich gezittert.

»Also vor allem haben wir den Schinken erkannt«, habe ich gemeint.

»Äh, ja, der ist wirklich riesig, aber das war der einzige Parmaschinken, den ich bei uns im Geschäft gefunden habe«, hat der Junge zugegeben.

Inzwischen hatte Nick den Schinken gerochen. Zum Glück war das nicht der Teil vom Schwein, den er besonders gern mochte. Er kaute lieber auf Schweineohren herum.

Der kleine Profitgeier hat uns ein paar Minuten lang neugierig gemustert, dann hat er gesagt: »Ehrlich gesagt, habe ich gedacht, ihr wäret älter. Also, um eine Firma mit so viel Geld zu besitzen . . .«

»Gut, wenn man früh anfängt, kann man auch in unserem Alter schon einen Haufen Geld haben«, hat Vera gemeint.

»Wie früh?«, hat der Knirps gefragt.

Da habe ich mich eingemischt.

»Mein erstes Geld habe ich mit drei Jahren verdient. Ich habe benutzte Windeln gesammelt und den Inhalt an eine Düngemittelfirma verkauft. Damit habe ich rund eine Million gemacht, ohne Mehrwertsteuer.«

Der Knirps stieß einen anerkennenden Pfiff aus.

Da wollte Vera natürlich nicht zurückstehen und hat erzählt: »Ich habe im Alter von vier Jahren die Aktien einer Firma gekauft, die Nachttöpfe herstellte. Einen Monat später ist der Kurs wegen einer Durchfallepidemie in die Höhe geschnellt. Dann habe ich sie verkauft und fünf Millionen dafür gekriegt!«

Die Augen des Profitgeiers leuchteten und er hat gesagt: »Ihr beiden seid wirklich schlau! Aber eins verstehe ich nicht: Was habt ihr davon, Selbstlose Lebensretter zu spielen?«

Was für ein unverschämter Kerl! Hatte er vielleicht vergessen, dass er es war, der unsere Unterstützung einsacken wollte?

»Na ja, ein paar zahlen schon«, habe ich ganz leise gesagt und ihm einen schiefen Blick zugeworfen. »Und die unentgeltlich geleisteten guten Taten können wir von der Steuer absetzen.«

Apropos unentgeltliche Taten! Jetzt war der Augenblick gekommen, unser Opfer anzubieten. Vera hat mich mit einem Ellenbogenstoß in die Rippen daran erinnert. Also habe ich schweren Herzens zwei Hunderter aus der Manschette meines Hemds hervorgeholt. Es schien mir nicht angebracht, mein übliches Versteck zu benutzen. Ein Striptease hier auf der Straße hätte noch mehr Aufsehen erregt als ein Fünfkiloschinken.

Der kleine Profitgeier hat zufrieden nach dem Geld gegriffen. Ich habe ihn hasserfüllt angesehen: Wenn ich in diesem Augenblick ein Messer gehabt hätte, hätte ich ihm ohne Umstände seine Riesenohren abgeschnitten.

»Ich weiß gar nicht, wie ich euch danken soll«, hat der Knirps gesagt. »Ja, wenn ihr an der Fleischerei Bessi vorbeikommt, lasse ich euch gratis ein Salamibrötchen machen.«

Verdammte Hacke, dieses Brötchen war teuer bezahlt! Für das Geld hätte es sogar mit Gold und Silber gefüllt sein können!

Bevor wir seine Beschattung aufgenommen haben, haben wir abgewartet, bis er sich ein wenig entfernt hatte. Dann, als der Sicherheitsabstand erreicht war, sind wir ihm auf leisen Sohlen gefolgt. Während der Kleine vor uns hertrottete und den Schinken wie einen Schild vor sich hielt, haben mich eine ganze Menge Zweifel überfallen. Und wenn die Mail ein Schwindel war? Wenn die Geschichte des Überfalls mit der Nadel nur eine Falle war, um uns Geld abzuzapfen – ohne dabei eine Nadel zu brauchen?

»Keine Sorge«, hat Vera gesagt. »Wenn er gelogen hat und niemand in der Unterführung ist, dann schnappen wir ihn uns und er muss uns das Geld mit Zinsen zurückzahlen.«

»Na klar – drei schwarze Oliven und zwei dünne Scheiben roher Schinken«, habe ich gemeint.

Mich tröstete der Gedanke, dass es im Augenblick ganz unmöglich war, ihn aus den Augen zu verlieren: Der Schinken auf Beinen kam so langsam vorwärts wie eine gelähmte Schnecke. Es war gar nicht so einfach, ihn zu beschatten, denn wir liefen immer Gefahr, ihn zu überholen und damit den ganzen Plan zum Scheitern zu bringen.

Aber sobald der Junge in die Unterführung eingebogen ist, habe ich wieder Vertrauen gefasst. Der kleine Profitgeier hatte nicht gelogen. Außerdem war er viel zu ungeschickt, um die Kunst, Lügen zu erzählen, zu beherrschen. Ohne falsche Bescheidenheit, die wirklich guten Lügner wie uns zwei kann man auf dieser Welt an einer – verstümmelten – Hand abzählen.

Vera und ich sind bewusst langsamer gegangen, als wir die Unterführung betraten. Ein dumpfer Geruch nach alter Pisse stieg uns in die Nase. Megaeklig! Wenn wir nicht eine wichtige Mission auszuführen gehabt hätten, wären wir liebend gern abgehauen. Aber wenigstens Nick schien zufrieden zu sein, dass er was zum Schnüffeln hatte, und hat aufgehört ständig an seine Zecke zu denken.

Wir hatten schon den ersten Teil der Unterführung passiert,

als wir aus einem der Seitenwege, der in eine Nebenstraße mündete, leise Stimmen hörten. Vera hat den Zeigefinger an die Lippen gehalten und wir haben uns kurz vor der Ecke postiert, um zu lauschen.
»He, Kleiner, was soll der Schinken?«, hat eine Stimme gefragt, die wie Eselsgeschrei klang.
»Du willst uns doch nicht etwa in Naturalien zahlen?«, hat eine andere krächzende Stimme gesagt. »Das war nicht ausgemacht!«
Hier hat sich der Knirps mit zitternder Stimme gemeldet: »Sicher nicht. Moment mal, hier, ich habe euch das Geld gebracht . . .«
Dann hat sich eine dritte nasal klingende Stimme eingemischt: »Gib her, dass ich die Scheine gegen das Licht betrachten kann. Ich möchte sichergehen, dass sie nicht falsch sind.«
In diesem Moment hat Vera mir das ausgemachte Zeichen gegeben: Sie hat ihre Faust um die Nasenspitze geschlossen und so getan, als würde sie sie lang ziehen. Das war eine Anspielung auf den Meister aller Lügner, den großen Pinocchio. Das bedeutete: Lügner, auf in den Kampf!
Also habe ich Nick die Leine abgenommen und habe ihm ins Ohr geflüstert: »Bleib hier liegen, bis ich dich rufe!«
Mein kleiner Bruder hat ganz brav gehorcht. Dann sind Vera und ich um die Ecke gegangen.
Das Erste, was wir bemerkt haben, war der Schinken, der schräg an eine Wand gelehnt stand. Vor ihm, mit dem Rücken zum Schinken, stand der kleine Profitgeier und zitterte. Auf den Stufen der Treppe, die nach oben führte, saßen

drei stämmige Jungs mit pickligen Gesichtern. Sie trugen ausgefranste Jeans und schwarze Lederjacken. Einer von ihnen, eine Art Tapir mit einem schrecklich langen Zinken, der ihm bis zum Kinn reichte, hielt einen 100-Euro-Schein gegen das Licht. Während er ihn genau ansah, zog er an einem Zigarettenstummel und stieß unter seiner Riesennase Rauchwolken wie ein Drache aus. Ein Zweiter kaute gedankenverloren Kaugummi. Er hatte eine Glatze wie ein Skinhead. Aus seinem Mund ragten schwarze und weiße Zähne hervor, die wie Klaviertasten aussahen. Der Dritte, ein dünner Kerl, der schielte, war völlig damit beschäftigt, mit seinem Leucht-Jo-Jo zu spielen. Ein tolles Gruselkabinett! Es war gut zu verstehen, dass sie zu ihren berühmten Heldentaten lieber verkleidet loszogen.

Vera hat sich kühn durch den engen Gang genähert und dem Kleinen auf die Schulter gehauen.

»Schau mal an, wer hier ist: Marco!«, hat sie ganz fröhlich gerufen.

Der Angesprochene hat sich plötzlich umgedreht und sie mit einem Blick angesehen, der mindestens zu Tode erschrocken wirkte. Darin konnte man zwei offensichtliche Fragen lesen: Was machten seine Selbstlosen Lebensretter hier? Verdammt, sie wollten doch nicht etwa das Geld zurückhaben?

Dann habe ich eingegriffen: »Hallo, alter Wursthändler! Was machen die Schinken?«

Der Knirps war absolut sprachlos. Deshalb ist der Schielende mit dem Jo-Jo aufgestanden und hat ihn gefragt: »Warum antwortest du deinen Freunden nicht?«

»Ja, genau, die sehen doch eigentlich wie anständige Jungs aus«, hat der Tapir gemeint.
»Los, Kleiner, begrüß deine Freunde!«, hat Glatze lachend gesagt.
Der kleine Profitgeier hat nur eine schwache Handbewegung gemacht. Ich glaube, in diesem Moment wäre es einfacher gewesen, seinen Schinken zum Sprechen zu bringen als ihn.
Während ich das dachte, hat sich der Tapir auf mich gestürzt und mich am Kragen meiner Jacke gepackt.
»Na gut, wenn es ihm die Sprache verschlagen hat. Wir haben jedenfalls eine interessante Mitteilung für euch . . .«, hat er gesagt und mir eine Rauchwolke ins Gesicht geblasen. »Und zwar: Seid brav und rückt eure Geldbörsen raus!«
»Das wollen wir noch sehen!«, habe ich geschrien.
Mit einer vollendeten Beinschraube habe ich ihn dazu gebracht, loszulassen, und habe ihn dann so zu Boden geworfen, dass er auf die Stufen knallte. Dann habe ich einen perfekten Karatekämpferschrei ausgestoßen und ihm einen Tritt ins Gesicht versetzt. Bruce Lee im Vorwärtsgang!
Im gleichen Moment haben sich zwei menschliche Tornados auf Vera gestürzt: Schielauge mit dem Jo-Jo hat sie im Nacken gepackt, während Glatze seine berühmte Nadel hervorgeholt und sie in einem Zentimeter Abstand auf Veras Kehle gerichtet hat. Schirina hat einen Satz gemacht und sich hinter dem Schinken versteckt, dabei hat sie ohrenbetäubend geschrien.
»Noch so eine Heldentat und dein kleiner Freund ist geliefert!«, hat Glatze geflüstert und Vera mit dem Zeigefinger

unter das Kinn gefasst. Dann hat er noch gesagt: »komisch, der Junge hat gar keinen Adamsapfel!«

Aus Veras Mund kam ein Gurgeln: »Als ich klein war, habe ich einen Ball auf die Kehle bekommen und dabei meinen ganzen Adamsapfel verschluckt. Er schmeckte nach Pfirsich, aber zum Glück hat er keinen Stein gehabt.«

Meine Partnerin war unverbesserlich! Sogar in einem Augenblick wie diesem ließ sie keine Lüge aus.

»Na, umso besser«, hat Glatze grinsend gemeint. »Das bedeutet ja, die Nadel geht noch tiefer rein!«

Vera hat mich mit weit aufgerissenen Augen angestarrt. Der Kleine hat angefangen wie verrückt zu flennen, seine großen Ohren waren so rot geworden wie Riesenerdbeeren. Die Lage war kritisch, aber nicht aussichtslos: Ich hatte noch ein Ass im Ärmel!

Deshalb schrie ich aus voller Kehle: »Auf sie, Nick! Ziel auf die Eier!«

Mein treuer Bruder ist mit heraushängender Zunge angaloppiert gekommen. Dann hat er etwas getan, was in seiner Laufbahn als bissiger Köter noch nie passiert war. Als er vor den beiden Kerlen stand, die Vera festhielten, hat er hart gebremst und stand einen Moment lang verblüfft da. Dann hat er die Pfoten in die Hand genommen und den Rückzug angetreten. In zwei Sekunden hatte er sich schon zum Hauptausgang verflüchtigt.

»Ha, ha, ha!«, hat der Schielende gelacht. »Wie es aussieht, hat der Zwerg gekniffen!«

»Na, wie konntest du nur glauben, dass ein Wickelkind deinen Hals rettet«, brüllte Glatze.

Ich war so abgelenkt, dass ich ihm aus Versehen sogar geantwortet habe. »Aber Nick ist kein Wickelkind!«, habe ich protestiert. »Er ist ein Hu. . .«

Ich war nicht in der Lage, den Satz zu beenden. Nein, Nick war kein Wachhund. Er war nur ein kleines, wenn auch etwas merkwürdiges Kind. Der Beweis dafür? Ein Wachhund hätte seinen Herrn nie bei Gefahr im Stich gelassen. Er hätte die Angreifer überfallen, die Zähne gefletscht und Schaum vor dem Maul gehabt.

In dem ganzen Durcheinander hatte niemand auf den Tapir geachtet, der immer noch k. o. geschlagen auf den Treppenstufen lag. Aus dem Augenwinkel habe ich bemerkt, dass ihm ein dünnes Rinnsal Blut aus dem Zinken lief. Verdammte Hacke, was hatte ich nur mit ihm gemacht? Mein Herz begann wieder zu flattern wie ein Kanarienvogel im Käfig und schlug mir wie verrückt gegen die Rippen. Ich habe mich auf den Tapir gestürzt und ihm das Blut mit einem Ärmel abgewischt. Aber der Blutstrahl, der aus seiner Nase schoss, schien nicht aufhören zu wollen.

»Schnell, ruft den Krankenwagen!«, habe ich ängstlich geschrien.

»Nur mit der Ruhe, Kleiner!«, hat Schielauge gesagt. »Erst mal her mit dem Geld!«

Ich habe damit begonnen, mir hastig die Hosen aufzuknöpfen. Aber sicher, ich hätte ihm das ganze Bündel, die ganzen 1.000 Euro gegeben, nur damit dieser arme Kerl sofort Hilfe bekam. Ich Idiot, ich Mistkerl, gewalttätig war ich, wenn nicht noch Schlimmeres! Wenn der Typ jetzt starb, war es allein meine Schuld! Dann hätte ich mein ganzes Leben lang einen »Tapir« auf meinem Gewissen gehabt.

Aber bevor ich die Plastiktüte in meinen Unterhosen finden konnte, war plötzlich ein Scharren und ein erregtes Stimmengewirr zu hören. Gleich darauf sind vor unseren verblüfften Augen drei mit Maschinenpistolen bewaffnete Polizisten aufgetaucht.

»Lasst den kleinen Jungen los!«, hat einer von ihnen die Kerle aufgefordert.

Schielauge und Glatze haben Vera sofort losgelassen und sind zwei Schritte zurückgewichen. Einer der Polizisten hat dann die beiden Jungen gegen die Mauer gestoßen, der andere hat sie nach Waffen abgetastet.

Als Schirina sah, dass ihre Herrin wieder frei war, ist sie hinter dem Schinken hervorgesprungen und an Vera hinaufgeklettert, als wäre die eine Palme. Dann hat sie sich an Veras Brust geklammert und ihren kleinen Kopf in deren Achselhöhle verborgen. Vera ist auf mich zugestürzt und hat mich in ihrer festen Umarmung fast erstickt – das sah schon mehr nach Freundin als nach Geschäftspartnerin aus. Der kleine Profitgeier hat angefangen zu flennen, ist zu seinem Schinken gerannt und hat den umarmt.

Ich war viel zu durcheinander, um mich zu freuen. Es gab da etwas, das mir jetzt wichtiger war als alles andere. Deshalb habe ich einen Polizisten geholt und ihm mein auf dem Boden liegendes Opfer gezeigt.

»Bitte, rufen Sie sofort den Krankenwagen!«, habe ich geschrien.

Der Polizist hat sofort eine Nummer auf seinem Handy ein-

getippt. Dann hat er mich mit gerunzelter Stirn angesehen und mich gefragt: »Bist du Ernie?«
Ich habe verblüfft zurückgeschaut und gestammelt: »Ja, aber . . . woher wissen Sie . . .«
Er hat mich unterbrochen und ein wenig brummig gesagt: »Na, dann bedank dich mal bei deinem Bruder. Er hat uns alarmiert!«
Hatte Nick gebellt und dadurch die Aufmerksamkeit der Polizisten erregt? Hatte er sie etwa an den Hosen mit sich gezerrt wie Kommissar Rex?
Ich hätte nicht aufgehört mir Fragen zu stellen, wäre da nicht im gleichen Moment jemand hinter den Waden des Polizisten hervorgekrochen wie das sprichwörtliche Mädchen aus der Torte: der unglaubliche Nick!
Mein kleiner Bruder hat mich zufrieden angesehen. Dabei hielt er sich ganz stolz auf zwei Beinen aufrecht. Ich war völlig verwirrt und habe nur gestottert: »Du . . . du . . . hast die Polizei . . . gerufen?«
Natürlich erwartete ich ein zustimmendes Jaulen, aber Nick hat ein scheinheiliges Lächeln aufgesetzt und mit einer merkwürdig klingenden Stimme gesagt: »Scho allein konnte ich das nicht schaffen. Aber zum Glück stand da drauschen ein Polizeiwagen!«
Nick hatte gesprochen! Ich schwöre euch, hätte in dem Moment Inspektor Callaghan Arm in Arm mit dem wieder auferstandenen Bruce Lee dort gestanden, ich wäre weniger verblüfft gewesen.

20. DIE WAHRHEIT

Der Richter hielt beim Zuhören die Wange in die Hand gestützt. Gerade beendete die Mumie ihre Zeugenaussage zum Fall der Geldautomatenbande. Natürlich hatte sie das Detail mit der fliegenden Taschenlampe nicht ausgelassen. Ich habe gerade noch ein Gähnen unterdrücken können und damit auch Vera angesteckt, die sich sofort die Hand vor den Mund gehalten hat. Es war die dreizehnte Zeugenaussage, die wir über uns ergehen lassen mussten, und wir konnten einfach nicht mehr. Wann waren wir endlich dran? Als man uns gesagt hatte, dass wir auch als Zeugen im Prozess aussagen müssten, waren wir ziemlich aufgeregt. Was für eine supertolle Sache, bei Gericht aussagen zu dürfen! Für diesen Anlass hatten wir uns richtig in Schale geworfen: Ich hatte mir die Haare schneiden lassen und prunkte mit einem neuen Sweatshirt von Champion. Vera hatte sich sogar wie ein Mädchen angezogen! Sie hatte ihre Punksträhne mit einem Haarreifen gebändigt, ein Jeansrock bedeckte ihre schlanken Beine. Ich war bereit jede Wette einzugehen, dass sie diesmal niemand fragen würde, wo denn ihr Adamsapfel geblieben sei.

Da gab es nur eine Kleinigkeit, die uns Sorgen machte. Aber wir rechneten damit, dass wir nicht so viel gefragt und bevorzugt behandelt würden, weil wir ja nur Kinder waren.

Der ganze Vormittag war todlangweilig gewesen: Eine nicht enden wollende Parade von altersschwachen Mummelgreisen, die immer das Gleiche auf immer gleiche Fragen zu den gleichen Dingen antworteten. Wenn überhaupt, dann war es noch am aufregendsten gewesen, zu erfahren, dass die Mumie ein Mann war. Er hieß mit Vornamen Tano und mit Nachnamen Osiris. Ich weiß nicht, ob ihr es wisst: Osiris ist doch die wichtigste Gottheit im alten Ägypten gewesen.

Vera hatte mich auch über seinen früheren Beruf aufgeklärt.

»Als junger Mann war er Theaterschauspieler«, hat sie mir zugeflüstert.

»Ganz bestimmt in Gruselstücken«, habe ich zurückgeflüstert.

Im gleichen Moment hatte sich der Verteidiger der Zeugenbank genähert, auf der die Mumie thronte.

»Sind Sie in der Lage, hier im Raum Ihre Angreifer wieder zu erkennen?«, hat er sie gefragt und jedes Wort einzeln betont.

»Ich habe euch doch schon gesagt, dass sie maskiert waren«, hat die Mumie geschnaubt. »Aber mein sechster Sinn sagt mir, es waren diese drei Schurken da!«

Während er das sagte, hat der Horrordarsteller mit seinem dürren, knochigen Finger auf die Angeklagtenbank gezeigt.

»Ihr sechster Sinn stellt keinen Beweis dar«, hat der Verteidiger ironisch erklärt.

Bei diesen Worten hat Schielauge schief gegrinst, Glatze

hat seine Zunge herausgestreckt, auf der ein eingespeichelter Kaugummi lag, und der Tapir hat den Mittelfinger hochgereckt. Ich habe den Tapir komplizenhaft angegrinst. Sicher, ich hatte nichts dagegen, dass er die Mumie beleidigt hatte. Vor allem war ich aber froh, dass der Tapir quicklebendig war. Mein Fußtritt war also nicht tödlich gewesen. Ich hatte ihn nur betäubt und ihm den Zinken ein wenig verbeult. Hätte er eine völlig normal große Nase gehabt, wäre das Ganze höchstens ein Streicheln gewesen.
Ich hatte jedenfalls erfahren, dass der Tapir in den Tagen nach der Schlägerei mit dem Rauchen aufgehört hatte, weil seine Nasenlöcher so stark gebrannt hatten. Auch jetzt, zwei Monaten danach, hatte er keine Zigarette mehr angezündet. Also, dann war es doch wohl mein Verdienst, dass der Tapir nicht an Lungenkrebs sterben würde.
Die Stimme des Richters hat mich aus meinen Gedanken gerissen.
»Wir rufen jetzt Ernest Brown und Vera Risaliti als Zeugen!«, hat er streng gesagt.
Endlich waren wir dran! Vera und ich sind mit einem Ruck aufgestanden und haben ganz feierlich auf der Zeugenbank Platz genommen.
Der Richter hat noch quasi zur Erklärung gesagt: »Ich habe sie ausnahmsweise gemeinsam aufgerufen, denn sie spielen eine gemeinsame Rolle in diesem Fall. Die Abwesenheit des dritten aufgerufenen Zeugen, Marco Bessi, ist entschuldigt: Er hat Ohrenschmerzen.«
Aha, während wir unserer Bürgerpflicht nachkamen, lag der kleine Profitgeier friedlich in seinem Bett und

schnarchte! Was für ein Wunder: Bei diesen Ohren musste er schon seit seiner Geburt Schmerzen haben!
»Wie Sie feststellen können, sind beide Zeugen noch minderjährig«, hat der Richter abschließend gesagt.
Vera hat mir einen beruhigenden Blick zugeworfen. Ja klar, wir waren nur Jugendliche. Sie konnten uns also nicht so ausquetschen.
Als der Typ mit dem Bart uns dann eine Bibel vor die Nase geknallt hat, haben meine Geschäftspartnerin und ich einen panikerfüllten Blick gewechselt. He, was war denn hier los? Sie behandelten uns ja genau wie die Mummelgreise von vorhin. Aber wir waren doch nur Jugendliche, fast noch Kinder!
So wie es aussah, war das dem Bärtigen egal. Er hat uns wirklich feierlich aufgefordert die linke Hand auf die Bibel zu legen und die rechte Hand zu erheben. Das haben wir schweren Herzens getan. Dann hat er gesagt: »Schwört ihr, die Wahrheit zu sagen, die reine Wahrheit und nichts als die Wahrheit? Dann sagt ›Ich schwöre!‹.«
Wie konnte man jemandem wie uns bloß eine solche Frage stellen? Ungeachtet der Ermahnungen unseres Religionslehrers: Falsch schwören war eine Todsünde! Natürlich haben Vera und ich nichts gesagt. Der Richter hat sich nach vorn gebeugt und hat die Augenbrauen hochgezogen.
»Was ist los? Ihr müsst schwören!«, hat er uns ermahnt.
Vera hat eine Hand an ihre Kehle gelegt und mit kaum hörbarer Stimme geflüstert: »Wissen Sie, Euer Ehren, ich bin heute nicht gut bei Stimme. Ich singe im Chor und gestern haben wir zehn Stunden Probe gehabt.«

Da habe ich mir einen Finger ins Ohr gesteckt und erklärt: »Ich habe die Frage nicht genau verstanden, Euer Ehren. Ich tauche und gestern ist mir bei einem Tauchgang ein Trommelfell geplatzt.«
Dass ich hauptsächlich in der Badewanne tauchte, war im Grunde ein ganz unwichtiges Detail.
Aber ein schneller Blick in die ersten Reihen offenbarte mir den entsetzten Gesichtsausdruck meiner Eltern. Der Richter sah jedenfalls sauwütend aus und hat gebrummt: »Ich meine, Signorina Risaliti, Sie werden jetzt ganz leise ›ich schwöre‹ sagen. Und was Sie betrifft, Herr Taucher, wir tun Ihnen den Gefallen und wiederholen die Aufforderung zum Schwur noch einmal.«
Während der Bärtige mit monotoner Stimme wieder die gleiche Litanei anfing, wurde ich plötzlich ganz niedergeschlagen. Diesmal steckten wir bis zum Hals in Schwierigkeiten! Wer würde uns einen Rettungsring zuwerfen? Deshalb habe ich mir überlegt, was uns die Experten der SL AG geraten hätten, um uns aus unserer Notlage zu befreien und wieder glücklich zu sein. Die Finger kreuzen? Das war unmöglich: Eine Hand lag auf der Bibel und die andere hatten wir erhoben. Wie gewöhnlich hat Vera einen Ausweg gefunden.
»Ernie!«, hat sie mir blitzschnell zugeflüstert. »Schlag die Beine übereinander!«
Nur gut, dass wir hinter der Zeugenbank standen, die uns von der Taille abwärts verdeckte. Also haben wir gleichzeitig die Beine übereinander geschlagen. Danach haben wir im Chor gerufen: »Ich schwöre!«

Danach hat uns der Richter aufgefordert uns hinzusetzen und der erste Anwalt ist Hände reibend auf uns zugekommen. Er war der Verteidiger der drei halbstarken Lümmel und ich hatte den Verdacht, er würde versuchen uns in die Enge zu treiben. Er hat auch sofort damit angefangen, uns mit Fragen zu bombardieren. Was hätten wir eigentlich an dem bewussten Nachmittag mit einem Kind an der Leine, einem hysterischen kleinen Affen, einem flennenden Jungen und einem Parmaschinken dort gemacht?
»Wissen Sie, Herr Anwalt«, hat meine Geschäftspartnerin ganz selbstsicher begonnen. »Mein Freund Ernie und ich haben vor längerer Zeit eine Gesellschaft zur Unterstützung von Kindern, die in Schwierigkeiten sind, gegründet. Eine wohltätige Einrichtung ohne Erwerbszweck.«
Der Anwalt hat uns einen spöttischen Blick zugeworfen. Dieser Mistkerl zweifelte an unseren Worten? Also habe ich eingegriffen: »Wir geben schlechten Schülern kostenlos Nachhilfe, kluge Ratschläge, wie man familiäre Streitigkeiten beilegt, und wir verschenken Geld an Kinder, die in großen finanziellen Schwierigkeiten stecken.«
Eines Tages hätten wir dann den verzweifelten Hilferuf eines gewissen Marco erhalten, der von einer Bande übler Kerle erpresst wurde. Er musste um jeden Preis 200 Euro auftreiben, sonst wäre er geliefert. Wir hätten ihm geholfen und ihm das Geld kurz vor seinem Treffen mit seinen Verfolgern gebracht. Aber, weil wir ganz sichergehen wollten, dass er uns nicht hintergeht, seien wir ihm in die Unterführung gefolgt. Was die Details betraf – das Kind an der Leine und so weiter, habe ich nur die reine Wahrheit gesagt.

Während ich redete, habe ich deswegen sogar die Beine ausgestreckt.
Den Anwalt hatten wir nicht überzeugt.
»Und warum seid ihr zu kleinen Wohltätern geworden?«, hat er ironisch gefragt. »Wollt ihr euch etwa das Paradies verdienen?«
»Nein, das hat viel weltlichere Gründe«, hat Vera geantwortet. »Eigentlich wollten wir unsere Schulnoten verbessern . . .«
»Ja, genau«, habe ich bekräftigt. »Am Ende des Schuljahrs wollten wir unserem Religionslehrer die schriftlichen Zeugnisse unserer Schützlinge bringen. Wir hofften, dass er so unsere mündlichen Noten verbessern würde.«
Der Anwalt war wie vom Donner gerührt. Er wusste weder ein noch aus. Deshalb ist er auf den Tritt, den ich dem Tapir gegeben hatte, zurückgekommen. Aber auch da habe ich ihn richtig verarscht.
»Ich gebe zu, ich habe einen Fehler gemacht«, habe ich gesagt. »Aber die Angst spielt einem manchmal böse Streiche. Andererseits habe ich ja dem Polizisten gesagt, er solle sofort einen Krankenwagen rufen, denn ich hatte schon bereut, was ich getan hatte. Und jetzt unter Eid kann ich Ihnen versichern, dass ich von heute an nur noch in der Turnhalle Karate machen werde!«
Während des letzten Satzes habe ich wieder die Beine übereinander geschlagen. Sicher, ich hatte meine Lektion gelernt und mit Inspektor Callaghan war ich fertig. Aber man weiß nie, was im Leben noch passieren kann, und

wenn jemand irgendwann Vera belästigen würde ... also, ich musste sie doch verteidigen können!
Endlich war der harte Teil der Befragung vorüber. Die Fragen, die uns der Staatsanwalt gestellt hat, waren dagegen ein Spaziergang. Dann kam aber die entscheidende Frage, als der Staatsanwalt sagte: »Wir wissen, ihr habt die Polizei informiert, dass diese jungen Männer auch die Mitglieder der so genannten ›Geldautomatenbande‹ seien. Sie haben das zwar geleugnet, aber die Polizei hat unanfechtbare Beweise gegen sie gefunden. . . «, hier hat der Staatsanwalt eine Pause gemacht und dem Verteidiger einen schiefen Blick zugeworfen. Dann hat er seine Frage gestellt: »Wie habt ihr das eigentlich herausgefunden?«
Wir haben mehr oder weniger die Wahrheit gesagt. Wir hätten sofort das Jo-Jo von Schielauge mit den Erzählungen der Mum ... äh, mit den Erzählungen des Signor Osiris und der Signora Capineri in Verbindung gebracht. Beide waren im Gerichtssaal und haben genickt. Gelogen war nur, dass uns dieser Geistesblitz gekommen war, als wir das Jo-Jo gesehen hatten und nicht vorher, als wir die Mail des kleinen Profitgeiers gelesen und daraufhin unseren Plan gemacht hatten.
An dieser Stelle unserer Erzählung hat der Staatsanwalt etwas Seltsames getan. Er ist die Holzstufen unseres Zeugenstands hinaufgestiegen und hat uns beiden die Hand geschüttelt.
»Alle Achtung!«, hat er gesagt. »Einmal weil ihr aufgeweckte Kinder seid, aber auch weil ihr die Belohnung, die

der Verband der Banken in Florenz ausgesetzt hat, wirklich verdient habt . . . es sind 20.000 Euro, wusstet ihr das?«
Und ob wir das wussten! Seit zwei Monaten sprachen wir über nichts anderes mehr! Wir hatten alle genervt, um herauszubekommen, ob uns das Geld zustand oder nicht: Polizei, Banken, Zeitungsredaktionen und Fernsehsender. Alle hatten uns die gleiche Antwort gegeben: Wir müssten das offizielle Ende des Prozesses abwarten.
Wir haben bescheiden genickt, bis der Richter uns unterbrach: »Das ist eine beachtliche Summe Geld. Was habt ihr damit vor?«, hat er neugierig gefragt.
»Wir wollen davon ein Herz kaufen«, haben Vera und ich einstimmig geantwortet.
Der Richter hat uns verblüfft angesehen, die Jungs der Geldautomatenbande haben mit den Achseln gezuckt und die Leute haben angefangen zu tuscheln. Ich wette mal, niemand hatte auch nur die Bohne verstanden, außer dem Maler natürlich, der neben meinen Eltern saß und sich heimlich eine Träne aus dem Auge wischte. Oje, was hatte der denn? Wir werden ja sehen, vielleicht brauchte der jetzt auch noch eine Hirntransplantation! Denn hier gab es nur Gründe, fröhlich zu sein, nicht zu weinen.

Nick trippelte mit einem kleinen Rucksack auf dem Rücken durch das Tor zum Kindergarten. Dann drehte er sich noch einmal um und winkte mir zu.
»Ciao, Ernie, wir sehen uns dann zu Hausche!«
Sieht man einmal davon ab, dass er »zu Hausche« statt »zu Hause« gesagt hatte, war das ein fast einwandfreier Satz ge-

wesen. Aber wir konnten uns nicht beklagen. Abgesehen davon, dass er diesen leichten Sprachfehler hatte, sprach mein Bruder jetzt seit drei Monaten ohne Pause, genau seit dem bewussten Tag, an dem die Geldautomatenbande gefasst worden war. Niemand hatte sich erklären können, was seine Blockade plötzlich gelöst hatte. Vielleicht hatte Jakko ja Recht.

»Ich glaube, es ist der Schock gewesen, als er dich in einer gefährlichen Situation gesehen hat. Die Gefahr hat als Schreitherapie funktioniert . . .«

»Du meinst, als Schocktherapie«, habe ich ihn korrigiert.

»Ja, oder so«, hat er wie üblich gemeint.

Dies war eine der wenigen Gelegenheiten, bei denen Jakkos Wortverwechslungen besser passten als der richtige Ausdruck.

Mein Vater hatte nur phlegmatisch erklärt, seine Voraussagen hätten sich bewahrheitet: Nick sei eben ein Original und als solches ganz unberechenbar. Meiner Mutter war es völlig egal, wie und warum es dazu gekommen war. Sie fühlte sich einfach im siebten Himmel. Ihr Kind sprach jetzt nicht nur, nein, man hatte es auch im Kindergarten aufgenommen – nach einer dringend nötigen Flohkur.

Seit Nick zu sprechen begonnen hatte, hatte er auch fast alle seine Hundegewohnheiten aufgegeben. Sicher, manchmal fletschte er noch die Zähne oder weinte seinem Gummiknochen nach. Einmal hatte er auch eine Kindergärtnerin ins Bein gebissen. Aber bei einer genaueren Untersuchung ist dann herausgekommen, dass sie ihn geohrfeigt hatte, weil er seine Suppe nicht aufessen wollte. Das Ergebnis: Nick war entschuldigt und die Kindergärtnerin

wurde fristlos entlassen. Zum Glück gilt das Recht auf Notwehr schon im Kindergarten.
Aber im Vergleich zu seinem Zustand vor ein paar Monaten war mein Bruder nicht wieder zu erkennen. Man musste nur sehen, wie stolz er in den Kindergarten ging, ohne am Boden zu schnüffeln oder etwa an einem der Bäume des Gartens stehen zu bleiben.
Als ich ihn im lärmerfüllten Vorraum verschwinden sah, habe ich gedacht, dass er schnell groß werden und ein bedeutender Mensch werden würde. Vielleicht ein Ingenieur oder ein berühmter Architekt. Ich freute mich für ihn: Sicher würde er mehr Geld damit verdienen, Häuser zu entwerfen als Trüffel aufzuspüren.
Ich habe auf die Uhr gesehen: 8:30! Verdammte Hacke, ich war zu spät! All diese schönen Gedanken über Nick hatten mich abgelenkt. Damit wir uns recht verstehen, ich war nicht zu spät für die Schule. Zum Glück war ich heute von meinen Eltern ganz legal entschuldigt worden. Nein, ich hatte etwas viel Wichtigeres vor.
Ich bin genau um 8:35 in der Bruchbude angekommen, nach fünf Minuten atemloser Rennerei. Die Mumie lehnte aus dem Fenster und hat mir zugerufen: »Beeilt euch! Sie warten nur noch auf euch!«
Verdammt, es war gar nicht nötig, dass sie so brüllte! Ich wusste genau, dass wir erwartet wurden. Äh, ich meine, dass ich erwartet wurde.
Also, ich bin die Treppen raufgerannt. Dabei habe ich ein Päckchen in meiner Tasche festgehalten. Die Koffer standen schon gepackt auf dem Treppenabsatz.

Vera lief mir auf der Türschwelle entgegen. Wie üblich saß Schirina auf ihrer Schulter.

»Nur gut, dass du da bist. Wir haben schon das Taxi bestellt!«, hat sie gerufen.

»Na ja, um uns zu verabschieden, reicht doch eine Minute, oder?«, habe ich gesagt.

Im gleichen Moment ist der Maler aufgetaucht. So hatte ich ihn noch nie gesehen: Er trug keinen Schlafanzug, sondern ein Jackett, Krawatte und Hosen in derselben Farbe. Ein völlig neuer Mensch, obwohl er noch sein altes Herz hatte.

»Oh, Ernie, endlich! Wir sind nämlich schon im Aufbruch!«, hat er freundlich erklärt.

Ich habe nur lebhaft genickt.

»Ich wünsche Ihnen eine gute Reise und viel Glück für die Operation!«, habe ich gesagt und dabei die Finger gekreuzt.

Natürlich habe ich sie diesmal als gutes Vorzeichen gekreuzt und nicht, weil ich log. Der Maler hat sich bei mir bedankt und ich habe das Päckchen aus der Tasche geholt.

»Das ist für Sie. Ich hoffe, es bringt Ihnen Glück«, habe ich gesagt und es ihm hingehalten.

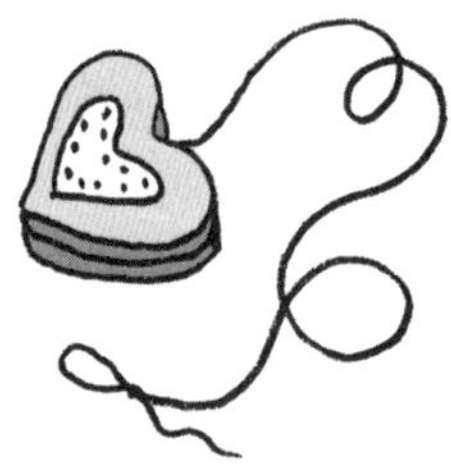

Er hat es ausgepackt und hat es sofort auf und ab hüpfen lassen. Das Jo-Jo in Herzform leuchtete bei jeder Bewegung der Schnur.

»Gut, das funktioniert. Ich hoffe, auch mein Herz wird funktionieren«, hat der Maler lachend gesagt.

»Darauf können Sie wetten«, habe ich gemeint.

Dann hat es geklingelt.
»Das Taxi ist da!«, hat dieses Klatschmaul von Mumie gerufen und ist am Treppenaufgang aufgetaucht.
Also habe ich der kleinen Gruppe geholfen die Koffer runterzutragen. Der Kranke sollte sich ja nicht mehr anstrengen als nötig.
Der Maler ist gleich ins Taxi gestiegen, Vera und ich sind noch einen Moment auf dem Bürgersteig stehen geblieben.
Plötzlich hat sie mich fest umarmt, mit einem ihrer verbotenen Griffe. Dann hat sie mir ins Ohr geflüstert: »Hast du schon entschieden, was wir mit den restlichen 1.000 Euro machen? Niemand ahnt etwas von ihrer Existenz!«
Aus Gewohnheit ging meine Hand sofort Richtung Unterhose. Aber das Vermögen der SL AG lag schon seit einiger Zeit wieder in unserem Spülkasten.
»Ja, ich hätte da eine Idee . . .«, habe ich ihr zugeflüstert.
»Was hältst du davon, die Firma auszubauen?«
»Und wie?«, hat Vera mit einem Aufblitzen in den Augen gefragt.
»Indem wir einen großen Haufen neuer Werbezettel drucken, einen nagelneuen Computer kaufen und vielleicht auch ein Fax!«
»Gemacht, Partner!«, hat Vera gesagt.
Der Taxifahrer hat auf die Hupe gedrückt. Veras Vater hat aus dem Fenster geschaut und gefragt: »Na, was habt ihr euch noch so Wichtiges zu sagen?«
Vera hat sich von mir gelöst und sich plötzlich zu ihrem Vater umgedreht. Dann hat sie ganz harmlos gesagt: »Ernie hat mir einen Heiratsantrag gemacht.«

»Na, dann musst du ihn jetzt küssen«, hat ihr Vater gemeint und in die Hände geklatscht.
Die Mumie, die in der Türöffnung stand, hat sich dem Applaus angeschlossen.
Und dann auch noch Schirina, die irrsinnige, schrille Schreie ausstieß.
Und ich? Ich hatte nicht einmal Zeit, mich zu verteidigen. Vera hat meinen Hals umklammert und dann hat sie ihren Mund gegen meinen gepresst. Die Verlobung, so eine Superklasselüge! Obwohl, als ich ihren Kuss erwiderte, sah das beinahe echt aus.

Martina Dierks

Mäc Körty

Der Hund, der vom Himmel fiel

Der Vermieter hat den Klemms das Haus gekündigt und Opa Willi soll ins Altersheim - das findet Paul total daneben. Doch dann passiert das Unglaubliche: Ein außerirdischer Hund strandet im Schuppen der Klemms. Mäc Körty vom Planeten Tups will natürlich so schnell wie möglich wieder nach Hause. Doch sein Digi-Dog, mit dem er die Entfernung problemlos überwinden könnte, funktioniert nicht mehr. Bis Mäc Körty endlich die Heimreise antreten kann, passieren die haarsträubensten Verwicklungen. Mäc Körty muss sich das schillernd-grüne Fell färben lassen, Pauls Geschichtslehrer löst sich in Luft auf - und zu allem Überfluss wird das unersetzliche Digi-Dog geklaut und muss in einer atemberaubenden Nacht-und-Nebelaktion wieder beschafft werden.

200 Seiten. Gebunden. Ab 10 Jahren.
ISBN 3-401-**05604**-2

Arena

Andreas Schlüter

Mission C

Bühne frei für ein superstarkes neues Agenten-Team! Hier kommen Mary Curry, 12 Jahre alt, top in Mathe, Physik und Chemie, leidenschaftliche Forscherin – und Kio, 11 Jahre alt, japanischer Herkunft und genialer Erfinder. Die beiden sind ein unschlagbares Team, wenn es darum geht, geheimnisvolle und streng geheime Forschungsprojekte zu verfolgen. Diesmal hat Mary sich vorgenommen, die Sprache der Tiere zu entschlüsseln. Gerade sind die beiden Agenten dabei, sich in die ersten Grundlagen einzuarbeiten – da begegnen sie im Zoo kleinen Lebewesen, die tatsächlich die menschliche Sprache beherrschen! Doch damit nicht genug. Mary und Kio finden schnell heraus, dass es sich bei den drei Wesen um Außerirdische handelt...

Arena

208 Seiten. Gebunden. Ab 10 Jahren.
ISBN 3-401-**05645**-X